隣人を愛せよ!

K a o r i & H i r o k i

古野一花

Ichika Furuya

Eternity

EB

エタニティ文庫

目次

隣人を愛せよ！

優しい、真面目《まじめ》、いい人……

それは、私が時々言われる表向きの言葉。でも、知ってる。

平凡、地味、お人好し……そんな言葉と同じ意味だってこと――


六月下旬の関東地方。梅雨《つゆ》のまっ最中だというのに、今日はいい天気だった。日中の最高気温は三十度を超え、すっかり日が暮れた今もかなり蒸し暑い。今年も暑い夏になりそうな予感がして、うんざりする。

私、小川香《おがわかおり》。

今日も一日、顔に笑みをはりつけて、お仕事頑張りました。ふぅ～。

地元の信用金庫に就職して、あっという間に四年。仕事に対して、どうにか小さな自信が生まれ始めたこの春、新人の遠藤《えんどう》さんの教育係をおおせつかって――それから悪戦苦闘の日々が続いている。

今日も伝票の間違いを見つけちゃって……私としては、やんわりと指摘したつもりだったんだけど、彼女はすっかりむくれ顔。

日付けを一日勘違いした――確かにそれは、遠藤さんの言うとおり、些細《ささい》なミスなのかもしれない。でも、金融機関ではその手の間違いは許されない。ほんの小さなミスが、お客様の大きな損失に繋がることがあるから。

おだてたり、なだめたり、彼女にかける言葉をあれこれ工夫してみたけれど、感情がそのまま顔に出る遠藤さんの教育係は、難しく、へこむことが多い。

おしゃれのセンスのなさを自覚している私とは違い、遠藤さんはファッショナブルで可愛らしい。つまり私とは全然違うタイプってこと。だから共通の話題もとぼしくて、教育係になって三か月近くが経った今も、私は彼女となかなか打ちとけることができずにいた。

そのうえ、ここ数か月の私のプライベートは――人生やめたい――って、一瞬とはいえ思っちゃったぐらい悲惨な日々。

でも、彼女のおかげでそのつらさから目をそらすことができたのかもって、最近はいい方に考えている。だって勤務中は、自分の仕事と遠藤さんのことで精一杯。余計なことを考えなくて済むのは、確かなんだもの。

夕食後、暑さと気苦労によってかいた汗をお風呂で洗い流して、やっとさっぱりした。洗いたての長い髪を一つにまとめ、スッピンにメガネでリラックスウェアに身を包むと、心底ほっとする。冷たい麦茶でも飲もうと、キッチンに足を向けたところで思い出す。

今日は金曜日だった！　麦茶じゃなくてビールにしようっと。

二十七歳独身女の金曜の夜の楽しみがこれだなんて、ちょっとささやかすぎるかも。苦笑いを浮かべてリビングに入った途端に、母に声をかけられた。

「香、久美子《くみこ》さんにトウモロコシ届けてきて」

そういえば、暑さでモワッとした空気の中にトウモロコシのにおいがまじっている。

「今年の初物よ。久美子さん、トウモロコシ好きだからおすそ分け。ゆでたてよ～」

了解。ささやかな楽しみは、ちょっと後回しだ。

高橋《たかはし》久美子さんは我が家の西隣に住んでいるパワフルな女性。大きな体にカラフルな洋服をまとい、颯爽《さっそう》とお出かけする姿は若々しく、もうすぐ還暦を迎えるようには見えない。いつも元気で行動的。そんな久美子さんと一緒にいると、そのパワーを分けてもらえるような気がして、私は彼女のことが大好きだ。

トウモロコシをのせたザルを持ち、キッチンのドアから外に出る。家の中よりはましだけど、まだまだ暑いなあ。

わが家の庭には、フェンス代わりに生垣《いけがき》が植えられている。でも、お隣のキッチンのドアにつながる部分だけ、その生垣がポッカリと空《あ》いている。わが家のキッチンのドアを出て、庭を三十歩も歩けばそのまま高橋家のキッチンドア。そんなところからもわかるように、両家は昔から本当に仲が良い。

ちなみに、久美子さんは一人暮らし。留守がちだから心配だったけど、今日はキッチンの窓が明るい。よかった、久美子さんいるみたい。窓の明かりを眺め、私は小さく微笑んだ。

トントンとドアをノックする。

「久美子さーん、こんばんは～」

「は～い！」

元気な久美子さんの声。続いてドアが開くと、目の前には……

「ヒロッ！」

「よおっ」

久美子さんの息子、広輝《ひろき》が立っていた！

その顔を見ただけで——心が弱っている今の私はほっとして……目が潤んできてし

まう。

ダメダメ！　どん底から自力でここまで立ち直ったじゃないの！　二十七歳はもう大人！　いいかげんに強くならなくちゃ！

私は、ちょっとうつむいて軽く目をつぶった後、無理やり笑みを作って、顔を上げた。

「――いつ……帰ってきたの？」

「五分前。お～、モロコシ！」

広輝は笑って私の手からザルを取り上げ、

「ほら。上がれよ」

と言って、立てた親指をクイッと家の中に向けた。

ヒロこと、高橋広輝は、今は実家を離れて暮らしているが、久美子さんの息子で、たった一人の家族だ。広輝の父親は、彼が二歳の頃事故で亡くなっている。

広輝の父親が亡くなった後、久美子さんは再婚することなく、働きながら広輝を育てた。専業主婦だった私の母は、折に触れて久美子さんを手助けし、我が家で広輝をあずかることもしょっちゅうだった。

今と比べて子育てに対する支援が少なかった時代に、それは本当にありがたいことだったと、いつだったか久美子さんが言っていた。

私は、広輝が自分の家にいるのが嬉しかったから、それが久美子さんにとってありがたいことでよかった――と、それを聞いて思った。

つまり、私と広輝の関係は、いわゆる『ただの』幼馴染《おさななじみ》。

同い年の私たちは、小学校に入学してから高校を卒業するまでの十二年間、同じ学校に通った。

広輝が華やかなサッカー部で女子にキャーキャー騒がれていた時、私は家庭科部で地味～に過ごしていた。

どうしてそんな絶滅危惧種《ぜつめつきぐしゅ》みたいな部活に入ったのかって？

まず、運動が苦手ってのが根本にある。それに他の文化部にしたって、美術部に入るには絵がヘタすぎだし、吹奏楽部は練習が大変だって噂だったし、情報処理部や囲碁《いご》将棋《しょうぎ》部なんて……真面目《まじめ》なメガネ男子ばっかり。かといって運動部のマネージャーなんてキャラじゃないし、ましてや広輝のいるサッカー部のマネージャーなんて……怖くてできなかった。

選択の余地なしで入った家庭科部は、和気あいあいとしていて楽しかった。今でも付き合いのある友人もできたし、地味だけどいい時代だったなあ……なんて思い出しては満足している。

部活のおかげで料理が好きになった私は、大学も食物栄養学科に進んだ。

そして、大学卒業後は、地元の信用金庫に就職し、今でもそこで働いている。

――髪は今どき染めもせず、ストレートのロングを一つに縛り……さっぱりと。

――パソコンで目が疲れるので、コンタクトレンズはやめてメガネをかけ……信金職員らしく。

――化粧はしないと怒られるので、口紅と茶色のアイシャドウを、さっと塗って……一分で完了。

そんなふうに高校、大学、社会人……とここまで人生を歩んできた。知り合いに久しぶりに会うと必ず言われるのは「変わらないね」の一言だ。

肩をたたかれて笑いながらそう言われると、複雑な気持ちになる。だって、それってほめ言葉じゃないよね？　だいたい、そう言った本人は、必ずキラキラしてるんだもん。それに対して私は、「〇〇はキレイになったね～」なんて言ってあげる。そうすると、キラキラ倍増の笑顔で、「やっだ～」なんて言って、全身をクネクネッとさせる。特に男連れの時。私にはお世辞のひとつさえ返ってこない。

「変わらないね」という言葉は二十年も経ったらほめ言葉になるのかもしれないけど……でも、今度は笑って「老けたね～」って肩をたたかれるんだよ、きっと。

ああ～、二十七歳の私……なんて後ろ向き。最近たて続けに起きた諸々《もろもろ》のせいで、ただでさえ少なかった自信をすっかり喪失して、平凡とか地味とか……そんな自己評価に、ネガティブっていうのが加わってしまった。

「お〜、うまそーだなぁ」

さっそくトウモロコシに手を伸ばす広輝。

「嬉しいわぁ！　ありがとね」

そう言って、壁の時計を見て目を見開く久美子さん。あら、やっぱり今夜もお出かけ？

「——ああっ、もうこんな時間！　私は後でいただくね。——ヒロ、全部食べないでよ！

私は出かけるけど、香ちゃん、ヒロの相手してやって」

そう言い残して、久美子さんはあっという間に出て行ってしまった。

「久美子さん、今日は何？」

「んんっ……カラオケ……だってさ」

広輝はトウモロコシを食べながら、モゴモゴと答える。

「せっかくヒロが帰ってきたのに——久美子さんったら……」

つい非難めいたことを口にしてしまった。

とにかく元気な久美子さんは付き合いが多くて忙しい。今は仕事はしていないけど、やれボランティアだ、旅行だ、カラオケだ……と、色々なサークルに入って楽しそうにしている。

「ああ、いいんだよ。俺が急に来たんだし、元気だってことはわかったから。それに、いつもは俺も離れて暮らしてるだろ。だから、こっちで付き合いがいっぱいあったり、こうやっておまえが来てくれてるのを見ると、安心するよ。本当にありがとな」

確かに、私はよくこの家に来るんだけど、それは久美子さんのことが好きだから。私が久美子さんに会いたくて来てるんだから、広輝がお礼を言う必要なんて全くない。でも、そんなふうに言われて、フワッと胸のあたりが温かくなった。

こういう気分は久しぶり。さすが広輝。私を救うことにかけては昔から天才的だったなあ。

嬉しくなった私は、黙ったまま微笑んで広輝を見ていた。広輝はトウモロコシを食べながら笑って言った。

「母さんも、金の心配がなくなったから、今までの分、残りの人生、楽しんでるんだろ」

そう——私の向かいに座ってトウモロコシを食べているこの男は、実はかなりの有名人でお金持ちになっていたのだ。

私には二つ年上の兄、徹《とおる》がいる。私の父は学生時代サッカーをやっていて、息子にもサッカーを教え込んでいた。我が家に入り浸っていた広輝も自然と一緒にボールを蹴るようになり、やがて二人はサッカーが大好きな少年になっていった。

いつも父と三人で何やらサッカーの話をし、テレビ中継を見ながらギャーとかウォーとか盛り上がっていたっけ。特にゴールが決まった瞬間のあのオタケビって、騒音だよ……。地元のJ1チームの応援にもよく出かけていた。

小学三年生の時、広輝はスポーツ少年団のサッカー部に入った。当時は先に入団していた兄と同じようなレベルだったけど、あっという間に上達し、中学時代には、すでに将来を有望視されるゴールキーパーとして県選抜選手になっていた。

高校は、県で一番サッカーのレベルが高い私立高校から入学のお誘いがあったけど、自宅から近いほうがいいと言って、近所の公立高校に進学した。私の母校でもあるこの高校は、生徒の半分以上が大学に進学し、そのうち三分の一が国公立大学に合格するそこそこの進学校。広輝は、そんな進学校でもずっと上位の成績をキープしていた。

それでいて彼のサッカーのレベルは、県内トップクラスだった。大会では、入学を断った私立高校に惜しくも負けちゃったけどね。広輝は、部活に加えて県選抜チームでも鍛《きた》えられ、卒業後、そのままJリーガーになった。二年間Jリーグで活躍したのち、ドイツのプロチームに移籍。そこで五年ほど活躍して引退した。

日本を代表するサッカー選手になり、守護神なんて呼ばれていた広輝の引退を惜しむ声は多かった。だけど引退会見では「自分のサッカーはやりきった。次に向かって進みます」と、フラッシュを浴びながら、広輝はさわやかに笑った。

そして、日本に戻った彼は——青年実業家になっちゃったのだ。

毎日、朝から晩までサッカーに明け暮れていたくせに、高校時代、広輝はしっかりと英語とドイツ語をマスターしていた。さらにドイツでは、サッカーをしながら経営学でも学んだんじゃないだろうか。そう思わせるぐらい広輝の実業家としての活躍ぶりには目を見張るものがある。

日本に戻った広輝は、東京の郊外でスポーツクラブの経営を始めた。

ヒロスポーツクラブと名付けられたそこは、広いプールや最新のマシンが並ぶジムエリアの他に、インドアのテニスやサッカーのコートもある。子供向けのスポーツスクールも開いていて、広輝のネームバリューから、特にサッカースクールは大人気のようだ。今では都心にも進出し、そちらも順調のようだけど、まだまだ手を広げるつもりでいるみたい。けっこうな野心家。

「高橋広輝　ドイツで磨いたその手腕！　ヒロスポーツクラブ　成功の秘訣!!」なんて記事が週刊誌に載るくらい、仕事における広輝の辣腕《らつわん》ぶりはすごいらしい。

広輝は見事にやり手経営者の仲間入りを果たしていた。

それ以外にも、テレビや雑誌でサッカーの解説をしたりと、いろんなメディアに登場するから忙しいだろうに、広輝は時間を作っては、頻繁に実家に帰ってくる。きっと一人暮らしの久美子さんが心配なんだよね。けっこう親孝行なの。

でも今回は久しぶり。二か月ぶりぐらいだろうか。帰って来るたびに、海外のお土産《みやげ》や東京のおいしいものが我が家にも届く。

ほんと、広輝って、良くできた男だよね。昔からずっとそうだ。

幼い頃の私にとって、広輝が家にいることは当たり前で、兄が二人いるみたいな感じだった。

同い年、しかも私のほうがひと月ほど誕生日が早いのに、まるで兄のような広輝。

幼い頃から広輝は賢くて冷静な男の子で、妹体質の私には頼れる存在だった。他の男の子のように理由もないのに意地悪することもなく、私が困っている時はいつも助けてくれた。宿題を写させてくれる、なんて些細《ささい》なことから、私に意地悪したり、キツい態度をとる女の子をなだめることまで。

まあ、キツくあたられる原因の多くは、というか、ほとんどが広輝にあるんだから、責任を取ったっていうだけかもしれないけど……

広輝は、頭の良さが顔立ちに表れている。それは誰もが頷くんじゃないかな。ちょっとキツめの目元にスッと鼻筋が通っていて、キーパーとしてゴールを守る時の眼光は鋭く、迫力に満ちている。それに、久美子さん譲りで体も大きい。しかも背が高いだけじゃなくて、その胸板なんて……見ただけで頼りがいがあるって思っちゃうぐらい厚い。

簡単にいえば、サッカーがうんと上手な、頭の良い、涼しげな顔立ちのたくましいイケメン。

そんな男の子は、もちろん女の子からモテる。で、そういう男の子と、たとえ家が隣同士だからって親しくしていると、なんだかやっかまれちゃうんだよねぇ……

私にキツくあたる女の子に、広輝はさりげな～く、「家が隣同士だから、香は妹みたいなもん」なんて言って安心させる。その上で、その子に「髪がきれい」だとか、「肌がきれい」だとか、「色が白い」だとか、「肌が小麦色で健康的」だとか言ってほめる。

私にはそんなこと言ってくれたことないのに……このタラシめ～、なんて思ったこともあるほど。

広輝と親しい私をやっかんでいた子は、このホメ言葉でますます広輝を好きになって——ありがたいことに、私に優しくなる子もいた。

高校時代までの広輝は、全ての告白を「今はサッカーに打ち込みたいから」なんてセリフで断っていた。たとえそれが、学年一の美少女でも——

広輝って、ものすごい女たらしなのか、それとも女嫌いなのか、その当時はわからなかったんだよねえ。でも本当のところは、サッカーと語学の勉強で忙しすぎて、カノジョができても、一緒にいる暇がないって思ってたんだって。後日それを聞いた時、当時広輝を、女たらし——なんて密かに思っていたことを、心の中で謝った。

いつの頃からか、そんな広輝を、私も好きになっていた。だって、かっこよくて、いつも助けてくれる男の子を好きになるのって、女の子だったら当たり前だよね。実際、実の兄よりも、ううん、それどころか父よりも頼りになるんだもの。

でもね、広輝の言葉どおり、自分のポジションが「妹みたいなもん」なことは、よーくわかっていたから、親しい友人も含め、そんな自分の気持ちを誰にも言えなかった。

もちろん、広輝本人になんて言えっこない。

私とは比較するのもオコガマシイような美少女が、広輝に告白して玉砕《ぎょくさい》した——なんてウワサを聞けば、妹ポジションにいられるだけでも幸せって思っちゃうよね。変なこと口走って、そのポジションすらなくしてしまうのは怖かったし、それ以前に、変なことを口走れるほどの勇気も自信もなかったし。だから、広輝への思いは胸の奥にしまいこんできた。

幸い、こんな私でもいいって言ってくれる男の人もいたから、それなりに恋愛経験はある。

だけど、広輝はやっぱり特別。彼の一番になろうなんて大それたことは考えていないけど、ずっと変わらずにそばにいたい。

「ヒロ、いつまでいるの？」

広輝はあっという間にトウモロコシを一本食べ終えてしまった。

「とりあえず、この土日は休みとったから、いるつもり。まあ、適当に帰るよ」

「そっか。なら、ゆっくりできるね。――あっ、ねえ、この前のフランス大会、現地で解説してたよね？」

ふと、先日テレビで観たサッカーの試合を思い出す。生中継で放送は深夜だったけど、広輝の解説だもの、もちろんライブで見て、おかげで翌日は寝不足で仕事がつらかった。

「いいなあ……私ね、すっごくフランスに行ってみたいの。ねえ、観光とかできた？　ルーブル美術館とか行ったの？　写真、撮ってない？」

たたみかけるように聞く私に、広輝は苦笑いした。

「ギリギリのスケジュールだったから、どこも観光なんてできなかったよ」

そう言った後で、ん？　って、何か思い出したような顔をしてつぶやいた。

「だけど……待てよ、部屋に、前に行った時の写真があったなあ。見るか？」

「うん！」

広輝は立ち上がって冷蔵庫から缶ビールを二本取り出すと、テーブルの下に置いてあったボストンバッグを手にとった。そのまま廊下に出て階段を上がる。私はウキウキと後に続いた。

二階の広輝の部屋は、窓が閉まっていて蒸し暑かった。

「あっついな〜」とつぶやいて、広輝はエアコンのスイッチを入れ、私にビールを手渡す。そして自分のビールはローテーブルの上に置いて、写真を探し始めた。

私はベッドを背もたれにして床に座り込んだ。目の前のローテーブルにビールをのせてプルタブを開け、ビールを喉に流し込む。あ〜、よく冷えていて、おいしい！

そういえばこの部屋に入るのは久しぶり。高校生の頃までは、時々このテーブルで苦手な数学を教えてもらったなぁ。懐かしいな。すっきりとかたづいた部屋の様子は、その頃のまま。ビールを飲みながら壁に貼られた海外のサッカー選手のポスターを眺めていると、広輝がテーブルの上にアルバムを置いて私の隣に座り込んだ。

「ドイツにいた頃、フランスに遊びに行ったことがあったんだ。有名な観光地には行ったと思うけどな」

私はさっそく、そのアルバムの表紙を開いた。

「ヒロ、ちょっと若いね。――わぁ、この人、王子様みたいなイケメン！　これ、だれ？」

私は、広輝と一緒にこちらへ笑顔を向けている外国人を指さした。

「ドイツのチームメートだ。こいつ、スタメンじゃなかったけど、日本がすっげー好きな日本オタクで、仲良かったんだ」

「ってことは、サッカーも上手いってことだよね。金髪、碧眼《へきがん》、運動神経もよし！　いるんだねえ、こういうマンガに出てくるみたいな人」

ちょっと鼻息が荒くなっちゃったかな？　広輝はあきれたような声を出した。

「こいつ、中身もマンガだぜ。こういうのがタイプか？　今でも、連絡取ってるぞ、俺」

「私に限らず、ほとんどの日本の女の子は、こういう男の人ステキって言うと思うよ。私は、自分の身の程を知ってるから、こんなイケメンがタイプだなんて、言えませんけど！」

なんとなく恥ずかしくて、私は笑いながら答え、ページをめくった。

「――あっ、ムーラン・ルージュにも行ったんだ！　いいなあ」

「お前、結構くわしいなあ……」

フランスの有名なキャバレーの名前を挙げた私に、意外そうに広輝が言う。その時、写真の中のイケメンが着ているシャツの柄が目に留まった。

「これ……このシャツの柄、鳥？」

「ん？　ああ、これか？　これは、アニメのキャラクターだよ。ほら、ゲームなんかにもなってる『パケットモンスター』に出てくる……え～っと、何だっけ？」

「ああ、あれね！　そうか……シルエットだと、小鳥みたいで可愛いね」

「――あっ、そうだ！　ちょっと待ってろ――」

いきなりそう声を上げた広輝は、ボストンバッグを引き寄せて中をごそごそと探り始めた。どうしたんだろう？　って思って見ていると、やがて中から小さな細い包みを取り出す。

「――ほら、ちょっと遅れたけど、誕生日おめでとう」

そう言って、広輝はその包みを私に差し出した。

「ええ！　私の誕生日、覚えてたの？」

私は驚いて、つい大きな声を上げて広輝を見上げた。

「そりゃあな。子どもの頃、いつもおまえの家でケーキ食ってただろ。これな、この前のフランスで見かけて、おまえが好きそうだなあって思ったんだよ。そろそろ誕生日だし、たまにはいいかなって、買って来たんだ」

「ありがとう！　開けてもいい？」

広輝からの思いがけないプレゼント。私は嬉しさのあまり、はしゃいでしまった。

「もちろん。でもブランド物でもなんでもないぞ」

広輝は少し困ったように笑っている。可愛い包みの中から箱を取り出し、ふたを開けると……

「――わあ……ステキ！　さっすがヒロ。本当に私の好みぴったりだよ！」

シルバーのネックレスだった。トップには、銀色の小枝の上で身を寄せ合うブルーの小鳥が二羽。

「おまえ、昔っから鳥が好きだろ。なんだっけ……ほら、チルチルミチル？　あの話が好きだったよな。手提げバッグが鳥柄だったり、キーホルダーとかストラップとか、やたらと鳥が多かった」

嬉しさにゆるんだままの私の顔を見ながら、広輝はちょっと得意げな顔をした。

「——それ、泊まったホテルの近所にあった、ちっちゃい店のウィンドウに飾ってあったんだ。向こうの作家の手作りだってよ」

ブルーもシルバーも私の好きな色だし、何より鳥のモチーフが、私の好みにぴったり！

「なんか、あまりにも可愛すぎて、もったいなくてつけられないかも……」

「そんなこと言わないで使ってくれ。——あっ、でも龍一《りゅういち》には言うなよ」

広輝の口から出たその名前に、ドキリとして胸が苦しくなる。

「自分のカノジョが、他の男からもらったアクセサリーなんてつけてたら、やだろ？」

カノジョ……という言葉に、急に体が冷たくなったような気がした。

「俺、買う時には、香が好きそうだなあって、それしか思わなくてさ。アクセサリーはまずかったなって、後から思ったんだ。でも、俺からのプレゼントだって、言わなきゃいいよな？」

大喜びした私の様子を見たせいか、広輝はくったくのない顔で笑っている。私はうつむいて、自嘲《じちょう》気味に笑った。

「――ははっ……安心して。そんな心配、もういらなくなっちゃったから」

「なんで？」

広輝は怪訝《けげん》そうな表情を浮かべて軽く首をかしげている。仕方ない。私はため息をついてから重い口を開いた。

「……私、龍一と別れちゃった」

「いつ⁉ なんでだよ⁉」

大声を上げる広輝の顔を見ていられなくて、私はうつむいて小さな声で答えた。

「えっと……二か月ぐらい前に。――龍一、来月の二十日に結婚するんだよ」

「マジかよ！」

「……うん」

私はうつむいたままうなずいた。

「おまえと別れて、まだ二か月なんだろ？　どこの誰と結婚するってんだ⁉」

そう、私が龍一と別れて、まだたったの二か月。だけど本当に結婚するって言うんだから、いやになる。その上、相手は……

「すぐそこの、真紀《まき》と……」

「はあ⁉ なんだそりゃ！」

見上げると、広輝はひどく驚いた様子で目を見開いている。でも、すぐに鋭い眼差しで私を見つめ――

「俺に、ちゃんと説明しろ」

そう言って、缶ビールのプルタブを開けた。

龍一と真紀、それから広輝と私。この四人はみな同い年で、小学校から高校まで同じ学校に通った同級生だ。

真紀の家はすぐ近所で、私と広輝の家からほんの二、三分の距離。私と真紀は女の子同士ということもあって、小学校に入学する前から仲良しだった。

真紀は、女三人姉妹の真ん中で、姉がいるせいか、小さい頃からおマセさんだった。背が低くていかにも女の子って感じ。兄しかいない私に、女の子に人気のキャラクターやマンガ、アイドルのことなんかを教えてくれた。真紀の家で、彼女の姉妹とおままごとやお人形で遊ぶのも楽しかった。

姉のようにふるまう真紀と、妹体質の私は、相性が良かったと思う。別々の大学に進んでからは会う頻度は減ったけど、私は彼女のことを親友だって思っていたし、周りからもそう思われていたんじゃないかな。

一方龍一は、私が勤める信用金庫の同期でもある。入社試験会場で声をかけられた時は、知っている顔がいてほっとしたのを覚えている。配属された支店は違っても、入社式や研修、同期の飲み会などで顔を合わせているうちに、自然と二人で話すことが多くなっていった。高校時代まではただの同級生であまり話をしたことがなかったけど、思い出を共有しているせいか、話がはずんだ。

そして、入社から半年ほどたった頃、

「俺、小川みたいなタイプと付き合ったことないけど、癒《いや》し系でけっこう好きかも」

龍一のそんな告白で、私たちは付き合い始めた。それはこの春まで続いていたのに……。

広輝は喉を反らしてビールを飲んだ後、続きをうながすように黙って私を見つめている。忘れたいと思いながらも決して忘れられない出来事を、私はポツポツと話し始めた。

「――えっとね、真紀はね、同じ会社の年下君と付き合ってたの。でもね、うまくいってなくて、それを相談したいって言われたんだ。『男心が知りたいから龍一も連れて来て』って言われて……だから、三人で飲む約束したの」

あの日、真紀からかかってきた電話を思い出す。その後に起こる悲劇も知らず、私は本気で友達の恋愛相談にのるつもりだった。

「それ、いつの話だ？」

広輝の質問に、私は「二月」って答えた。

「でもね、その日に限って、……私、定時で帰れなかったの。残業の途中で真紀にメールしたら、『龍一に話聞いてもらってるから、遅くなるなら無理しなくていいよ』って。結局仕事が終わったのも遅かったし、疲れてたから帰ったんだけど……」

いやな話はさっさと済ませたい。私は残りのビールを飲み干し、一息に早口で言った。

「その夜、二人は酔った勢いでやっちゃって、子どもがデキたの」

それを聞いた広輝は、ため息をつき、目をふせてポツリとつぶやいた。

「……デキ婚かよ……龍一と真紀が……」

そして、ふと何かを思いついたように、私を見た。

「――ちょっと待て。真紀の子は年下君の子っていう可能性もあるだろ？」

以前の私も、その可能性にすがりついた。でも、それは簡単にうち砕かれた。

「真紀、会社の人間関係で色々あって――結婚して会社辞めたいって、自分から年下君に迫ったんだって。彼は、考えるって言ったらしいけど、それから冷たくなって、今年に入ってからはエッチもなくなったって言ってた。飲みに行ったのが二月だから、やっぱり龍一の子だと思うよ」

「結婚を迫られて、男の方が冷めたのか……」

広輝はため息をついた後、私を気づかうように優しい声で言った。

「俺さ、さっき、下でおまえを見た時、やせたなって思ったんだけど、やっぱそのせいか？」

「そりゃあねぇ。さすがにショックで……。食欲がないなんて、生まれて初めての経験だったよ。でも、そのおかげでダイエットできたから、少しはいいこともあったかな」

「何言ってんだよ。もともとダイエットなんか必要ないだろ？」

私が無理して軽く笑うと、広輝は一瞬語気を荒くしたけれど、すぐにまた気づかうような声に戻った。

「それで、おばさんとか……うちの母さんとか、このこと知ってるんだよな？　何て言ってるんだ？」

私は広輝を見てうなずいた。

「お母さんも久美子さんも怒ってたけど……私と龍一は結婚してたわけじゃないからね。不倫じゃないし。まあ、恋愛でも浮気はだめなんだけど……子どもがデキちゃったら、負けだよね」

久美子さんが涙ぐみながら、「絶対にもっといい男が現れるから」って、なぐさめてくれたことを思い出す。

「相手は真紀だし、向こうのお母さんが困ってるのも知ってるし、とにかく赤ちゃんがいるんだもん。みんなだって、強くは言えないよね。もうこの話は禁忌《タブー》みたいな感じ」

仕方がないことだ。そう思ってる。私は小さく笑ってみせた。

「それで……おまえは大丈夫なのか？」

広輝はひどく心配そうな表情を浮かべて、私の顔を見ている。心配させないように、大丈夫だって思ってもらえるように、明るい声でしっかりと返事をした。

「うん。考えてもつらいだけだから、考えないようにしてる。付き合ってること会社には秘密にしてたから、そこは大丈夫だし。それに最近はね、私と龍一は、最初から合わなかったって気もしてるんだ。本当は、真紀みたいなコが龍一のタイプなんだよ」

言い訳するようにそこまで言った途端、情けなくなってきた。自分がもっとキレイだったら、せめて、もっとおしゃれだったら、こんなことにならなかったかもしれない。私はつい弱音を吐くように、言葉を続けてしまった。

「もともと、私は龍一のタイプじゃなかったんだよ。龍一は華やかでおしゃれなコが好きだったの。もっと化粧しろとか、もっとセンスのいい服着ろとか、そんな感じのこと色々言われたもん。だけど私、どうしていいかわかんなくて……龍一の言うとおりにできなかったの。——あ、でもね、今はもうだいぶ落ち着いてきたよ。——後は、披露宴《ひろうえん》さえのりきれば大丈夫。ほんとは行くのいやなんだけどね」

「はあ? おまえ、披露宴に行くつもりなのか!?」

広輝が驚いてこちらに身を乗り出す。そうだよね、やっぱ、そう思うよね……

「うん。真紀だけじゃなくて、真紀のお母さんにも謝られて、お願いされちゃったの。それと、仲良しの私が披露宴にいなかったら、みんなが色々思うから、出てほしいって。

龍一は私と別れてから真紀と付き合い始めたって、みんなに言ってほしいんだって」

「なんだと？　……なんて自分勝手なヤツらなんだ！」

広輝の声に怒りがにじんでいる。

「でもね、私、思ったの。もし、私が披露宴に行かなかったら、きっとみんな、今回のことを好き勝手言うよね。けっこうひどい話だし。だから、少しでも噂話が減るように、もう平気って顔して行ってこようかなって思うんだけど……」

眉間にシワをよせて目を閉じる広輝は、何も言ってくれない。

「さすがに余興もスピーチも頼まれなかったし、ずっと黙って座っていればいいだけだから」

そこまで話して、私は口をつぐんだ。

誰かに聞いてみたかったけど、誰にも聞けなかったこと。それを思い切って広輝に尋《たず》ねてみた。

「でもね、私がいたら、みんな話しにくいよね？　私だったら……噂とか聞いてたら、そんなコに話しかけられないもん。ねえ、ヒロはどう思う？」

「──っとに無神経な奴らだな！　披露宴なんかしないで、籍だけ入れればいいだろうに！」

閉じていた目を開き、広輝は怒りをあらわにした。広輝が怒ると怖い。私は、つい真紀をかばってしまった。

「真紀ね、結婚する時、友達をたくさん呼ぶのが夢だったの。私、何度も未来の結婚式の計画、聞かされたことあるもん。着物もドレスも着たいってね。希望どおりにするために、安定期に入ってから披露宴《ひろうえん》するんだって。私がするなとも言えないでしょ？　……それに、普通、結婚式って一生に一度のことだから、悔いのないようにしたほうがいいんじゃないかなって思うんだ」

「まったく、おまえってヤツは！　――お人好しにもほどがあるなあ……」

あきれたように私を眺めた後、広輝は黙り込んだ。腕を組んで何やら考え込んでいる。しばしの沈黙の後――

「よし！　その披露宴、俺も行く。いいよな？」

思いもよらない言葉に耳を疑う。

「ええっ！　ヒロが？　真紀たちの披露宴に？」

「来月だろ？　来月は海外に行く予定もないし、日本にいるなら予定なんかどうにでもなる。龍一の携帯の番号、教えろ」

突然の広輝の発言に戸惑いつつも、まだ忘れていない龍一の携帯電話の番号を告げる。まったくためらうことなく、電話をかける広輝。

「もしもし。龍一？　俺、高橋広輝。わかるか？　――え？　本物に決まってんだろ。ずっと同じ学校だったんだから、声ぐらいわかるだろ。――おまえ、結婚するんだってな。それでな、俺も披露宴に呼んでくれよ。――知ってるよ。来月の二十日だろ？　香に聞いた。相手が真紀だってことには驚いたけどな。――ああ、そういうのはもういいよ。だいたいのことは香から聞いたし」

すぐ隣に座る広輝の携帯電話から、微かにもれてくる龍一の声。彼の声を聞くのは、「話がある……」で始まった、あの別れの電話以来だ。

携帯電話を通して変なふうに響く龍一の声を聞いても、懐かしさも――愛おしさもない。ただ嫌悪を感じて耳をふさぎたくなる。

「――そっか！　行ってもいいか。ありがとう。それでな、一つ頼みがあるんだけど、俺の席は香の隣にしてくれ。――そう、同じテーブルの隣同士だ。――そんなのどうにでもなるだろ？　男友達の最後が俺で、女友達の先頭を香にするとかさあ。隅っこでもどこでもいいから。頼んだぞ。――いや、スピーチとかそういうのはやらないから。――おまえ、香の気持ちを考えたことがあるのか？　披露宴の間、俺がずっと香の隣にいてやるんだよ。おまえ、ひどいことしたんだから、それぐらいのことしろよ。――ああ、招待状は実家に送ってくれ。――番地？　香の家は知ってんだろ。香んちが二百十番地で俺んちが二百十一番地だよ。――ああ、そういうことでよろしく」

電話を切った広輝は、力強い眼差しで私をまっすぐに見て言った。

「披露宴の間中、つうか、行くところから家に帰るまで、俺がずっと一緒にいてやる」

その言葉を聞いた途端、顔がゆがんで、涙があふれてくる。

「……ヒロ、ありがとっ。私、本当に披露宴《ひろうえん》に行くのいやだった……いやでいやでたまんなかったけど我慢しようって……。でもヒロと一緒なら、みんなに何言われても、誰とも話さなくても、ヒロがいてくれるなら……大丈夫。あ〜、ほっとしたぁ」

ずっと胸の奥に溜まっていた本当の気持ちを言葉にしているうちに、涙がぽろぽろとこぼれたけれど、最後は広輝に笑いかけることができた。この涙は、ここのところ続いた苦しい涙じゃなくて、思いがけない広輝の優しさに対する嬉しさと安堵《あんど》と——そんな気持ちが入り交じった涙。

止まらない涙を手の甲でぬぐいながら、私は何度も広輝にお礼を言った。隣に座った広輝が、そんな私をふわっと抱きしめた。そして、大丈夫とでも言うように、大きな手が私の頭を優しくなでる。突然の出来事に驚いてドキッとしたが、その胸に頭を預けていると、気持ちが安らかになって涙も少しずつ止まっていった。

こうしていると思い出す。幼い頃、私が泣いていると、広輝はいつも「ヨシヨシ」って言いながら、私の頭をなでてくれた——

しばらくすると広輝が、腕の中にいる私のメガネをはずし、ティッシュで涙をふいてくれた。そして、鼻をすすっている私に向かって「ほら、鼻かめ」とティッシュを差し出す。

私は広輝の腕の中から抜け出して、素直に鼻をかんだ。

「ほんと〜にありがとう。気が楽になった。それに今年の誕生日は史上最悪だったけど、ヒロのネックレスで、一気に挽回《ばんかい》しちゃった」

鼻もさっぱりしたけど、気持ちもさっぱりとして、私は笑った。そして自分の誕生日の話をしたところで、思い出した……

「──ねえ、そういえばヒロの誕生日、もうすぐだよね。私に何かプレゼントさせて！」

「そんなのいいよ。あのネックレスは、たまたま目についただけだから」

……そう言うと思った。でも、今回のお礼に、今まで助けてくれた分もいれて、絶対に広輝にお返しがしたい！

「そんなこと言わないで。ねえ、今、何か欲しいものない？　あっ──でも、信用金庫職員の私でも大丈夫なプレゼントにしてね」

ちょっと情けないけど、そこはしょうがないよね。でも、絶対にお返しがしたい。私は隣に座る広輝の片腕を両手でつかんで訴えた。

「こんなに気持ちが楽になったの、久しぶりなんだもん。ヒロが一緒に行ってくれるってだけで、あーんなにいやだった披露宴《ひろうえん》が、ちょっと楽しみになってきた。ねえねえ、何かないの？　私に用意できるものなら何でもいいから。ねえ！」

広輝を見上げて私が迫ると、広輝は目をそらしながら言った。

「香にしちゃあ、珍しくしつこいな。おまえ、酔ってるだろ？」

そりゃあ、缶ビール一本分は酔ってますよ。でも、広輝に感謝の気持ちのプレゼントを贈りたいという思いは心からのものだ。それを拒絶されたくはない……と思った時、目をそらしたままの広輝が、ためらいがちにボソリとつぶやいた。

「じゃあさ……おまえ」

「ん？　おまえって……？」

ピンとこなくて首をかしげる。

「おまえさぁ――今ノーブラだよな。さっきから、ちらちら見えてて……俺、正直たまんないんだけど」

「……ええっ！　――というか、私なんかに……そんな気持ちになるの？」

広輝の言葉の意味がやっとわかり、驚いた私は、今の自分の格好を見下ろした。

――タンクトップにショートパンツ、髪は大きなバレッタでアップにしてある。久美子さんちだし、いつもの調子でお風呂あがりのまま気楽に訪ねた。広輝を見た時、自分の格好がチラッと頭をよぎったのは確かだけど、広輝は兄の徹と同じ目で見てる――っまり、私のことなんか女として見ていないよねってすぐに思った。

「俺、二十六歳の健康な男だぞ、目の前におっぱいがあれば、普通に触りたくなるんですけど」

そっぽを向いて、広輝がつぶやく。

「……え〜と、その……ヒロ……からかってる？」

そうとしか思えない。

「だってよ〜、おまえ、いい匂いするし。さっきだって、つい昔の癖で、おまえのことヨシヨシしちゃったけどよ〜、他んとこヨシヨシしたくなっちまうし……」

すねたように、唇をとがらせている。なんだか可愛い。

「ぷっ……ッ」

つい噴きだしちゃった。

「笑うなよ……」

そう言って、広輝は優しく私を見つめた。でもその瞳に浮かぶのは優しさだけじゃない。甘さと確かな熱が見え、私は戸惑う。そんな私の腰を広輝は抱きよせた。バレッタを外し、少し湿り気の残る髪を指ですく。耳元に顔をうずめてスーっと息を吸い込んだ後、ささやいた。

「きれいな髪だな……」

広輝の女ったらしが、初めて私に発動した瞬間だった。

「ちょっ、ちょっ、ちょっと、ちょっと……待って……」

あっという間にタンクトップの裾から滑り込んでくる大きな手を、私は慌てて押しとどめた。

「——なんだよ……ダメなのか?」

広輝は、私の耳元から顔を上げ、困ったような顔をした。そして私の気持ちを測《はか》るように、だけど熱のこもったままの目で、私をじっと見つめる。流されそうになる自分を抑え、私は広輝に言った。

「ヒロ……浮気はダメだよ」

「浮気? 香? おまえ、今フリーだよな?」

あたりまえじゃない! さっき、龍一に振られた話、したばっかりだよね?

「私じゃない! ヒロが浮気しちゃダメだって言ってるの!」

「俺?」

広輝は、意外そうな顔でポカンとしている。

「そう。だって私、浮気されて、こんな目に遭ったんだもん」

「浮気って……俺、付き合ってる女いないけど」

コイツ～。何言ってんの! 信金のロビーに置いてある週刊誌で読んだんだからね!

「モデルのジュリちゃんは？　この前のフランス、一緒だったんでしょ？　私、週刊誌で読んだもん」

「ああ……あの女」

広輝は、いやそうに顔をゆがめた。

「あんなの勝手に追っかけてきただけだよ」

「同じホテルに泊まってるって書いてあったけど？」

「ホテル、調べられちまったんだ。同じホテルだけど、同じ部屋じゃない」

広輝は吐き捨てるように言った。

「ジュリちゃんと、付き合ってないの？」

「ねえよ。ホテルの部屋に来たけど、絶対に入れなかったから。ああいうのに手を出すと、後が恐ろしいからな。わかるだろ？」

そう言われても、あんな華やかな美人を恐ろしいだなんて……わかるような、わからないような。

……返事ができない。でも、ジュリちゃんとは付き合ってなかったんだ。

「正直言って、寄ってくる女はいっぱいいるけど、わけわかんねえ女に簡単に手は出さねえよ。俺、なんだかんだで一年以上してねえし。それなのにおまえ、こ～んな薄着で、無防備に露出しやがって。我慢できっこないだろ！　責任取れ」

確かに私は、わけわかんねえ女じゃなくて、よ〜く知ってる女だろうけど……

「じゃあ……私は、ヒロの欲求不満のはけ口？」

「バカ！　おまえ、なんてこと言うんだよ！」

その後、広輝はしばらく黙って私の顔を見つめていたが、やがて思い切ったようにきっぱりと言った。

「よし！　香。——俺と付き合ってくれ」

「つ、付き合うって……？」

「俺のカノジョになってくれ」

「うそ!!　ムリ、ムリ、私がヒロのカノジョだなんて……ムリ！」

あまりに思いがけない広輝の言葉に、私は顔の前でブンブンと手を振った。

「うっわ〜〜！　俺、今、生まれて初めて女に振られた」

大げさに肩を落とした広輝の口がへの字にゆがむ。

「振るなんて……。私なんかに、ヒロのカノジョがつとまるわけないでしょ」

「別に、カノジョになったって、今までとそんなに変わらないだろう？」

高橋広輝のカノジョだなんて重たい言葉を、よく簡単に口にできるなあ。それにしても気になる。聞いたら怒るかもしれないけど……私はためらいながら口を開いた。

「あの……私じゃなくても、ただやりたい相手が欲しいだけ……とかじゃない？」

「失礼なヤツだなあ。俺だって、おまえに女を感じて、正直参ってるんだよ。でも、昔っからおまえのことほっとけないんだよ、俺は。龍一の話を聞いて、だったらもう俺のもんにしたいって思って……そしたら手を出したくなって……なんか我慢できないっつうか……悪いか⁉」

あの広輝が、赤くなってそんなことを言うから、私の顔も熱くなる。そして……

あの広輝が、自信なさそうに聞いてくる。

「おまえ、俺に抱かれるのいやか？　無理やりってのは、俺の主義じゃない」

「ヒロに抱かれるのがいやだなんて……。私にとって、ヒロに抱かれるのは、イケメン俳優に抱かれるようなもんで……抱かれるっていうより、抱いていただくって感じだよ」

それを聞いた広輝は、嬉しそうにニヤッと笑った。

「ほ～う。じゃ、素直に抱いていただけ」

広輝は着ていたTシャツを脱ぎすてて、そのたくましい胸筋をあらわにした。

――ふと気づけば、胸筋に見とれてボ～ッとしていた私のタンクトップが……ない！

大慌てで、胸の前で腕を組んだ。

「電気消して……」

「キレイだからいいじゃん。見せろよ」

「キレイなわけないよ。ヒロのまわりにいる女の人たちみたいにキレイじゃないもん」

「俺のまわりの女って……誰と比べてんだよ？」

広輝は不機嫌そうに顔をゆがめた。

「今まで噂になってた女の人、みんな美人だし……。モデルとか、芸能人とか、まわりにいっぱいいるでしょ？　ほんとに……こんな私でいいの？」

「『こんな私』が自然でいいんだよ。サイボーグみたいなのはいやなんだ。おっぱいもシリコンでデカイだけだったり、下の毛だって……まあ、あれだ。とにかくあまりにも不自然なのはいやなんだよ、俺は。自然体が一番だ！」

広輝の言葉は意外だった。でも、それがたとえ慰めだったとしてもほっとする。自然体なら自信がある。けど――

「……でも、恥ずかしいから暗くして……」

「お前は俺の誕生日プレゼントだろ。せっかくのプレゼント、よ～く見せてもらわなきゃな。とにかく合意がとれたってことで、もう遠慮はしねーぞ」

広輝は嬉しそうにそう言って、私の頬を両手で包んで顔をかたむけた。

――私、広輝と……キスしてる。

心臓が、ドキドキと痛いぐらいに高鳴り、喉元から迫《せ》り上がってくるような気がする。

ガチガチに固まったままの私の唇を離した広輝が、耳元で優しくささやいた。

「俺、本気だからな」

頬から離れた広輝の片手が、私の背中をポンポンとたたいた。体から力が抜けていく。私は、胸の前で組んでいた腕を広輝の背中にゆっくりと回して、全身をゆだねた。

顔を上げると、広輝が静かに微笑んでいる。私のおでこに、目尻に、そして耳たぶに唇を落としていく。再び、ちゅっ、と小さな音をたてて唇にキスした後、優しい眼差しで私を見つめる。そんな広輝に見とれている私の頭を大きな手が支え、広輝の唇が、私の唇を包み込んだ。まるで、私の唇を食べちゃうようなキス。舐められ、吸われ、下唇を優しく噛まれ……濡れた音を立てて続く甘いキスに、全身の血が沸騰しそう……唇ってこんなに感じるんだ……。広輝の舌が入り込み、柔らかく私の舌にからまる。されるがままにからめた舌は、広輝の口内に吸い込まれた。激しいキスに鼻から息が抜ける。

「んっ！　……ううんっ……」

広輝も「んっ……」と微かに声をもらした。

たくましい腕に閉じ込められて、朦朧《もうろう》としながら思う。

――広輝ってキスが上手なんだ。

――上手なキスって、こんなに気持ちが良くて、興奮するんだ。

ふっと広輝の唇が離れた。寂しくて、私は閉じていた目を薄く開ける。

その瞬間、軽々と抱きかかえられ、優しくベッドに下ろされた。そして、下半身に残るショートパンツと下着が、あっという間に脱がされた。

明るい部屋が恥ずかしくて、壁に向かって横向きになり、広輝に背を向ける。

背後に聞こえる衣擦《きぬず》れの音。広輝が残った服を脱ぎすてる気配。やがて私に寄り添い——

「香、やっぱおまえ、色が白いな……キレイだ……」

そうささやいて私の肩に手を置き、広輝は私の背中に、ちゅっと大きな音をたててキスをした。——ビクッと体が震える。

「ふ〜ん……」

広輝の小さな声が聞こえた瞬間、背中にスーっとした刺激を感じた。私の背骨に沿って柔らかいものが這《は》っていく。

「きゃ……っ!」

全身が総毛立って背が弓なりに反り、同時に私の口から悲鳴のような声がもれる。今の、広輝の……舌? 後ろから包み込むように、熱を帯びた体を抱きしめられた。

「背中、感じるんだな」

嬉しそうに言った広輝の指が、今度は私のわき腹をスーッと羽のようにかすめた。

何? ——肌が粟立《あわだ》つ。体がビクビクと小さく痙攣《けいれん》している。こんな……こんなところが感じるなんて、自分の体なのに、知らなかった。

「……あん……うう、あぁ……ふう……うんっ……」

私を抱きしめたまま、そっと滑る広輝の指。私の体は小さく震え続け、喉の奥から震え声がもれ続ける。私は自分の体の奥に、じわりとなめらかな液体が生まれるのを感じた。

広輝が私を仰向けにし、私の髪を指ですきながら見下ろしてくる。りりしい目元だけど、その眼差しは優しい。まだ息が整わなくて、私の胸は激しく上下している。恥ずかしくて、また胸の前で腕を組んだ。

「隠すなよ……」

広輝はそう言って片手で私の手を握り、指をからめてくる。

「だって……やせちゃったから……」

そんな私の言葉にかまわず、広輝のもう片方の手が、私の乳房をそっと包む。

「じゅうぶんだ。ああ、柔らかいな……たまんねえ……」

また情熱的なキスが始まった。

――広輝の唇が、私の唇から離れる。次にその唇はどこに触れるのか……

私の耳たぶに触れたかと思うと、まるで唇にキスするかのように、柔らかく包み、軽く歯をたてる。耳の奥にくちゅくちゅという音が響く。私は喉を反らして声を上げる。

体の奥がズクリとうずいた。

――からめあった指がほどかれる。次にその指はどこに行くのか……

私の乳房を包み込み、乳首をつまみ上げる。唇がもう片方の乳首をくわえ、吸い上げる。キュッと噛まれる私の乳首。痛みは瞬時に快感に変わり、体が跳ねる。その瞬間、体の奥からトロリとしたものがあふれるのを感じた。

広輝の熱い手が、私の体をなで回す。首筋、背中、お尻、太もも……。どこを触られても、気持ちがいい。でも……でも……一番触って欲しいところにその手がこない。触ってほしい……もどかしくて、私は太ももをすり合わせる。私って、こんなにはしたなかったんだ……

やがて、広輝の大きな手が、私の茂みにやっと届いた。ゆるく脚を開く私。そして――

「んん！　……はぁ……っ」

広輝の長い指でヒダの真ん中がこすり上げられ、その瞬間、唇からため息がこぼれた。

「すっげえ濡れてる……」

私に顔を近づけた広輝の声は、なんだか楽しそうだ。

「……だって――っ」

散々じらされたんだもん。当たり前でしょ。なのにそんなこと言うなんて――

抗議したいけど、息が上がって続かない。ハアハアと、私の息だけが部屋に響いている。恥ずかしさにいたたまれなくなって顔をそむけると、耳元で広輝の真面目《まじめ》な声が聞こえた。

「濡れてくれて嬉しいんだよ」

そして、ふたたび動き出した指が、ヒダの内側を上下になぞる。その動きはスムーズで、自分でもそこがすっかり潤んでいるのがわかる。ヒダの上部の小さな突起のまわりを、ゆるやかになでる指。その指先が、敏感な突起の上を柔らかく滑る。もどかしくて腰が揺れた。

もう、広輝が欲しくてたまらない。私の中を——埋めて欲しい。それなのに……その指さえも、ゆるやかに滑るだけで、私の中には入ってこない——

広輝の腕にすがって、ハアハアとあえぎ続ける私。もう、我慢できない。もどかしさが羞恥心《しゅうちしん》に勝ってしまい、私の口からは欲望の言葉がもれた。

「もう……だめ。ヒロ……ちょうだい……お願い……」

閉じていた目を開け、広輝を見つめた。広輝の下半身が固く立ち上がっているのは、ずっと素肌に感じていた。手を伸ばし、そこに触れると、熱くて、大きくて——それが欲しくて、はしたなくねだる私の目に涙がにじんでくる。

そんな私の様子に驚いた顔をした広輝は指の動きを止め、上半身を起こした。

「ちょっと待ってろ……」

広輝は、少しかすれた声でそう言ってベッドから降り、バッグを引きよせて準備を始めた。私は、その間に乱れた呼吸を整えた。

しばらくして、広輝が私の隣に戻ってくる。ねだった自分が恥ずかしくて、その胸に頭をすり寄せ、抱きつく。

「可愛いな、香」

そう耳元でささやくと、私の膝を開き、上を向ききった自分のものをつかみ、私の中にゆっくりと埋めていく。欲しくてたまらなかった場所に根元まで押しこまれ、私の突起が押しつぶされた瞬間、体が震え、頭が真っ白になった。

「ひやっ、ああ……！」

喉から嬌声《きょうせい》がもれて――声を殺すことができない。

「くっ……！　いったか――？」

広輝が苦しそうに言った。私は、広輝の腕をギュッとつかんだままうなずく。

広輝は、ふうっと息を吐き、私の髪を優しくなでながら、ゆっくりとキスをする。

「おまえん中、気持ちいい……」

とろけるような声で、私の唇の横でつぶやいた後、広輝は私の下唇をくわえた。私の中がうずき、広輝をキュッとしめつける。

「おまっ……待てって。俺だってけっこう限界なんだよ」

広輝は私に噛みつくようなキスをして、大きく腰を動かし始めた……

「龍一のことなんか……あんなヤツのことなんか忘れろ。俺のことだけ考えて、感じろ……」

もう、龍一のことなんかすっかり頭の中から消えていた。皮肉なことに、その言葉を聞いた途端、龍一のことを思い出した。そして、自分がしがみついている体の大きさの違いに気が付いた。龍一に比べてはるかに大きな広輝の背中。その広輝に組み敷かれ、まるで征服されているような……ううん、守られているような気持ちになる。

ああ、大きな背中が頼もしい。たくましい広輝は私の守護神のよう……。広輝の言葉どおり、もう広輝のことしか考えない。ううん、考えられない。もう龍一のことは忘れられる。私はそう思った。

「ヒロッ、あぁっ……すごい、んん……ヒロ――ッ」

すべてが解き放たれて、感じるままに声を上げた――

「あぁっ、もうだめ、いく……んんっ！」

背を反らし声を上げた後、私の体から力が抜けていった。

広輝は上半身を起こし、私の膝に手を置いて脚を大きく開き、激しく腰を打ち付けた。

そしてすぐに、「うっ！」とうめいた後、私の上に倒れ込んだ。私の中にいる、まだ大きいままの広輝が、放出に合わせてビクッビクッと動くのを感じる。

「ああ……いっちまった……。久しぶりだったし、おまえん中気持ち良すぎ……」

ハアハアと荒い息を吐きながらそう言った広輝の声は、少しかすれていた。

「――私も……すごく良かった。なんか……恥ずかしい」

私も荒い息とともに、そう答えた。それを聞いた広輝は満足そうにニヤリと笑い、私の頭を抱え込み、優しいキスをくれた。

――後始末をした後も、広輝はベッドの上で私を抱きしめ髪をなでながら何やら考えていた。しばらくして口を開く。

「香、明日予定あるか？」

「ううん」

明日も、明後日も、予定は何もない。私、寂しいかな……

「じゃ、俺と出かけるぞ」

意外な言葉に驚いて顔を上げる。

「どこへ？」

「ん？　……秘密だ」

「秘密？　何それ？」

私の質問には答えずに、広輝は難しい顔をして何か考えているようだった。その横顔を見ているうちに、しつこく聞き出すことはやめようという気になった。

「――ああ、もうこんな時間だな。おまえ、そろそろ家に戻ったほうがいいだろ。俺、ちょっと電話しなきゃならないところがあるんだ。明日の時間は後でメールする」

私を抱きしめていた腕を、広輝はあっさりとほどいた。

家に戻るために高橋家のキッチンから外に出ようとした時、背後から広輝の声が聞こえた。

「香、大丈夫だから。俺が、おまえのこと守ってやるから」

振り向いて広輝を見つめ、うなずいた。その言葉が嬉しくて、鼻の奥がツンとなった。

広輝のおかげで、気持ちも楽になって、運動（？）して体もほぐれたせいか、昨夜は久しぶりにぐっすりと眠ることができた。まだ朝六時だというのに、頭はスッキリとしている。

あの広輝に抱いていただくなんて、朝起きたらやっぱり夢だった――なんてこともなく、携帯電話を開くと、広輝から届いたメールがちゃんとそこに残っている。

『朝七時に俺の車に集合。コンタクトレンズ持ってこい。おしゃれも化粧もしなくていい』

そっけない文面。

昨夜、家に戻ってしばらくしてから届いたそのメールを目にした時は、ちょっと驚いた。

朝七時？　しかもコンタクトレンズって——スポーツでもするの？

なんにせよ『おしゃれも化粧もしなくていい』という一文があったので気が楽だ。もし、この一文がなかったら……

鏡の前で悩み続ける自分の姿が目に浮かぶ。ましてや『おしゃれしてこい。化粧もちゃんとするんだぞ』なんて書いてあったとしたら……クローゼットを引っかき回して、寝不足まちがいなし。ううん、きっと寝られなかったかも。

今日の私は、広輝に言われたとおり、すっぴんにメガネ。使い捨てのコンタクトレンズは、とりあえず予備も持って行くことにする。コットンのチュニックにレギンス、スニーカーという服装は動きやすい。低い山くらいなら登れるかも——登るのやだけど。このスタイル、近所のスーパーなら全く浮かずに溶け込める。


七時ちょうどに家を出た。

高橋家は、敷地の南と西が道路で、北と東は民家と接している。その東側の民家ってのが私の家。数年前、プライバシーを守るために、南西の道路沿いに車庫と高いフェンスができて、通りからは一階部分は見えない。わが家の南側の道路から高橋家を覗き込んでも、木々の間からキッチンのドアが見えるだけ。フェンスが完成した時、久美子さんは「これなら暑い日に、パンツ一丁でリビングで寝てても大丈夫」って笑ってた。

私は、例の生垣《いけがき》の切れ目から高橋家の庭に入り、キッチンの横を通り過ぎて、車庫へ回った。

広輝がすぐに現れてリモコンで正面のシャッターを開け、二人でピカピカの真っ白いドイツ車に乗り込んだ。

まるで、夕べのことなんかなかったかのように、広輝の態度はいつもと同じ。ってことは、普通に優しいってことなんだけど。もしかしたら、その振る舞いが甘くなって、ベタベタの広輝になっていたら……なんて、ちょっと期待していた。でも、正直なところほっとしている。だって二十年以上の付き合いだもん、いつもと同じ態度でいてくれないと、私も反応に困っちゃう。

通りに出ると、朝の町はキラキラとまぶしかった。今日もいい天気で暑くなりそうだ。

「久美子さんは？」

ちょっと眠そうな表情でハンドルを握っている広輝に尋《たず》ねる。

「まだ寝てるよ。夕べはかなり遅かったようだからな。おまえ、何て言って出てきた？」

「うちは、お母さんしか起きてなくてね、『どこ行くの？』って聞かれたから、『わかんないけどヒロと一緒』って言ったら、『あら、いいわねぇ』だって。ヒロのこと信頼してるんだよね」

「そうか。じゃあ、その信頼に応えなきゃな」

「信頼に応える？　ねえ、どこに向かってるの？　もう教えてくれてもいいよね？」

「東京だ」

涼しい顔で答える広輝。

「東京!?　……ってことは、やっぱりヒロのクラブでスポーツとかするの？」

ぎょっとして思わず隣の広輝の横顔を見上げる。

「俺、休みだぜ。勘弁しろよ」

広輝は口をへの字にして、助手席に座る私の顔をチラッと見た。

東京――って言うから、てっきりヒロスポーツクラブに行くのかと思って焦っちゃった。だって、こんな気の抜けた服装で、広輝の知り合いに会うなんて、いくらなんでも恥ずかしすぎる。とりあえずはほっとしたけど、だったら肝心《かんじん》の行先は？

「じゃあ東京のどこ？　私、スポーツするんだと思ってこんな格好で来ちゃった」

「なんでスポーツなんだ？」

不思議そうに広輝が言う。

「だって、おしゃれしなくていいし、コンタクトレンズ持ってこいだし……」

昨夜、寝る前の私の推理は――明日は、私の気分転換のために緑の多いところに行って、散歩でもするのかな？　根っからのスポーツマンの広輝のことだから、軽い運動でもするつもりかな？　コンタクトレンズを持ってこいってことだし、二人でバレーボールとか？　それともバドミントン？　私はヘタクソだけど、広輝と一緒なら楽しいよね。ふふ……なんだかラブラブのカップルって感じ？　――だったけど、それはどうやらただの的外《まとはず》れな妄想だったみたい。朝、カーテンを開けた時、晴れ渡る空に嬉しくなって、バッグの中に帽子まで入れてきたのに……じゃあ、いったいどこに行くの？

高速道路のインターチェンジが見えてきた。入り口のバーが上がり、東京方面の高速に乗ると、しばらく黙っていた広輝が口を開いた。

「よし！　高速に乗ったし、覚悟を決めろ。今日は、俺の行きつけのサロンに行く」

「サロン？」

まったく予想外の答えだった。

「……それって、エステとかそういうの？」

「エステも、ヘアメークもひっくるめてだ。おまえ、今日はサロンで、まな板の上の鯉《こい》になれ」

広輝が言うには――今、私たちが向かっているのは、広輝が住んでいるマンションの近くのサロン兼セレクトショップ。オーナーの人柄と腕は信頼できる。テレビ出演の時などに、広輝はそこをスタイリスト代わりに利用している。セレクトショップは、カジュアルからフォーマルまで洋服はもちろんのこと、靴やアクセサリー、バッグも下着も扱っている。今日はそこで上から下まで全部そろえるから、どんな格好でもＯＫ——だった。

「そんなところに……私なんか……」

「そう言うと思った。だから秘密って言ったんだ」

広輝はあきれたような口調で言った後、すぐに怒った顔で続けた。

「おまえ、悔しくないのか？　おまえは新郎の元カノだぞ。普通は何か騒ぎを起こされたらって、元カノなんか招待しないぜ」

「私、何もしないもん……」

「あの二人もそう思ってるんだよ。おまえならご祝儀《しゅうぎ》持ってやって来て、大人しく座って祝ってくれるって。——俺は悔しいんだよ！　復讐《ふくしゅう》したいだろ。無理やりマイク奪って『新婦に新郎を寝とられました！』とか言ってやりたいけど、そんなことすりゃあ、おまえが傷つくだけだ」

復讐——そんな物騒なこと、考えもしなかった。

「そりゃあ私だって悔しいよ。みじめだし。でも、復讐だなんて……そんなことしたくない」

したくないっていうより、できないんだ。こんな私に、いったい何ができるっていうの？

「だから、香は行って座ってるだけでいいんだよ。あんな半端なナンパ顔の龍一なんて、魅力は職業が安定してるってだけだろ？」

「半端なナンパ顔って……ははっ、当たってる分ひどい」

でも広輝に比べたら、ほとんどの男がナンパ顔になっちゃうよ……そう思いながら、少し目尻の下がった龍一の顔を思い浮かべる。高校時代、バスケット部だった龍一は確かにチャラチャラしてたけど、特に目立ってたグループの男子じゃなかったし、半端って言われればそのとおりかも。今は今で、信用金庫で働くからにはナンパな外見でいるわけにもいかず、だからって真面目《まじめ》一本やりにもなれず、確かに半端感が漂う。だけど、そんな彼でも私にはもったいないって思ってたんだけどな。

「香がうんとキレイになって、堂々と座ってるだけで十分復讐になるんだよ。『そんな男もういりません！』って顔して、澄ましてりゃいいんだ」

広輝の復讐って、そういうことなの？

確かにそうかもしれない。私が落ち込んだ顔で披露宴《ひろうえん》に行ってみすぼらしく座っていたら、ますます噂の的《まと》にされちゃうよね。私に『そんな男もういりません』なんて顔ができると思わないけど、堂々と座っているぐらいなら……というか、堂々としてなきゃ、みじめすぎるよね。

「真紀だって、強引っていうか……傲慢《ごうまん》か？　おまえなんか子分扱いされてんだろ、正直」

広輝、痛いことをズバッと言ってくれるなあ。いつも私には優しいけど、今のはキツイ！

「うわ～、子分かぁ……せめて妹分って言ってよ。——でも、確かにそうか。今回のこと考えると、私、やっぱりバカにされてるよね？」

そのあたりのことってそれなりに自覚してたことだけど、人から改めて言われたり、自分で口に出したりすると、なんだか悔しくなって落ち込んでくる。

「おまえ、ろくに化粧もしないだろ？　今までキレイになろうって、本気で努力したことあるか？」

「本気で？　……それは、ないかも。だって、わかんなかったし。色々やっても、なんだかやらない方がマシな感じになっちゃうんだもん」


中学入学から高校卒業までの六年間、家庭科部だった私は、料理と裁縫の腕はちょっと上がったけど、おしゃれの腕はちっとも磨かなかった。だって、家庭科部には、おしゃれを競い合うような子なんていなかったから。

そんな私でも、大学生になった時は、雑誌を読んだり友達に教えてもらったり、がんばってみたんだよねぇ……おしゃれってものを。使い捨てのコンタクトレンズを使ったり、パーマをかけてみたり。コンタクトレンズは取り扱いが簡単で、つけ心地も快適だった。でも、パーマは上手くまとめることができなくって、結局ストレートに戻しちゃった。

そんなある日、「香は色白で肌がキレイだから、化粧しなくてもいいんじゃない」って、友達に言われたんだ。

確かに私は肌だけはキレイってほめられる。でもこの時は、「化粧が下手だ」ってそれとなく教えてくれたのかなと思った。なぜって、自分でも化粧なんかしないほうがマシだと思っていたから。それからは時間とお金の無駄遣いはやめちゃった。

「それなら大丈夫だ。マシな方がわかるってことは、センスはちゃんとあるんだよ。たぶん方法がわかってないか、間違ってるんだろうな。あっ、でも、おまえが不細工《ぶさいく》だって言ってるわけじゃないからな。勘違いすんなよ」

私を気づかって、そんなフォローを入れる広輝。

「とにかく復讐《ふくしゅう》ってのは抜きにしても、もっとキレイになったほうがいいだろ？　いいチャンスだと思うぞ」

「そうか……そうだね。私だって、キレイになりたい。おしゃれだって楽しみたい」

素直な気持ちが口をついて出た。

キレイになる――そうすれば、披露宴《ひろうえん》で「かわいそう」って思われなくて済むかな？

一緒に行ってくれる広輝が恥ずかしい思いをしなくて済むかな？

「プロにアドバイスを受けたり、セレクトしてもらうのが手っ取り早いと思うんだ。俺はな、今まで自分で目的とか目標を決めたら、それを目指して最大限の努力をしてきた。おまえもキレイになりたいって思うんなら、今日のこのチャンスを利用しろ」

「チャンスか……そうだね。ヒロは、他の誰よりも練習してたよね。私、ヒロがすごく努力してきたこと、隣で見てたから知ってるよ」

そう言ってハンドルを握っている広輝を見ると、ちょっと照れくさそうな顔をしている。

「私のためにサロンのこと考えてくれたんだ。……ありがと、ヒロ。よし、決めた！今日は鯉《こい》になってまな板の上で寝る！」

とは言ったものの、急に不安になった。

「でも……高いんじゃないの？　そこ」

「そんなこと気にしなくていいんだよ、おまえは。俺がやりたくて勝手にやってることなんだから。夕べ急に電話したんだけど、オーナーが予約を融通《ゆうずう》してくれてよかったよ。来月の披露宴《ひろうえん》のことも言ってあるからな。その日もオーナーに任せれば、きっと大丈夫だ」

「でも……」

ためらう私に、有無《うむ》を言わせない口調できっぱりと広輝は言った。

「じゃあさ、誕生日プレゼントのおまけだと思ってくれ。どうせやるなら、できる限りのことをしたいんだよ。とにかく遠慮は無用だ。金の話ももうなしだ」

その後は、広輝のおしゃれの苦労話に話がはずんだ。

広輝は現役時代、サッカー界のオシャレさん代表みたいに言われてたけど、実は苦労してたんだって。なんてったって、みんなが一番おしゃれに関心を持って試行錯誤する十代から二十代前半、ジャージしか着なかったんだから。海外から戻った時に、成田空港で撮られる写真が恐怖だった——なんて聞くと、広輝にも苦手なものがあったんだって安心しちゃう。

そんな話をしている間に車は東京に入った。首都高が少し渋滞《じゅうたい》したけど、予約時間の九時より十五分ほど早く、そのサロン兼セレクトショップに到着した。

その建物は、想像していたよりも大きく、すっきりとした外観をしていた。

『コ』の字型の建物の一階が女性用と男性用のセレクトショップに分かれていて、それぞれの二階部分がサロン。建物に挟まれた真ん中のスペースが駐車場になっている。なるほど、これなら車の乗り降りは表通りから見えにくい。色々と配慮《はいりょ》されているようで感心する。

駐車場に車を停めると、建物の中から二人の女性が現れた。

遠目にも、オーラが漂う二人。似ているので母娘《おやこ》だろう。失礼ながら言わせていただくと、ものすごい美人というわけじゃない。でも『美人』の雰囲気をまとっている。これを授けてもらうためにここに来たんだ、と納得して決意を新たにした。

「いらっしゃいませ。オーナーの佐々木《ささき》と申します。私が小川様を担当させていただきます。こちらは娘の里佳子《りかこ》で、高橋様の担当でございます」

今の自分の服装を思うと、うつむきたくなる。でも、顔を上げて「よろしくお願いします」とあいさつした。

「では、小川様はどうぞこちらへ」

私はオーナーにうながされて二階の女性用のサロンへ向かい、広輝は里佳子さんと一緒に男性用のサロンに向かった。


個室に入ってソファに座ると、いい香りのする飲み物が出てきた。ハーブティーだろうか。喉が渇いていたのでありがたくいただくと、少し緊張がほぐれてくる。渡された用紙に記入を済ませると、オーナーがニッコリと笑った。

「本日は高橋様から、お手入れ全般とお出かけのお支度《したく》とうかがっております。よろしいでしょうか？」

「お手入れ全般とお出かけのお支度……ですか？」

よくわかっていない私は、オーナーの言葉をくり返した。

「ええ。午後からは別の予約が入っておりますので、短い時間になりますが、ご希望に沿うようにつとめさせていただきます」

「急な予約だったんですよね。すみませんでした」

「いいえ。大丈夫ですよ。通常は正午から夜八時までの営業ですが、お客様のご要望があればその前でも後でもお受けいたします。本日は午前に空《あ》きがあって幸いでした」

「遅くまでやっているんですね」

「お勤め帰りの方や夜のパーティーのお支度など、遅い時間のお客様が多いのですよ。昼からは他のスタッフもまいりますが、今は私一人だけでお許しください」

夜のパーティー――私には縁のない言葉。

「そんな……急だったし。私、今日は『おしゃれも化粧もしなくていい。コンタクトレンズだけ持ってこい』って言われて……だから、こんな格好ですみません」

どう考えても、ここは私には場違いだ。そう思うと言い訳ばかりが口をついて出る。

「それに、私、がんばってもセンスなくて、メークもまったくわからないんです。今日は色々教えていただきたいです。希望なんかないので、全部お任せしてもいいでしょうか？」

オーナーは優しく微笑みながら、私の目を見てゆっくりとうなずいた。

「かしこまりました。では、私から小川様に合うものをご提案させていただきます。それと、七月二十日にフォーマルなお支度のご予約をいただいておりますが、この日は披《ひ》露宴《ろうえん》へのご出席でよろしいですか？」

「はい」

「こちらは、どの程度のフォーマルにいたしましょう？」

「ええと……」

そうか、フォーマルにも色々あるんだ。

「ご友人の披露宴ですか？　それともお仕事関係？　――ご親戚とか？」

オーナーは優雅に微笑んでいる。私は言葉につまって口ごもってしまった。嫌々出席する披露宴だなんて、もちろん思っていないんだろうな。

「友人」と答えるのは簡単だ。でも、今日はまな板の上の鯉《こい》になるんだっけ。私は、目の前の『都会で生きるデキる女』の見本みたいなオーナーに、全てを話して自分をあずけることにした。

「実は……私の元カレと友達の披露宴なんです」

これまでにあったことを、正直にかいつまんで話した。そして同情した広輝が一緒に披露宴に行ってくれることも。

「――そうですか。そのようなご関係ですか。そういうことならお任せください。全力を尽くして小川様をサポートいたします」

最初、オーナーは戸惑った表情を浮かべていたが、最後にはそう言って力強くうなずき、私の全身を見すえる。その瞳はらんらんと輝いていた。

――それからは怒涛《どとう》の三時間だった。

裸になって紙の下着を着け、ローブをはおる。こうなってしまうと、「私なんて」とか「恥ずかしい」なんて言ってる場合じゃない。覚悟が決まった。

伸ばしっぱなしで長いだけの髪は、すいて軽さをだし、少しだけ明るい栗色に。

全身に泥が塗られた時は驚いた。泥パックって人気なんだね。女子力の低い私は知らなかった。

シャワーの後のローションは、香りの好みを尋《たず》ねられて、甘い感じって答えた。マッサージに使ったそれは、バニラのようなミルクのようなおいしそうな甘い香り。私、スイーツになったみたい。それからトリートメント、ネイル……本当に、まな板の上の鯉！

中でも、一番驚いたのは眉だった。

全く手入れをしていない私の眉は、ぼやっとして眉尻が太く下に広がっているたれ眉だ。この下に広がった部分をなくすと自然なカーブを描く眉になり、一気に目元がすっきり。顔つきが変わったのが、はっきりとわかる。

基礎化粧品で素肌を整えた後は、いよいよメーク開始。チーク、シャドウ、アイブロー……覚えきれない！

「あの、メモ……とってもいいですか……？」

恐る恐るそう聞くと、オーナーは手を止めることなく微笑みながら言った。

「今は、私の手の動きをよーく見て、そして話を聞いていてください。それだけで大丈夫ですよ。そのかわり、後でご自分で練習なさってくださいね。やっているうちに、自分に似合うメークや好きなメーク、色々なコツがわかってくるはずです。さあ、ＯＫです。いかがでしょう？」

鏡に映った顔はもちろん自分なんだけど――驚くほどアカ抜けている。

――自己流メークは、顔が変に白くなって、口紅が浮いて目立つわりにのっぺりと平面的で、どことなく古臭かった。

今は、自然な肌色で、ツヤのある薄い色の口紅のせいか若く見えて、鼻も高くなったみたい!?

「今使った――この口紅とかって、買うことができますか？」

「はい。お気に召していただけたようで光栄です。さあ、ヘアを仕上げましょう。髪はお顔の額縁です。ここが決まると美人度が一気に上がります。決まらないと全てが台無しです。私は、一番重要な部分だと思っています」

ブローでサラサラと輝くようになった私の髪をオーナーがアイロンで巻いていく。

髪のツヤを出すこと、スタイリング剤の使い方、アイロンのコツ、顔をひきたてるポイント……オーナーは手を動かしながら優しく説明してくれた。

完成したスタイルは、顔の周りをフワっと毛先が包み込み、いつもよりふくらみがあるのに小顔に見える女らしい髪型だった。プロってすごい！

「なんでもできるんですねぇ……」

小さくため息をつく私に、オーナーが嬉しそうに笑った。

「元々は美容師なんですよ。美容学校でもネイルやメークは一通り学びましたが、それからもずっと、毎日毎日勉強です」

「オーナーさんなのに、まだ勉強するんですか？」

「もちろんです！　世の中はドンドン変化します。テクニック、美容成分、それに機器類も進歩が速いですよ。私は、お客様のご要望以上を提供する心構えでやっております。大変ですけど、常に時代の一歩先を行く、がモットーなんですよ」

彼女が自分の仕事に誇りを持って取り組んでいるのがわかる。今朝、車の中で広輝が口にした「プロにアドバイスしてもらうのが手っ取り早い」という言葉を思い出した。

「私なんか今の流行すらわからないのに……。そういうのって、どうしたらわかるんでしょうか？」

「そうですねえ。――『意識して見る』ということを心がけてみたらいかがでしょう。

ファッション雑誌などはごらんになりますか？」

「いいえ、見ても活かせないから……」

「雑誌じゃなくてもいいんですよ。テレビに出ているタレントさんには、スタイリストがついています。今はこれが流行《はや》ってるんだなって意識して見るんです」

「意識して見る……それならできそうです」

「その次は、意識して見た中で、ご自分がいいなと感じたものを真似してみてください。今の時代、流行と言っても、あってないような状態ですから。みなさん、自分の好きな世界を楽しんでいらっしゃると思いますよ」

にっこりと微笑んだオーナーはうなずきながら、そんなことを言った。

確かに、真紀のスタイルは原色や大きな柄の洋服が多くて派手な感じ。でも、私が教育係をしている遠藤さんは、可愛かったり、大人の雰囲気だったり、バラエティーに富んでいる。インド人な日もあればアルプスの少女みたいな日もある。きっと、彼女はファッションを楽しんでいるからセンスがいいのかもしれないな。

私が身近な二人のスタイルを思い浮かべていると、オーナーが明るく声をかけてきた。

「さあ、今度はショップの方でお洋服を試してみましょう。小川様の体形なら何でも着られますよ。色々試してみると、自分に似合う色や形がわかってきます。着ていて気持ちのいい色や形ですね。それに下着も大切ですよ。まずはサイズを計りましょう」

サイズを計った後、ローブ姿で一階に下り、そのまま小さな部屋の中に入った。どうやらショップの試着室みたい。よくできた造りになっている。

オーナーがすぐに下着と洋服を手にして戻って来た。洋服は広輝が選んだと聞いて、ちょっと驚いてしまった。彼女は私に靴のサイズを尋《たず》ねてから、また部屋を出て行った。

何となくドキドキしながら洋服を身につけていると、ドアのノック音。

オーナーがオープントゥのパンプスを手に入って来た。

「まあ！　小川様、ステキですよ。とっても良くお似合い。最後の仕上げは姿勢です。さあ、胸を張って。いつも美しい姿勢でいることを意識しましょうね」

嬉しそうに微笑んだオーナーに軽く背中を押され、私は試着室から出た。

◇◇◇

香を待つ間、俺は男性用サロンで久しぶりにのんびりとした時間を過ごした。担当してくれたのはオーナーの娘の里佳子さん。

髪を切りそろえてもらい、爪や肌の手入れもお願いした。リラックスした時間を過ごしながら、香のことを考え続ける。このサロンの話をした時、「そんなところに……私なんか……」とひるんだ様子を見せた。ひどい仕打ちを受けて、自分を卑下《ひげ》している。もっと自信を持たせてやりたい。そう思ってここに連れてきた。だまし打ちのようだったが、香がこの提案を受け入れてくれてよかった。

俺にとって香は、昔から無条件で守るべき存在だ。きっかけは、母さんの言葉だろう。

「徹くんと香ちゃんと仲良くしてね。特に香ちゃんは女の子だから、男の子のヒロや徹くんが守ってやるんだよ」

「でも、今日も、徹にいちゃんは香にボールぶつけて、泣かせてたよ。香にキーパーやらせたんだ。香はヤダって言ったけどね」

「そういう時は、ヒロが徹くんから香ちゃんを守るんだよ」

「徹にいちゃんをやっつけるの？」

「徹にいちゃんをやっつけちゃダメだねえ……。そうだ、ヒロがゴールキーパーやりたいって言ったらどうだい？」

「そしたら香、ボールぶつけられないね。でも、俺もぶつけられるのやだな……」

「キーパーが上手になるって思えばいいんだよ。サッカー好きだろ？」

「うん……」

「いやになったら、徹くんに代わろうって言ってごらん。いい？　誰かが香ちゃんにイジワルしたら、どうしたらやめてくれるかなって考えるんだよ。そして香ちゃんが泣いてたら、ヨシヨシしてあげようね」

――こんな話をしたことを覚えている。

恐らく、息子をあずかってくれる小川家に迷惑をかけないように、と母さんは考えていたんだろう。男である俺が、女の子の香にイジワルしたら申し訳が立たないので、香を守る話をしたのかもしれない。そのせいかどうか、俺は香に何かあると放っておくことができない。

母子家庭の一人っ子。そんな環境だったが、俺は子ども時代にあまりさみしい思いをしなかった。

一家の主《あるじ》が亡くなるという突然の不幸に襲われた時、手を差し伸べてくれた小川家の人々。

当時、俺たち家族がどれだけ小川家に救われたのか、大人になった今はよくわかる。「今の自分があるのは小川家のおかげだ」と言っても決しておおげさではない。なぜなら香の父親――おじさんがいなかったら、俺はサッカーをしていなかったかもしれないからだ。

忙しい母さんが試合の応援に来られなくても、いつもスタジアムには小川家のみんながいてくれた。俺の活躍を喜んで一家で応援してくれた。

徹とおじさんはよく似ていて、大ざっぱで能天気。良く言えば――大らかで楽天的か？

一緒にいると、はた迷惑なこともあるが、楽しい人たちだ。

香とおばさんもよく似ている。二人とも、おだやかで人がよくて、頼まれるといやと言えない優しい性格だ。

昨夜、香の話を聞いた時、ひどく腹が立って、香がかわいそうで、いても立ってもいられなかった。いつも近くにいた香の不幸は、自分の不幸も同然だ。

香と龍一の交際は順調のようだったし、このまま二人は結婚しちまうのか……と思っていたのに、あんなことになっていたとは……

香を腕に抱くと、守ってやらなきゃ、という気持ちが沸々《ふつふつ》と湧いてきた。と同時に、その柔らかい感触に、香を女として意識してしまい、抱きたいという衝動に襲われ、我慢できなくなった。香と結ばれてみると、自分はずっとこうなりたかったんだと気づき、気持ちを新たにした。俺は男として、女の香を守りたい。


髪や肌を整えてもらい、さっぱりした俺は、一階のセレクトショップで香のためにワンピースを選んだ。

選んだのは女性らしいデザインのもの。俺の好みなんだけど、香にもきっと似合うだろう。その後も買い物をしながら香を待っていると……

——試着室のドアが開いて、香が出てきた。俺は驚きに目を見張った。

なんということでしょう〜！

——頭の中で声が響く。なんだっけ、あれ？　昔たまに見たあのテレビ番組。難点だらけの家が、匠《たくみ》の手によって生まれ変わる……「劇的リフォーム！　びっくりビフォー＆アフター」だ！

まさしくびっくりなアフターだった。

やっぱり人間、手間暇かけないとダメだな！

ゆるくカールしたツヤめく髪、メークは色を抑えて上品な——いや、可憐な感じに仕上がっている。俺が選んだ、俺好みのワンピースを着ている香。キレイだ……

香は、上目づかいで俺を見ながら、モジモジと組んだ指を動かしている。

「高橋様いかがですか？　キレイでしょう？」

満面の笑みを浮かべたオーナーにそう言われて、俺は答えた。

「さすがです、オーナー。ありがとうございます」

「小川様はお肌も髪もキレイでしたので、ちょっとお手伝いさせていただいただけですよ」

そう言いながらもオーナーの顔は得意満面といったところだった。

その後、セレクトショップで、欲しいものを選べと言っても、やっぱり香は遠慮ばかり。

それを見ていたオーナーが、

「私が選んでもよろしいでしょうか？」

と聞いてきたので、お願いすると、気持ちがいいくらいポンポンと決めてくれた。バッグ、アクセサリー、洋服、下着、それから――今日、香に使ったという化粧品類。もちろん俺はまとめて購入した。

最後に、二十日のためのドレスを選んでおくので、その前に試着と打ち合わせに来てほしいとのことだった。二週間後に予約をし、二人に見送られて俺と香はサロンを後にした。

時間は十二時半になるところだった。車に乗り込んだ香は助手席にちょこんと座っている。

「腹減っただろ？　すぐ近くのイタリアンを予約しておいたけど、いいか？」

「ありがと。でも、私と一緒でいいの？」

目をふせて、小さな声でそんなことを聞いてくる。

「個室だから大丈夫だ。それから、言っておくけど、俺はどこだっておまえと一緒で大丈夫だ。コソコソするのはいやだからな」

「そう……なら、いいけど。お腹《なか》すいたね」

香はなんだか元気がない。どうしたってんだ？　レストランに着き、部屋に案内されてオーダーを済ませた後も、うつむきがちでしょんぼりしている香に尋《たず》ねた。

「どうした？　元気ないな。疲れたか？　腹減りすぎたのか？　それとも具合でも悪いのか？」

俺の問いかけにも答えず、香はしばらく黙っていたが、意を決したように顔を上げた。

「……ねえ、ヒロ、正直に言って。私、ヘン？　似合ってない？」

「何言ってんだ？　おまえ……」

香の言葉があまりにも予想外で、意味がわからず混乱する。

「だって、ヒロ、何も言ってくれないし。それに……里佳子さんだっけ？　あの人、試着室から出てきた私を見た時、顔が引きつってたもん。もしかして……私、すごく滑稽《こっけい》なんじゃないかなって思って……」

はあ？　ほんっと、香って自分に自信ないのな～。改めてそう思う。だけど……俺も悪いのか。照れくさくて、香に何も言ってやってなかった。そもそも、香に自信を持たせるためにあそこへ連れて行ったんだから、俺は一番に香をほめなきゃいけなかったんだ。

俺は悲しそうな顔をしている香の手を取り、その目を真っすぐに見つめた。

「すごくキレイだよ、香」

そして、手の甲にちゅっとキスをした。——個室でよかった。

俺も恥ずかしいが、香は真っ赤だ。キレイになっただけでなく、若々しくなって色気も加わった。やっぱり、あのオーナーの腕は確かだな。

香のために、思っていることを素直に口にする。

「それだけキレイになりゃ、自分でもわかるだろ？　今の姿は、ずっと香の中にあったんだよ。これが始まりだ。おまえはこれからもっともっとキレイになるよ」

里佳子さんの態度については、思い当たることがありすぎだ。うぬぼれてると思われたくないが、間違いないだろう。

「里佳子さんな、あれは多分……俺のせいだ。前々から狙われてる気がしてたんだ」

「えっ？」

驚いて顔を上げた香は目を丸くしている。ああ、可愛いなあ。いい匂いもするし、早く飯食って俺のマンションに連れ込みたい。

「なんだかんだと、前から誘ってくるんだよ。最初におまえを見て、見くだしてたんだろ。出てきたおまえがあまりにもキレイになってたから驚いたんだよ。おまえ、今日、オーナーから俺とどんな関係か聞かれたか？」

「ううん、何も。ヒロは里佳子さんから聞かれたの？」

「探りを入れられたな」

「なんて答えたの？」

香が不安そうな顔をして聞いてくる。

「隣人って言った」

その答えを聞いて明らかにほっとした表情を浮かべた香に、少しむかついた。

そのことも話そうと思ってたんだ。俺はおまえとのこと、本気だからな。おおっぴらにしてもいい。でもな、一応おまえの考えも聞くべきだと思って、とりあえずは隣人にしておいた」

「おおっぴらだなんて……ダメだよ。私なんか……里佳子さんみたいな華やかな人だったらいいんだろうけど……」

またただ。私なんか……って。

「俺はやだよ。あんな女」

「どうして？　前から誘われてるんだよね？　なんで里佳子さんじゃダメだったの？」

「自分からおっぱい押しつけてくるような女はゴメンだ」

「……ええっ？　うそっ！」

一瞬キョトンとした表情を浮かべた香は、大声を上げる。

「ほんと。さりげな～くだけどな。女はエッチの時、あんなにおっぱい感じるくせに、自分で気が付かないわけないだろ？　明らかにワザとだよ」

それ以外にも、妙にボディタッチが多い。客に触らなきゃ仕事にならないんだろうけど、それにしても手を取って話したり、腕にからみついてきたり……それ、必要な動作なのか？　って思うことばかり。里佳子さんのおっぱいは大きいから、それを押しつけりゃ、男が喜ぶとか思ってんだろ？　まあ、確かに喜ぶけどさ。だからって、そんな女とどうこうなりたいって、思う男ばかりじゃないんだよ。

「でも、健康な二十六歳の男はおっぱいに触りたいんじゃなかったの？」

ちぇっ。夕べの俺のセリフかよ。

「夕べみたいに、見えちゃったラッキー、みたいなのがいいんだよ」

反撃されたことが少し悔しくて、香の手を取り、手首の内側をペロリとなめて「腹減った。食後のデザートはおまえだから」って言ってやった。薄《うっす》らと赤く染まる香の首筋がなまめかしい。

それからの香はすっかり元気になって、これもおいしい、あれもおいしい、って食欲旺盛《おうせい》だった。パクパク食べている様子も可愛い。

食事の後、俺のマンションへ来るかと誘うと、「行っていいの？」と明るい笑顔で喜んでくれた。そうと決まれば、さっさと俺んちに行くぞー！

◇◇◇

広輝の車の助手席に座って、私は窓からにぎやかな街の様子を眺めていた。普段は五分で着くって広輝は言ってたけど、土曜の午後の渋滞《じゅうたい》はひどかった。前方に見覚えのあるツインタワーが見えてくる。

「ねえねえ、あれって……例のマンションだよね？　わあ〜、思ってたより高〜い。ヒロのマンションは？　あそこじゃないのよね？」

人気歌手が別れ話のもつれによる傷害事件を起こした舞台。ワイドショーだけじゃなく、ニュース番組でも何度も見かけた。

「ああ、俺が住んでるのは違う棟だ」

このあたり一帯は、マンションやその他の商業施設も含めて、良いことでも悪いことでも、何かと話題になる場所だ。一度来てみたいと思っていた。

「サロンからも近いね。それにしても、にぎやか。ここって映画館とか美術館もあるんでしょ？　いいなあ。こんなところに住んでるなんて、ヒロ、すごいね」

私も東京にはよく遊びに来る。だけど何度来ても、人が大勢行き交うにぎやかな街の様子を見ると、お祭りみたいだなって思っちゃう。

「他にもすごいマンションがいくつもできたから、前に比べるとここはかなり落ち着いたんだよ。でも、いろんな店や施設があって生活するには便利だよ。車で出かけるにも都合がいいし、気に入ってるんだ。駅も近いし……ほら、そこが地下鉄の駅だ」

広輝の指さす先に、地下鉄の階段が見える。

「で、ここが俺の住んでるマンション」

広輝は、そう言ってウインカーを出し、ハンドルを切って地下駐車場に入った。


――何ここ？　ほんとすごい！

マンションのフロントにパリッと制服を着こなした人がいて驚く。コンシェルジュっていうんだって。まるで高級ホテルみたい。

エレベーターの中で広輝にそう言うと、ははっ、て軽く笑っただけ。きっと、こんなこと、しょっちゅう言われてるんだよね。

「マンションもすごいけど、ヒロの車もすごくかっこいいね！」

「だろ！　あの車は一目ぼれだったんだ。贅沢《ぜいたく》かなーとは思ったんだけどさ」

車の話になった途端にいい笑顔。でも、すぐに真面目《まじめ》な顔になって続ける。

「まあ、家や車は、ハッタリもあるんだ。良いものは、信頼を得るための必要経費だよ。身だしなみも同じ。自分自身が広告にもなるって思うから、そのあたりはケチケチしないんだ。あんまりみすぼらしくしてると、変な噂が立ったりするからな。事業がうまくいってないとかさ」

そうか。実業家も色々大変なんだね。

「おじゃまします……」

広輝に招き入れられ、重厚なドアをくぐって玄関を上がり、おずおずと廊下を進む。リビングに入ると……目の前に広がる景色に圧倒された。大きな窓からは、数々の建物が続く都会の様子が遠くまで見渡せる。今日は天気がいいので、薄い青色の空が目にまぶしい。

「うっわ～！　すっごい景色。東京タワーも見えるんだ！」

窓の前に立って子どものようにはしゃいでいると、荷物を置いて近づいてきた広輝に包み込むように後ろから抱きしめられた。そして、広輝は私の頭にアゴをのせて一緒に外を眺める。

「ヒロは……こんな景色を毎日見てるのね。意外に緑が多いんだね」

「ああ、そうだな」

頭の上からひびく低い声に肌が火照《ほて》ってくる。だけど、無邪気なふりをして言葉を続けた。

「夜景もキレイでしょ？　見てみたい――んっ……」

広輝が私の髪をかき分け、ちゅっと大きな音をたてて、首筋にキスをした。

「楽しそうなところを申し訳ないが、おまえは食後のデザートだって言ったはずだ」

「んん、待って……こんなところじゃ……人に見られちゃう」

私が身じろぎをしている間にも、広輝の唇が首筋をなぞる。耳の後ろでちゅっと音を立てた後、私の耳たぶにその唇を押しあて、ささやいた。

「大丈夫だよ。遠すぎて、何やってるかわかんないさ」

その低い声に肌がざわついた。広輝が左手で私のアゴを持ち上げ、私の唇は広輝の唇でおおわれた。その右手は、私の太ももの上を動き、スカートの裾から侵入して……いくらなんでも、明るい窓辺で……恥ずかしい！　私は広輝の右手をつかんで、その動きを止めた。

「でも……向かいのビルの窓からは、きっと見えちゃう……」

「ははは。この窓ガラスは、外からは見えないようになってんだ。安心しな」

広輝が声を立てて笑った。もう、と小さくつぶやいて、私は広輝に軽くもたれかかった。その時、私が右手でつかんでいた広輝の手がスルッと抜けたかと思うと、広輝は私の手を上から握って自分の股間に持っていった。

「俺、もうこんな……」

また、頭の上で広輝がつぶやく。そこはすでに固さを持ち始めていた。

「ヒロ……」

その反応が嬉しくて、私は自分の右手を後ろ手のまま優しく動かし、広輝の形をなぞった。

「うう っ……」

頭上から小さく響く広輝の声。

「こっちだ」

かすれた声でそう言った広輝は、私の手をつかんで大股で廊下を進んだ。

部屋に入ると、大きなベッドが目に飛び込んできた。広輝のベッドルームのようだ。レースのカーテンが引かれていて、窓の向きがリビングとは違うせいか室内は薄暗い。他には、ソファやテーブル、パソコンやテレビがのったサイドボードやデスク。バスルームらしき扉もある。この部屋だけでもホテルの一室のような雰囲気。

広輝はベッドサイドまで私を連れて行った後、立ったまま軽いキスをした。そして、ちょっと離れて腕を組んで立ち、まるで私を品定めでもするかのように上から下まで視線を動かす。

そんな風に見られると恥ずかしいじゃない。どうしていいかわからなくて、私は黙って広輝を見つめた。

「キレイだよ、香。その服、良く似合ってるな」

満足そうに笑ってうなずいた広輝は、手を伸ばして私の肩からカーディガンを滑り落とした。

私が着ているのはノースリーブのワンピース。淡いブルーの布地に白い小さなフラワープリント。スカート部分がフワリとしている。広輝に脱がされちゃったけど、その上に白い薄手のカーディガンを羽織っていた。サロンで見た時、清楚でお嬢様のようなコーディネートだなって思った。

「これを着たままってのもいいな……いや、ダメだ。汚しそうだもんな」

ボソッと広輝がつぶやく。この洋服を広輝が選んだってことは、すなわち広輝好みってわけね。

「――香、ストッキング脱いでくれ。俺、破きそうで、それ脱がすのは苦手なんだ」

広輝はそう言いながら、自分のシャツのボタンを外し始めた。

私は、ベッドに軽く腰を下ろしてゆっくりとストッキングを脱いだ。あまり早く脱ぐと、そこから先の行為を待ち望んでいるって、いやらしい女って思われちゃうんじゃないかって、羞恥心《しゅうちしん》が湧いたから。

ストッキングを脱ぎ終わって、広輝に視線を向けると、彼はもう何も身につけていない。目のやり場に困って立ったままうつむき、ワンピースを脱ごうと背中のファスナーに手を伸ばす。

そこへ広輝が近づき、私の髪をかき分け、首筋にキスをした。そして、背中のファスナーを下ろす。ジーッという音に続き、パサッと乾いた音がしてワンピースが床に落ちた。広輝の指がキャミソールの肩ひもを横に滑らせて、肩にキスを落とした。立ったまま、広輝の行為に身を任せる。ブラジャーのホックも外され、あっという間にショーツ一枚になっていた。

「香……おまえ、その下着……」

私が身につけているのはたった一枚――白い総レースのショーツだった。

――佐々木オーナーが準備してくれた何点かの下着の中に、このショーツはあった。サロンでそれを見た時は、白いレースがキレイだなって思って、何げなく身に着けてみたら……全体がレースってことは、つまり透けるわけで……。だけど、一度はいたショーツを返すわけにもいかなくて、そのまま今に至る。

広輝はベッドに座り、私の手を引いて自分の太ももの上に横向きに座らせた。ちょっと不安定な体勢になって、私は思わず広輝の首に両手を回した。

「おまえ、ここ、透けてるな……」

広輝の手が、私の下腹部をまさぐる。

「あんなフワフワしたワンピースで……」

広輝の手が太ももの間に入り込む。私は太ももを自分から緩め、その動きを助けた。

「……風が吹いたら、スカートめくれて見えちゃうだろ?」

その手は、ショーツの上から私の敏感な部分を包み込む。広輝の指が、ゆっくりと上下に動く。

「ヤラシイなあ……」

ショーツの横から入り込む広輝の指。ああ、と思わず声がもれてしまう。

「すっかり濡れてんな……」

ゆるゆると滑る広輝の指。ヒダをかき分け、ぬめりを塗り広げるように動き回る。

「だって、あんっ。ヒロが……触らせるんだもん……」

私がそう言ったのは、ヤラシイと言われたのが恥ずかしかったから。なのに——

「そっか、俺のを触っただけで興奮しちゃったのか。おまえ、やっぱりヤラシイな」

広輝は小さく笑った。やっぱり、私はヤラシイんだ。そうかも……。だって、ゆるく動き回る広輝の指が、こんなに気持ちいいなんて。私は、乱れ始めた吐息とともにつぶやいた。

「……はあっ……ヤラシイのダメ?」

「大歓迎だ」

そう答えた広輝は、私をベッドにゆっくりと横たえ、ヤラシイショーツをはぎ取った。

そして私の隣に横たわると上半身を軽く起こしてヒジで支え、優しく私の髪をなでる。

その手が、髪から……肩……腕……と滑っていく。

「すべすべだな。それに……いい匂いもする。なんか……ケーキみたいな、アイスみたいな……ほんとにデザートだな」

そう言って、私の乳首をくわえ、柔らかく舌先でなめ回した。あっという間に立ち上がる私の乳首。ジュルッという小さな音をたて、その唇が乳首を吸い上げた。広輝の唇は、乳首から……胸元……喉……をたどり、私の唇をふさぐ。入り込んだ舌が柔らかくからまる。

広輝の片手が、私の乳房から……わき腹……お尻……と動き回り、ぬめった突起にたどりつく。そして、そこに優しく刺激を与え始めた。

「んん……ああ……」

その指の動きに合わせて、私の唇からうめき声がもれる。その合間に、ぬちゃっ、くちゃっ……と広輝の指と私の粘着力のある液で生みだされる水音が、私の耳と羞恥心《しゅうちしん》を刺激する。

「香……」

広輝が私を見下ろしながら、切なそうに私の名前を呼ぶ。見ると、その瞳に欲望が見える。

「んん……私……もう……ヒロが欲しい」

私は欲求を小さく声に出し、広輝を見つめた。私の瞳にも欲望が浮かんでいるだろう。

「俺も……ここに入れたい」

広輝が、指をぬかるみにさし込む。私は喉を反らし、

「ああっ……！」

と声を上げた――

指で私の中を十分に慣らした後、手早く準備を済ませた広輝は、私の膝を割り広げた。そして、すっかりぬかるんだ場所にそそり立つものを押し当てて、深いところまで一気に押し入れた。

「ああ！　すごっ……くうっ……」

声を上げてのけ反った私の背がベッドに落ち、体から力が抜ける。

「ああ……香、やっぱおまえの中、いい……うう」

広輝の口からうめき声がもれた。そして、短く息を吐く私をしばらく腕に閉じ込めた後、広輝の腰が動き出した――

――ほんとうにキレイだ。

その言葉に、薄く目を開けると広輝と目が合った。私の頭の両脇に手を置き、私の顔を見下ろしている。その瞬間、ふと我に返った。さっきまで、深くて激しい挿入を繰り

返していた広輝は、今は浅く緩やかに私の中を往復している。さっきまで感じるままに上げていた声、感じるままにゆがめていた顔……それらが蘇《よみがえ》って私は急に恥ずかしくなり、目を閉じて声を押し殺した。はずむ吐息だけが喉の奥からもれる。

「ん？　どう……した？」

「はぁ……そんなに……見ないで……恥ずかしい」

「恥ずかしい……か。ずいぶん余裕だな。悪かった。刺激が足りなかったな？」

「そんなことなっ……あふっ……」

膝の裏を持ち上げられ、私の腰が浮いた。広輝は膝立ちになって大きく腰をグラインドさせる。体の奥が大きくえぐられた途端、脚の先までしびれるような快感が走る。私は我を忘れ、大声を上げた——


「——香……おい、香……」

肩を優しく揺さぶられてふっと目を開ける。私、眠ってた？　コンタクトレンズを入れたままの目がショボショボする。何度かまばたきをくり返すと焦点が合った。

「ケータイ鳴ってたぞ」

私にバッグを差し出した広輝は、すでにTシャツと短パンを身につけている。

「んん……ありがと」

まだ裸の私。シーツを胸まで引っぱり上げて上半身を起こし、バッグを受け取った。

携帯電話を取り出して確認すると、兄の徹からメールが届いている。

『おふくろが、夕メシ食うのかってよー』

「お兄ちゃんからだ。お母さんが、夕ご飯食べるのか聞いてるって。——ああ、もう五時過ぎちゃったんだ……」

「香、今夜はここに泊まっていかないか？」

そう言って、ベッドに腰かける広輝。嬉しい！　もっと広輝と一緒にいたい。

「でも……何て言ったらいいかな？」

「正直に俺のところに泊まるって連絡しろよ。俺が電話してもいいぞ」

そんなことしたら——私の家族はどう思うだろ？　想像がつかない。

「今日どこに行くのかも言ってなかったんだ。うーん……正直にメールしてみる。でも、何て思われるかな……」

私は、しばらく悩んだけど、素直に今の状況をメールにした。

『今、東京にいるので、夕ご飯はいりません。今日は、広輝のところに泊めてもらうので心配しないで』

私が兄に送ったメールの文面。嘘はついてないよね。すぐに返事が来た。

『ヒロと一緒かよ。そんなら、だーれも心配なんかしねーよ。できるもんならヒロに襲われてみろ。や～い！』

兄からの返事。

「もうっ！」

と言った私に、広輝が心配そうに顔を向ける。

「どうした？　何だって？」

黙って携帯電話の画面を見せると、目を通した広輝が大声で笑い出す。

「徹って変わんねえなあ」

「あの性格はねえ。いいのか悪いのか。今回のことではね、お父さんですら腫《は》れものに触るようだったのに、お兄ちゃんはいつもと同じで……だけど、それって結構救いだったんだよね」

その時のことを思い出して微笑むと、広輝は急に真剣な表情に戻った。

「なあ、さっきの昼飯の時、俺は、おまえとのこと、おおっぴらにしてもいいって言ったよな？」

「ちょ、ちょっと待って。おおっぴらにしたら大騒ぎだよ」

兄の顔が頭に浮かぶ。そんな話をしたら大騒ぎどころじゃないだろう。

「大騒ぎって……おおっぴらって言うのは、隠さないってことだけだよ。普通に一緒に出かけたり、誰かに聞かれたらカノジョだって答えるだけだ」

「ぎゃ〜〜！　ヒロのカノジョだなんて言われたら、どんな顔していいかわかんない！」

そう答えた私に、広輝はムスッとした顔をした。

「にっこり笑って、澄ました顔してりゃいいんじゃね。簡単だろ？」

また、自分のカノジョなんて大したことじゃないみたいに言う。ふと、思った。広輝は今までのカノジョのこと、どうしてたんだろう？

「ねえ、今までのカノジョはどうだったの？」

うーん、と言って腕を組み、広輝は上目づかいで考えている。

「……そうだなあ。隠そうなんて女はいなかったな。一緒に出かけたがって、行きたくもないパーティーなんぞに引きずって行かれたりしてさ。だからあんまり気にしてなかった。おまえはどうしたいんだ？」

広輝が私の顔を覗き込む。ここは素直に今の私の気持ちを言わせてもらった。

「ヒロのカノジョになれたこと、私はすごく嬉しい。だけどカノジョってことが広まって、うちに芸能レポーターとか来たらどうすればいいの？　今日だって、隣人で済んじゃったんでしょ？　私、それでいい」

「じゃあ、俺はただの隣人をマンションに連れ込んでるのか？　それって結構ひどい男だよなぁ。それに、俺は芸能人じゃないし、もうサッカー選手でもない。だから芸能レポーターなんてそう簡単に来ないよ」

「でも……ジュリちゃんのこと、同じホテルだってばれてたじゃん」

「あれは……向こうを追ってたんだろ」

広輝は、少し口ごもってそう言った後、ちょっとイラついたように続けた。

「確かにそういうことが全くないとは言えないよ。俺だって、おまえの家族に迷惑をかけたいわけじゃない。だけど……」

そして私をまっすぐ見つめながら言った。

「だけどな、せめて、おじさんやおばさん……ついでに徹にも、おまえの家族にだけは言っとかないと、俺、男としてどうよ？」

「ありがとう、ヒロが私のこと、きちんと考えてくれてるのがわかって、本当に嬉しい。でも私、色々あったばっかりだし……とりあえずお母さんに話して、お父さんたちにも言っていいか相談していい？　それまで待って……ね？」

「……わかったよ。でも、コソコソするのはいやだからな」

広輝はうなずいた。とりあえずっていう私の提案で納得してくれたみたい。

「とにかく、今夜はずっと一緒だな」

一転してニヤけた顔になった広輝は、身を乗り出してシーツごと私を抱きしめた。

泊まるならってことで、サロンで購入したものを広輝が車から運んでくれた。メガネも、着替えも、化粧品もある。新しい歯ブラシもあるって言うし、パジャマなんか、今朝、家から着てきたもので十分だ。下に二十四時間営業のスーパーがあって、宅配もしてくれるってことだし、すぐ近くにはコンビニもある。困ることは何もないだろう。

リビングに戻って、改めて室内を見回した。大きなサイズの家具や家電。照明やカーテン、壁にかけられた絵など、雰囲気はホテル、それも海外の高級ホテルって感じ。行ったことないけど。先ほどまでいた広輝のベッドルームの他に、もう一つ小さなベッドルームがあって、やはりどちらもバスルーム付き。こっちはお客さんや友達が泊まったり、久美子さんがたまに来ることもあるんだって。「お掃除大変じゃない」って言ったら、「ハウスクリーニング」って返ってきた。

「もうすぐ六時だけど夕ご飯どうする？　材料さえあれば、私が作るけど？」

「材料か？　冷蔵庫の中、飲み物とつまみしかないな。それに料理を作る道具があやしいな。キッチンなんか使ったことないから、何がどうなってるのか全然わかんないぞ。ここはもともと生活用品のほとんどが備え付けだったし」

「備え付け？　食器なんかも？」

うなずく広輝に、驚いて台所を見た。深い茶色でまとめられたキッチンは、高級感があり落ち付いている。言われてみれば大型の冷蔵庫やオーブンレンジは、食器棚やシステムキッチンの扉の色と同系色だ。コーディネートされているせいか、統一感がある。

食器棚のガラス扉からは、整然と並ぶカップやお皿が見えた。

「いつも、ご飯はどうしてるの？」

「ほとんど外食だな。仕事がらみの会食もあるし、下に降りれば店はたくさんあるから」

「こんな立派なオーブンレンジがあるのに、もったいないな。中広くて、大きいピザも焼けるし、いっぺんにたくさんのパンやクッキーも作れるなぁ……」

オーブンレンジのドアを開け、中を覗き込む。使用感ゼロ。

「俺はチンすら使ったことないな。そういや、香、パン作るの得意だよな？　ああ〜、焼き立てのバターロールとか食いたいな〜！　まだバターがジュワーってしてるやつ。最高だよな、あれ！　なあ、パン、作れないか？」

その広輝の言葉で思い出した。中学、高校の頃、私はパン作りに夢中になったことがある。家で焼き始めると、匂いにつられて広輝が現れる。それに、うちには兄もいる。

焼き上がったそばから、二人して食べる、食べる……焼
次の焼き上がりが待てなくて、オーブンのドアを覗き込みながら二人はウロウロ。焼きあがるやいなや「アッチッチ……」って叫びながら食べつくす。バターロールなんて五十個以上焼いたっけ。カレーパンを作った時も、二十個もあったのに、二人で全部食べちゃった。運動部男子の底なしの食欲は本当にすごかった。でも「うまい、うまい」って食べてくれると、嬉しいんだよね。

「今日は無理だよ。発酵《はっこう》に時間かかるから」

「そっか、残念だな。じゃあ、今日の夕食はデリバリーでいいだろ？」

広輝はダイニングテーブルの椅子から立ち上がり、カウンターの引き出しからデリバリー用の冊子を取りだした。昼がイタリアンだったし、夕食はお寿司にしようって決めた後、カウンター越しに言う。

「なあ、ここにまた来て、色々作ってくれよ。俺、おまえの料理食いたい」

そんなふうに言われると嬉しくてたまらない。「また来て」って言葉も嬉しいけど、私の料理が食べたいなんて言われると、私にも得意なものがあったんだって思い出して、少しだけ自信を取り戻すことができた。

「うん。じゃあ、どんな道具があるかどうか、キッチン見てもいい？」

「家じゅうどこでも見てもいいぞ。俺はちょっとコンビニ行ってくる。明日の朝飯とか適当に買ってくるけど、いいか？」

私が「うん。お願い」ってうなずくと、笑みを浮かべた広輝は「すぐ戻る」と言って部屋を出て行った。

「さてと……」

私はキッチンの扉や引き出しを開けて中を確認し始めた。基本的な料理道具はあるけれど……

「粉ふるいがないし、ミトンやクッキングシートもいるよね。麺棒《めんぼう》……ゴムベラ……ハケやスケッパーもあったほうがいいかな……タイマーとかスケールとかあるのかな？」

メモを取りつつ、あちこち覗いていると広輝が戻ってきた。冷蔵庫を開けて、買ってきたものをしまい私に聞いた。

「どうだ。パン、作れそうか？」

「今のままだとパンは無理かな。色々足りないよ。普通の食事を作るのにも、もう少し料理道具が欲しい感じ」

そう答えると、広輝はちょっと残念そうな表情を浮かべた後、すぐに言った。

「じゃあさ、明日足りないものを買いに行かないか？」

「ほんと？　料理道具買うなら、私、かっぱ橋に行きたいな」

「かっぱ橋？」

きょとんとした顔をする広輝。かっぱ橋って、コックさんでもなければ、男の人には縁のない場所かな？　家庭科部の女子にとっては、原宿や渋谷よりも楽しいんだけど。特にお菓子作りの道具は欲しいものだらけ。クッキーの型なんか珍しいものがいっぱいあるんだもん。

「うん。料理道具をたくさん売ってるところでね、何でもそろうよ。あっ、でも、明日は日曜日だ……休みの店が多いけど、それでも十分お買い物できるよ。私、時々、友達と行くんだ」

「友達って、まさか……真紀か？」

広輝の表情が少し曇った。

「ううん。かっぱ橋は真紀の趣味じゃないもん。家庭科部の山田加奈子《やまだかなこ》って、覚えてる？」

「う～ん、なんとなく？」

広輝は目をそらして首をかしげている。はは、覚えてないんだね。って言うか最初から知らないかな？

「加奈子って絵が好きなんだよ。だから上野によく行くんだけど、その時ついでに、二人でかっぱ橋に行くことがあるの。かっぱ橋ってね、上野の近くなんだ」

「絵が好き？　……で、なんで上野？」

「それはね、上野には美術館がいっぱいあるでしょ。東京都美術館とか、国立博物館とか。上野で絵を見て、かっぱ橋まで歩くの。私ね、最初、かっぱ橋目当てに一緒に行ってたんだけど、今は絵を見るのも楽しくなって。有名な絵ってやっぱりすごいなぁって、最近思ってるの」

「ああ、それでフランスとかルーブルとか言ってたのか？」

夕べの写真のことを思い出したのか、広輝はなるほどといった顔でうなずいた。

「そうそう。だってルーブルなんて、モナリザとかミロのヴィーナスとか、世界のお宝だらけなんだもん。いつか行って、本物を見たいなぁ～って思ってるんだ」

小さい頃から美術の時間が嫌いだった私。だって絵が下手なんだもん。もちろん、画家も名画もチンプンカン。

そんな私が加奈子から初めて誘われた展覧会は『レオナルド・ダ・ヴィンチ展』。「展覧会を見た後で、かっぱ橋に行こう」って誘い文句に釣られたのがきっかけ。さすがの私でもダ・ヴィンチぐらいは知ってたし、世界一有名な画家の絵には興味がわいた。大きな部屋に、たった一枚だけ展示されていた『受胎告知《じゅたいこくち》』。神々しくて、とても五百年前の作品とは思えないほど美しくて、謎を秘めた絵。長い行列に並び、やっとの思いで絵の前にたどりついた時、圧倒されて、まわりの音が消えて……警備員さんに「立ち止まらないでくださ～い。進んでくださ～い」なんて注意されて、加奈子に引っぱられて絵を後にした。それからは、美しい絵、意味不明な絵もたくさん見て、絵画鑑賞が趣味になりつつあったりして。

「ふ～ん。上野のあたりって台東区《たいとうく》か？　俺、あの辺、あんまり行ったことないなあ」

「あのあたり、スカイツリーもおっきく見えるし、浅草を歩いたり、ちょっと電車に乗って秋葉原に行ったり、楽しいよ～」

「秋葉原⁉　あそこ、オタクじゃなくても楽しいのか？」

初めて加奈子に「秋葉原行こ！」って言われた時、私も似たような反応をしたことを思い出して、なんだかおかしくなる。

「ふふっ、オタクじゃない人もいっぱいいるよ。猫カフェとか執事カフェとか、おもしろいよ」

「猫カフェはわかるけど……羊がいるところもあんのか？」

眉を寄せて、真面目《まじめ》な顔で聞く広輝。

「えっ？　ヒツジ？　――ププッ、ヒロー、執事だよ。し・つ・じ。メイドカフェのメイドが執事になってんの。お店に行くと『おかえりなさいませ、お嬢様』とか言ってくれるの」

「へえ、メイドと執事か……。ついてけねえなあ。とにかく明日は、そのかっぱ橋ってところに行くぞ」

その時、チャイムが鳴った。

「おー、寿司だー」

と言った瞬間、広輝のお腹《なか》も鳴った。

翌日、午前十時すぎに広輝のマンションを出て、かっぱ橋に向かった。

曇り空だけど、比較的明るいから、雨は大丈夫そうだ。

「どこらへんが、かっぱ橋なんだ？」

駐車場に車を停めてメイン通りに出ると、広輝があたりを見渡して言った。

「とりあえず、この通りの両側全部。それと路地も」

私が答えると、広輝は「はあ？」と目を丸くした。

「思ってたより広いなあ……日曜でよかったかも……」

道の両側にずらりと並ぶ専門店。鍋、包丁、食器はもちろん、お菓子道具、ラッピング用品、厨房設備、ショーケース、竹製品、漆器《しっき》、白衣にエプロン、お茶、駄菓子……ありとあらゆる食に関するお店が並んでいる。

ここは、何度来ても本当にワクワクする。地元のお店には売っていない便利な道具、可愛いカップケーキのケース、珍しい香りの海外の香料、変わった形の角砂糖……ついつい目移りしてしまう。以前、大きなシフォンケーキの型を買ったことがある。業務用のその型は、大きくてフワッフワのケーキが焼けるので、今でもすごく気に入っている。

お休みのお店が多かったけど、行ったことのあるお店も何軒かは開いていた。

さっそく製菓道具のお店に行こうとすると……広輝が食品サンプルのお店の前でピタリと足を止めた。

「すっげー!!　見ろよ、香。これがニセモノなんだぜー！」

店頭には、季節を反映して、かき氷やあんみつ、ところてんなどの食品サンプルがディスプレイされている。確かにみごとな出来栄《ば》えだよね。私も初めて来た時、つい焼き鳥のストラップを買っちゃったもん。

「やっぱー、いくら鳥が好きだからって、香、残酷すぎー」

それを見た加奈子に、からかわれたっけ。そういう加奈子はウナギの蒲焼《かばやき》とイカげそのかなり強烈なキーホルダーを買っていた。

「ちょっと見ていこうぜ」

そう言って、広輝はどんどんお店の中に入って行く。その背中に私も続いた。

「うっわー、やべぇな～。すごすぎるだろ……」

パスタを巻き付けたまま空中で止まっているフォーク、おいしそうなチーズが糸を引くピザ。

「日本人すげー。職人技だな」

あれこれ眺めては「うまそう」とか「ぜってーだまされる～」なんて楽しそう。

「お、これいいな。香、買ってやるよ」

そう言って、私の頭に海老フライの髪飾りをくっつける広輝。

「もお～、二十七にもなってつけられると思う?」

横目でにらんだ私に、食べかけのチョコレート型のネクタイピンを手に取った広輝は、ニコニコと笑いながら言った。

「そうか。二十七歳には無理か。かわいそうになぁ。俺はまだ二十六歳だから、これ着けられるぞ」

嬉しそうな顔でレジに向かった広輝。……憎たらしい。

それから二人で、私が行きたかった製菓道具のお店に入る。広輝には退屈かなって思ったけど、そんな心配は無用だった。何を見ても興味津々で、私は質問攻めにされた。

「このでっかいカップは何だ？」

粉ふるいのコーナーで、そう聞かれた。この粉ふるいは大きなカップみたいな形で底が二重の網になっている。粉を入れて取っ手を握ると、底の網の部分が勢いよく回り、細かくふるわれた粉が下に落ちる。その仕組みを説明すると、広輝は中を覗きながら、「よくできてんなー」って取っ手を握って、粉ふるいをガチャガチャ鳴らしまくった。

「このバネは何だ？」

今度は温度計のコーナーで聞かれる。この温度計の棒の部分にはバネみたいな可動式のステンレスのクリップが付いている。このクリップをボールの縁に留めて発酵《はっこう》中のパンの温度を計ったり、鍋の縁に付けて油の温度を計ったりする。そう説明すると、「便利だなー」って何度もクリップを上下させた。

何を見ても、私の説明を聞いては「よくできてんなー」とか「便利だなー」を連発していた。

欲しかったものを買い物かごに入れてレジに行こうとすると、広輝はアイスクリームディッシャーの前で動かなくなった。

「これって『サーティッツー』とかで使ってる、アイスをすくうスプーンだよな？」

そう言いながら、持ち手をギュッと握って「おおっ！　動いた！」ってビックリしてる。持ち手を握ると、カップの中のヘラみたいな部分がカップに沿って動いて、アイスクリームがはがれ落ちる。その仕組みを説明すると……

「そんな仕組みになってたのか！　知らなかったなぁ。これ買ってく」

広輝は、持ち手を握ってカシャンカシャンと鳴らしている。

「ヒロ、そんなにアイスクリーム食べないでしょ？　いらないいんじゃない？」

「食べる、食べる、アイス大好き」

カゴに入れちゃった。マッシュポテトやポテトサラダの盛りつけにも使えるし、まあいいとしますか。子供みたいに楽しそうな広輝の様子に、反対できなくなってしまった。

製菓道具のお店を出て、昼食を済ませた後、ランチョンマットやペーパーナプキン、箸置きなどの細かいものを選んだ。品ぞろえの良さは、さすが専門店街。豊富なデザインの中から、「この色いい」「俺は嫌い」「これだな」「だっさー」って、あれこれ言いながら選ぶのは楽しかった。

その後、一休みするために入ったコーヒー専門店では、本当においしいコーヒーを飲むことができた。やっぱりここも専門店らしく、店内にはコーヒー豆はもちろん、カップやフィルターも並んでいる。ここで広輝は、ミルクフォーマーに目を留めた。

「これって、あれか？　カプチーノとかに入れるミルクを泡立てるやつだよな？」

私より前に、お店の人が「そうですよ」ってうなずいた。

「そうか。カフェとかで見たことあるけど、売ってるんだな」

そう言った広輝に、すかさずお店の人のおすすめコメントが続く。

「そうなんです。これはカフェでも使われている本格的なもので、牛乳を入れて、このスイッチをオンするだけで、なめらかな口当たりのミルクフォームができます。ご自宅で色々なコーヒーが楽しめるんですよ。冷たい牛乳でも泡立ちますから、冷製スープ作りなどにも使えますよ～」

広輝の目の輝きがどんどん増していく。そして子どもみたいな顔をして言った。

「へえ～。なあ香、これがあると便利だよな？　よし買おう」

私、返事してないんですけど……まあ、いっか。

コーヒー専門店を出た後も、広輝が通り沿いのお店にフラフラとひき寄せられる。お箸の専門店でそれぞれ気に入ったものを買い、食器の専門店でそろいのマグカップ、オーブンで使える耐熱皿を買った。なんだか新婚カップルみたい……フワフワした気持ちで歩いていると、またまた広輝が何かに反応した。

「おお！　これ……」

今度は何？　って見たら、四角いおでん鍋……うそ〜、なんでこの時期に？

「これってコンビニにあるのと同じだぞ！　すっげーな」

お店のおじさんがススッと寄ってきて、鍋の上にかかった小さなのれんを指さして言った。

「今ならこれも付けちゃうよ」

真っ赤な布に書かれているのは『味自慢　熱々　おでん』。

「おお〜！　香、おでん屋ができるな」

えっ？　どこで？　ニコニコ顔の広輝の口から「買うぞ」が飛び出す前に逃げなきゃ。

「もっと涼しくなったら来ま〜す」

おじさんに愛想《あいそ》笑いを向けて、広輝を引っぱった。

さっきも、たい焼きの型や綿菓子製造機の前から動こうとしない広輝をやっと引き離したのだ。

これ以上ここにいたら危険だ。「まあいいか……」で済ませられないようなものに、目を付け始めている。あの広輝のマンションが……都会的で、ハイクオリティで、洗練された、モダンで、アーバンで、高級で……とにかく、あのマンションが、お祭りの出店だらけになっちゃう。広輝の目が再び何かを見つけて輝き始める前に、帰ったほうがよさそうだ。

「ねえ。そろそろ帰ろうよ。今、何時かな？」

「ん？　今……三時だ。そうだな、おまえを家に帰さなきゃいけないんだな」

広輝は、腕時計を見てそう答えた。

「ここ、おもしろいところだなあ。また来ようぜ。な？」

私に笑顔を向ける広輝を見てほっとした。つまらないんじゃないかって心配していた買い物を、おもしろいって言ってくれたから。それにこれで、少なくとも今日は、とんでもない調理器具が増える心配もなくなったし。私も、久しぶりに楽しい一日だった。

「うん。私も楽しかった。また来ようね」

そう答え、二人で車に向かった。


マンションに戻り、買ったものをかたづけ終わると広輝が言った。

「そろそろ、送って行くぞ」

「一人で帰るからいいよ。それとも、ヒロ、実家に何か用事あるの？」

「いや、母さんの顔も見たし……五分だったけどな。今回はフランス土産《みやげ》を持って行ったんだ。おまえに誕生日プレゼントは渡したし。フランス土産のクルミのチョコ、小川家の分は母さんに渡してあるよ」

「わあ、チョコレート？　ありがと。でも、それならもう実家に戻る必要ないじゃない。私、電車で帰るよ。ヒロも明日は仕事だよね？　私を送ってもすぐに帰らなきゃいけないでしょ？　駅、すぐそこだったし。私、電車に乗るの好きだから、大丈夫だよ」

「香……おまえってそういうやつだよな」

広輝は私を見つめて抱きしめながらキスをした。私が自分で帰ることに広輝は感動したような顔をしたけど、そんなの当たり前だと思う。だって広輝が私を送ったりしたら、往復三時間以上かかっちゃうよ。金曜から今まで、幸せだったし、広輝を堪能（？）できたし。電車で帰るぐらいのことしなきゃ、バチが当たりそうな気がする。それに、幸せな気分で電車に揺られるのも悪くないな、なんて思う。

「おまえがいなくなるの、寂しいな」

そんなことを言われると、私も離れたくなくなって広輝の腰に手を回した。

「再来週の土曜日に、ドレスを選びにサロンに行くんだよな。俺、休めるかどうかわからないけど、その夜、泊まっていけよ。ここのカギ、渡しておくし、コンシェルジュには知らせておくから。それで、あれ……あの白くて丸いクッキー作っといてくれ」

白くて丸い……頭の中に、ポンッて映像が浮かぶ。

「ああ！　スノーボールクッキーね。ヒロ、あれ好きだったよね。任せて。その日の夕ご飯は？」

「おまえがいるなら帰ってくる」

「そう？　なら私が作るね。なんか嬉しいな」

広輝からマンションのカギを受け取る。これからもここに来ていいって許可をもらったようで、嬉しかった。


都内を抜け、自宅の最寄《もよ》り駅沿線の電車に乗ると、車内はすいていた。広輝のマンションから自宅までは普通列車で二時間ほど。座って窓の外を眺めながら、特急に乗ればもっと早いな、簡単に会いに行けるな、なんて考える。

幼い頃から好きだった広輝とこうなったことは、嬉しいだけじゃなくて誇らしい。あの広輝がカレシだなんて、自慢して見せびらかしたいのが本音。広輝と交際することになったと言ったら、母は何て言うだろう？　母は、広輝のことが大好きだ。きっとすごく驚いて、でも喜んでくれるよね？　想像すると、顔がゆるんで笑みが浮かんでくる。

そこで自分がすっかり立ち直っていることに気が付いた。ほんの三日前まで、ふとした時に、込み上げてきた心の奥の重苦しさ、今はそれがない。

また広輝に助けてもらっちゃったな。本当に優しくて、頼りになって、あんなに素敵で、私にはもったいないな。だけど……

いる。

──広輝との交際は、いつまで続くんだろう?

広輝のまわりには魅力的な女性が大勢いて、しかも広輝自身もまた魅力にあふれている。

広輝を信じないわけじゃないけど、だからって、今の私に彼をつなぎ止める自信はない。あまりにもレベルが違うもの。

またダメになったら……その時を想像すると、どうしても臆病になる。もしかしたら、ただの隣人、幼馴染《おさななじみ》のままのほうがよかったのかもしれない。でも一方で、カノジョとして広輝のそばにいたいと思う自分もいる。

同じことを繰り返し考えている間に、自宅の最寄り駅に着いた。

駅のホームでどうするか少し迷ったけど、トイレに入り、コンタクトレンズを外してメガネをかけた。家に帰って家族に会うのが、ちょっと照れくさかったから。

今日の髪はストレートのまま、メークは佐々木オーナーから「これだけは」と教えてもらったもの。服はシンプルなカットソーに膝丈のふんわりしたスカート。昨日に比べればカジュアルな服装だけど、私にとっては大変身なんだもの。

玄関を開けて「ただいま~」って言ったけど、家の中は静まり返っている。キッチンに入ると、母が洗い物をしていた。もう一回「ただいま」って声をかけてから、ダイニングのイスに座る。振り返って「ああ、おかえり～」の声の後……

「香、どうしたの？　あなた……すごくおしゃれじゃないの！」

母は洗い物をやめてエプロンで手を拭きながら、私の目の前のイスに座った。このセリフ、ちょっと複雑な気分。ほめられたって喜ぶべき？　ううん、普段がひどすぎるって反省すべきだよね。

「お父さんたちは？」

「サッカーの応援」

父と兄は、地元J1チームの応援に出かけていた。ホームゲームの日は、スタジアムでサポーター仲間と声援を送ることが多い。ホームじゃない日は、うちに仲間が集まって、テレビ観戦で大いに盛り上がっている。そんな日じゃなくてよかったって、ほっとした。

「あなた、この二日間、ヒロ君と一緒だったんでしょ？」

「うん。ヒロがね、東京の行きつけのサロンとショップに連れて行ってくれたの」

「そうなの。だけど、急にどうしてなの？」

ざっとこの三日間のこと――広輝に失恋の話をしたこと、披露宴《ひろうえん》に一緒に行ってくれること、サロンの様子やそこであったこと――などを話した。

「そうだったの。よかったわねえ、香。あなたアカ抜けたってだけじゃなくて、何て言ったらいいかしらねえ……そう、気持ちが軽くなったんじゃない？　顔つきが違うわよ。

さっすがヒロ君ねえ。ありがたいわ。お母さんもサロンに連れて行ってくれないかしら。な〜んてね。——さ〜てと、夕ご飯は簡単なものでいい？　何があったかなぁ……」

そんなことを言いながら立ち上がった母は、冷蔵庫の扉を開けて中を覗き込んだ。その母の背中に思い切って話しかける。

「それでね、私、ヒロと……付き合うことになった」

「えっ？　付き合う……って？」

キョトンとした顔で、私の方を振り返る母。

「俺のカノジョになれって……」

「えっ？　それって……ええっ!?」

冷蔵庫の扉を閉めて、私の前のイスに再び戻った母に、私は自分の気持ちを正直に話した。電車の中で考えていたようなこと。そして、広輝が、うちの家族にだけは二人の関係を報告する、と言っていることも。

「よかった。今回のことで、香が恋愛するのがいやになっちゃったらどうしようかと思ってたのよ」

私の話を聞き終わった後、しばらく黙っていた母は軽く安堵《あんど》の息をついた。そんなこと思ってたんだ。

「恋愛か……。確かに、相手がヒロじゃなかったら、こんなにすぐには考えられなかったかも。でも……ヒロはレベルが高すぎて、やっぱり私じゃ釣り合わないかな？」

「確かにヒロ君はねえ、レベル高いわよね……。でも、たとえダメになってもいいじゃない。恋愛はしときなさい」

母は、気楽な感じで言った。すごく意外。

「若いうちに恋愛はいっぱいしとくべきよ。この歳になるとわかるけど、歳とったら恋なんてできないじゃない。お母さんが今、誰かに恋しちゃったら大変よぉ。お父さんが誰かに恋しちゃっても、修羅場《しゅらば》まちがいなしね。本当はいつまでも夫婦でお互いに恋してればいいんだけど……」

母はちょっと目を天井に向けて、何か考え付いたのか、クスッと小さく笑った。

「それって旦那さんが遠洋漁業の漁師さんで、年に一回だけ帰ってくるみたいじゃなきゃ、まずありえないと思うのよ。あっ、今のお父さんには内緒よ。とにかくね、恋愛するなら今のうち今のうち。いいなあ～。ヒロ君と恋愛なんて、うらやまし～」

そっか、今のうちか……そうかもしれないな。

「でも、お父さんたちに知らせるのは、もう少し経ってからのほうがいいと思うの」

母はそう言ってから一呼吸置いて、私の顔をうかがうように続けた。

「真紀ちゃんたちのことがあったばっかりだし。付き合ってるって言ってもまだ二、三日でしょ？　あなたたちの関係がもう少し固まってから、そうねえ……せめて二、三か月ぐらい経ってからにしたら？」

そう言われると、確かに母に言われたとおりにするのがいい気がする。

「そうだよね。週末とかにヒロのところに泊まったりするのは……いいかな？」

「ああ、それならなおさら、お父さんには言わないほうがいいわね。お母さんがうまいこと言っといてあげるから。嘘はよくないけど、そうねえ……学生時代の友達のところに行くとか……で、どう？　ほら、あの千葉のコいたでしょ？　あのコにしとこうか？」

ポンポンと決めていく母。グズグズ考えていたことが次々にまとまっていく。私って、まだまだ子どもなんだな～って、目の前の母の顔を見て考えてしまった。

「久美子さんには……どうしよう？」

「う～ん、そうねえ……嘘や秘密ってね、知っている人が少ない方がバレないのよ。やっぱり、もうちょっとしてから、お父さんたちと同じ頃に報告したら？」

「うん。そうする。ヒロにもそう言っておくね」

その夜、母に言われたことを広輝にメールで報告した。返事は『おばさんがそう言うならわかった。約束する』だった。

　翌朝、出勤の身支度《みじたく》をしながら頭を悩ませる。

　軽くパウダーをはたき、眉を描き、アイラインを細く入れる。いつもと同じ茶色のアイシャドウと、いつもより薄い色のリップ。いつもと同じメガネ、いつもと同じ一つに束ねた髪。これぐらいなら違和感ないかな――

　まだまだメークに自信はないし、何か言われるのも恥ずかしい。でも、何も進歩がないのも寂しい。こんな自分の気持ちを面倒に思いながらも支度を終えた。

　出勤してロッカールームに入ると、私が教育係になっている新人の遠藤さんが、私を見て驚いた顔をして近づいてきた。

「おはようございます。小川さん……今日、なんか違いますね……」

　いきなりそう言われてドキッとする。なんだかいたずらが見つかったような気分。

「ああ、おはよう。ええっと……美容院に行ったの」

「それだけ？　違いますよね？　すっごく雰囲気変わってますけど？」

「そう？　嬉しいわ。きっと……トリートメントをしてもらったからよ」

「どこの美容院ですか？　そこ、私も行きたいです」

　苦しまぎれに出た言葉を追及されるとは想定外。とっさに昨日の母の言葉が頭をよぎった。

「――え～っとね、……千葉なの」

「ええ？　千葉？　どうしてそんな遠くなんです？」

「学生時代の友達の実家なの。遊びにいったらやってくれたのよ」

「な～んだ。東京ぐらいだったら、紹介してもらって行っちゃおうかと思ったのに」

ぶつぶつ言いながら、自分のロッカーに向かう遠藤さん。よかった……。嘘をつくのは胸が痛いけど、本当のことなんか言ったら、色々と面倒なことになりそう。

その日から、仕事が終わって家に帰ると、メークの練習をした。買ったままでほとんど使っていなかったメーク道具やマニキュアを引っ張り出して色々やってみる。

ふと思いついて、パソコンで検索してみたら……ネットの動画でメークのコツを公開している人がたくさんいてビックリした。今まで、「スポンジケーキ　ふんわり」とか「もっちりドーナツ」とか、そんなワードしかググってなかった自分のバカ。私ってキレイになるための意識が足りなかったんだ。今更ながら、反省した。

動画を横目に、ヌリヌリ、パフパフ、カキカキ……なんか楽しいかも。

やり始めたら、色々欲しくなってきて、翌日は会社帰りにヘアアイロンを買ってみた。

さっそく練習、練習。

――大きな縦ロール――はは、どこかのテニスが上手なお嬢様みたい。あの人高校生なのになんで『夫人』とか呼ばれてるんだろ？

――ゆるふわウェーブ――おお、あの男装の麗人みたい。バラの代わりにアイライナーをくわえてヅカごっこ。ふふふ……楽しい。

週末はショッピングに出かけ、今までの分を取り戻すかのように買い物をした。きらびやかなショップは、以前は入るのにちょっと気おくれしていた。でも、自分なりに頑張っておしゃれして出かけてみると、店員さんは親切で、さまざまなアドバイスをくれる。そのお洋服には、このベルト、このバッグ、で、このお靴って、勝手にコーディネートまでしてくれる。売りつけられただけかもしれないけど……おしゃれって、こんな楽しい世界だったんだ。

職場にも、毎日メークをして、時間のある日は髪を巻いてから束ねたり、少しずつだけどおしゃれして行くようになった。使い捨てのコンタクトも、思い切ってツーランク上の値段のものに変えてみたら、そのつけ心地の良さにビックリ。今では仕事中もコンタクトを使っている。

すると、人間関係にも影響が表れて……

遠藤さんとは、彼女が入社したばかりの頃、仲良くなりたいなーって思って、サッカーやお菓子作りの話を振ってみたことがある。でも、反応なくて……。特に、好きな画家の話をした時は、「はあ？　好きな画家って……」って、宇宙人を見るかのような目で見られちゃった。反対に、遠藤さんは、アイドルやイケメン俳優、テレビドラマの話をしてたけど、私は、ほとんどわからなくて……。いつだったか、洋服をどこで買っているかって聞かれた時に、『ユニコロ』って答えたら、「そうですか」ってそれきりだった。

ところが、先日の帰りのロッカールームでの出来事――

その日、遠藤さんが着ていたワンピースはとても可愛かった。広輝が選んだワンピースに雰囲気が似ているし、可愛いのに子どもっぽくない。思い切って「そのワンピース、とっても素敵ね」って話しかけてみた。

驚いた顔をした遠藤さんだったけど、すぐにニッコリと嬉しそうに笑ってくれた。

「これ、いいでしょ。買ったばっかりで気に入ってるんです。駅ビルの三階のお店で買ったんです」

「駅ビルの三階か。行ったことないな。遠藤さんて、とってもおしゃれね。今度、時間のある時に、私に色々教えてくれる？」

しばらくの間、黙って私を見つめる遠藤さん。「何か変なこと言っちゃったかしら……」って不安になった頃、真剣な顔をして彼女が言った。

「小川さん、今日、暇ですか？」

今日って？　今、夕方の六時前。帰って夕ご飯食べるだけだったから「うん」って答えた。

「じゃあ、私と買い物に行きましょう！」

「ええ!?」

驚いた！　でも、これは遠藤さんと親しくなるチャンスだ！　ってすぐに気が付いたし、誘ってもらって嬉しかった。大慌てでうなずいて「行こう！」って言った。

駅ビルに着いた早々、遠藤さんは、その三階のお店のベルトコーナーに一直線。私はアタフタと彼女の後について行った。

「はい。今つけているベルトをこれに替えてください」

彼女が差し出したのは、柔らかな革のような風合いのベージュの太いベルト。その太さは、今私がしているベルトの五倍ぐらいはありそう。遠藤さんは、鏡の前で私を横向きにした。

「見てください。今のベルト、上からシャツがかぶって見えませんよね。それにシルエットがお腹《なか》の出た人みたいで太って見えます」

私が着ているのは、白いシャツに水玉模様の膝上フレアースカート。シャツはオーバースカートにして細いベルトをしめている。確かにハリのあるシャツがベルトの上にかぶっているので、全体がボテッとして見える。

「だいたいこのシャツ、丈が長すぎ。スカートの中に入れちゃってください。そして上からベルトをきっちりしめて――ほら、可愛いじゃないですか！」

確かに。いきなりスッキリ。目立つベルトがかっこいい。でも……

「ショップの店員さんがコーディネートしてくれたんだけどな……」

そうつぶやいた私に、遠藤さんはブンブンと首を横に振った。

「その店員、マダマダってか、ダメダメですね。小川さん、最近、急にオシャレになりましたよね。前は口を出す気にもならなかったんですけど、ここ最近は、あとチョットって感じで、もう口を出したくて出したくて、ウズウズしてたんです」

そう言って、彼女はニカッと笑った。

「その細いベルトは、火曜日に着ていたワンピースの腰のあたりにゆるくしめてください。あのワンピ、形はキレイですけど無地だし、あのままじゃ地味です。ベルトがポイントになるし、ちょっと丈が短くなって、脚がキレイに見えると思います」

火曜日のワンピース？　私が思い出す前に、遠藤さんはストールを手に取って言った。

「それと、昨日はカットソーもスカートも無地でしたよね。あれじゃあ、ダサくもないですが、オシャレでもありません。これを首にふんわり巻いてください」

トリコロールカラーが織り込まれたざっくりとしたシワ加工生地のストール。フランスの国旗みたい――私は「わあ、キレイ！」と言ってそれを受け取った。

「こんな小物二つ買うだけで、ばっちりコーディネートが三種類も決まるなんて、安いものでしょ？」

腕組みした遠藤さんは上から目線ながらも、私を見て嬉しそうに笑った。

お礼に夕ご飯をごちそうするって言ったら、「わーい」って喜んだ遠藤さん。二人で駅ビルの最上階のパスタ専門店に入った。二人で食事をするのは初めてだったけど、仕事中よりもずっと素直な遠藤さんと色々な話ができた。

「遠藤さんはおしゃれが好きなのね」

オーダーを済ませて、私はそう話しかけてみた。

「ええ、おしゃれするのがすごく楽しいんです。……実は私、アパレル関係っていうか、ショップ店員になりたかったんです」

予想外の答えに驚いたけど、とてもおしゃれな遠藤さんだから、言われてみれば納得できる。

「そうだったの。どうして信金に就職したの？」

「親が、短大出たのに、そんなアルバイトしかないような仕事じゃダメだって言って。それに金融関係で働いていると、ちゃんとしたお嬢さんに見えて、良いところに嫁に行けるって……。だから、とりあえず採用試験受けたんだけど……まさか通るとは思わなかったんです」

私は、何と言っていいのかわからなくて、黙って聞いていた。

「だけど、短大の友達が『信金に就職とかうらやましー』って言うし、お金を間違えないようにするぐらいならできるかなって思って入ったら……私にはこの仕事、向いてませんでした」

そう言って、ふっと笑った遠藤さん。自分のことをバカにしてるような感じだった。

「私は、向いてないとは思わないけど」

そう言った私に、彼女は驚いた顔をして……でもしばらくしてから怒ったように言った。

「毎日、ミスばっかりしてるじゃないですか。こんなに細かい仕事が多いなんて……って言うより、自分はこんなに仕事ができないんだって、情けなくて……」

「でも、みんなそんなもんよ。私なんて、も～っとひどかったわよ」

わざと軽く、遠藤さんの心が軽くなればいいなって思いながら笑ってみた。

「えっ？　小川さんも……ミスしてたんですか？」

「あったりまえじゃない！」

私は向かいに座った遠藤さんの方に、身を乗り出して声を小さくして続けた。

「ほんとは言うの恥ずかしいのよ……内緒だからね。私の教育係って嶋《しま》さんだったんだけど、初日にいきなり、嶋さんに向かって『嶋先生』って言っちゃったの。『せめて嶋先輩にしてください』なんて言われちゃって。その後もね――」

それから四年と少し前の、あんまり思い出したくないけど、でも忘れられない日々の失敗エピソードを話し始めた。

「やだ～、小川さんたら、マヌケー」

ケラケラと笑う遠藤さん。

「でしょ。最初はね、みんなミスするの。反省して、同じ間違いをしないようにすればいいのよ。私なんて、一日に百回は嶋さんにすいませんって言ってたわね」

私がそう言うと、遠藤さんは急に真顔になってガバッと頭を下げた。

「すいませんでした！　私、自分が仕事できないこと、ずっと小川さんにヤツあたりしてました」

驚いた私は、慌てて遠藤さんの顔を覗き込む。

「ど、どうしたの？　急に、驚くじゃない」

「実は私、嶋さんに怒られちゃったんです」

「ええ？　いつ？」

「え～と……二週間ぐらい前だったと思うんですけど、私が、日付を一日勘違いして伝票に書いたこと、覚えてますか？」

ええ、ええ、覚えてますとも。私はうなずいた。あれは先々週の金曜日だったわねえ。

「私、間違ってるって小川さんに言われて、『そーんな小さなこと』って言いましたよね？」

またうなずく私。確かに言った。覚えてる。

「それ、嶋さんに聞かれちゃって……後で、『間違えたらどうするって教わった？ 小学生でも知ってるんじゃないか？』って言われちゃったんです」

嶋さんは、私より四年先輩の男性職員。きっちりとした外見から、真面目《まじめ》で頭が固そうに見えるけど、実はそんなことなくて、人情味《にんじょうみ》あふれる人。仕事で何度も助けてもらった。

「それから、『いつもキレイな服を着てくるよね。自分のお給料で買ったの？』って聞かれたから、『はい』って答えたんです。そしたら、『そのお給料は、遠藤さんがここにいるからもらえるんだよ。だから、ここにいる間はきちんと仕事をするのは義務だよ』って」

嶋さん、いつまでたっても迷惑かけてすみません。教育係の私の分まで言ってくださって、感謝します。もちろん反省もします。

「それに、小川さんがすっかり参っているようだって言ってました。それ聞いて、確かに私が入社した頃より、小川さんやせたなって思って……それって、私のせいですか？」

「やだ、遠藤さんのせいじゃないわよ」

途端に遠藤さんは、頬をふくらませて言った。

「やっぱり……私のせいじゃないんですよね？ 私、小川さんに謝ろうと思ってたんです。でも、週が明けて小川さんに会ったら、急にキレイになってるし、なんかタイミング逃しちゃって。だけど、それから小川さん、妙に明るくて、どんどん元気になってますよね？」

いやいや、確かに全部あなたのせいじゃないけど、ちょっとぐらいは責任を感じてくれても……

「小川さん、春先に失恋して、最近新しいカレシできたでしょ？」

「えっ……」

固まった私。私ってそんなにわかりやすい？　それとも、このコって……。その時、二人の間に声が割り込んだ。

「お待たせいたしました〜。フレッシュバジルのトマトソースパスタのかたあ〜」

「……ああ、はい。私です」

我に返って返事をする。ウェイトレスが私の目の前にお皿を置く。次は遠藤さんの前に『生ウニといくらのクリームパスタ』を置くだろう。その短い間に考えた。カレシができたなんて言ったら「新しいカレシはどんな人？」って根掘り葉掘り聞かれるに違いない。ここは失恋だけを認めて、話を早く終わらせてしまおう。つらい話はもう忘れたい、って言えば大丈夫だろうか？

遠藤さんは、目の前にお皿が置かれると、「お腹《なか》ペコペコー」って言って、すぐにフォークを手に取った。

「いっただっきま〜す。……ん〜、生パスタはおいしいですね〜、小川さん」

ニコニコしながら食べている。私もフォークを手に取った。

「で、小川さん。さっきの私の質問、どうなんですか？」

しばらく黙ってパスタを食べていた遠藤さんが言った。やっぱり。パスタがおいしくても忘れたりしないか。

「半分当たりかな。実は失恋したの。でも、新しいカレシなんかできてないわよ」

「じゃあ、ここ最近元気なのは？　他にいいことがあったんですか？」

「そうねぇ……吹っ切れたっていうのかな。いつまでもクヨクヨしててもね。いいことないし」

「ああ！　あれですか？『キレイになって見返してやる！』ってやつ。それで最近キレイになったんですね！」

勝手に決めつけて、ウンウンと納得する遠藤さん。

「えっ？　ああ……そうなのよ」

まあ、確かにそういう意味もあるけど、今は単純におしゃれするのが楽しい。

「私、そういうの大好きです！　小川さんを振ったやつ、どこの誰だか知りませんが、そいつに後悔させてやりましょうよ！　私、協力します！」

思わぬ申し出に驚いたけど、遠藤さんとの距離が縮まったようで嬉しい。それに、実際、遠藤さんはかなりのオシャレ上級者だし、頼りになりそう。

「ありがとう。よろしくお願いします」

私は遠藤さんに向かって丁寧に頭を下げた。

「じゃ、さっそくですけど、今日の洋服の色なら、口紅はオレンジっぽいピンクじゃなくて、青っぽいピンクの方がいいですからね。それと、アイシャドーは――」

彼女、けっこうスパルタかも。

その日から、遠藤さんは可愛い後輩になり――ってほど、急には変わらなかったけど、二人の間の会話が増えて仕事はかなりやりやすくなった。コミュニケーションってやっぱ大事なんだな。会社では私が先輩だけど、退社後に遠藤さんと一緒にショッピングに出かける時は彼女が先輩。

男性陣も、優しくなったり、飲みに誘ってくれたり。みんなゲンキンだなあと思うと同時に、今までソンしてたんだな、なんて思う。

おしゃれって時間もお金も奪っていくんだけど、その分、気持ちを高めて自信をくれる。

広輝とは、そんな日々のことを、毎日短い時間だけど電話で話した。

佐々木オーナーのサロン兼セレクトショップを初めて訪ねたあの日から二週間。

私は、土曜の午後、電車で東京に向かった。

セレクトショップに着いて、オーナーにあいさつすると、

「まあ、小川様。すっかり洗練されましたね」

と言われて照れてしまう。でもすごく嬉しい。

「私なりに頑張ってます」

そう、返事をした。驚いたことに、そこに広輝が現れた。

「気になったんでな～。ちょっと来てみた」

なんて言って。

嬉しい。二週間ぶりに見る広輝。しかもスーツ姿。細身だけど筋肉のある広輝のスーツ姿って、もう……私、まぶしくて目をそらしちゃった。不自然だったかなって、チラッと見たら、広輝もなんか目をそらす。

オーナーが、ふふふ……と小さく笑っていた。

「私のおすすめはこの二着です。もちろん、ショップにある他のドレスをお選びいただいてもかまいません」

真紀と龍一の披露宴《ひろうえん》に出席する私のために、オーナーが選んでくれた二着のパーティードレス。まったく雰囲気の違う素敵なドレス。これを着るのかと思うと、フワフワした気持ちになる。どちらにしようか……ああ、悩んじゃう。

——ワイン色のドレスは、丈は長めで、同色の透ける素材のショールとセット。体に沿ったデザインがボディラインをキレイに見せてくれそう。胸元に並ぶショールと同素材のバラのコサージュもステキ。裾はアシンメトリーで大人の雰囲気。

——淡いグリーンのドレスは、膝丈で、黒のレースのボレロとセット。スカート部分がふんわりとゆれ、裾から覗くチュールレースが可憐な雰囲気。

オーナーが簡単にイメージを説明してくれた。

「ワイン色のドレスは、華やかで、大人の雰囲気ですね。ちょっと花嫁様に戦いを挑むイメージかしら。グリーンのドレスは清楚で、可憐ですね。素直にお祝いするイメージです。私はグリーンがおすすめです。まったく毒のない雰囲気でいて、だからこそ、このドレスで目立ったら勝ちだと思うんです」

なるほどね〜と、二着を交互に眺める。見ただけじゃ決められない。とりあえず試着してみることにした。

「おまえは毒なんか出せないから、こっちが似合う」

——グリーンのドレスを着た私を指さしながら広輝がうなずいた。それってほめてるんだよね？

オーナーも私を見て、にっこり笑ってうなずいた。

淡いグリーンのドレスは、上半身は体にぴったりだけどボレロがあるし、下半身はふんわりしてシルエットが出ないので着ていて落ち着く。色も派手ではないがキレイ。このドレスに決めた。

「後は、このお靴とバッグ」

オーナーが、ドレスに合わせる小物を手にした。

パーティーパンプスは、つま先とかかとしかないので華奢《きゃしゃ》なシルエットだが、足首にストラップがあるので歩きやすい。

ボレロ、靴、バッグは黒。淡いグリーンのドレスを引き締める。体の線はメリハリが強調されて、脚も細く形がキレイに見える。やっぱり上質なものって、シルエットも光沢も違うなあって、鏡に映った自分の姿を見ながら、しみじみと思った。

広輝とオーナー、二人してうなずき合っている。どうやらこのセットで決定のようだ。

「ヘアスタイルですが、アップにするのが正式です。お車での移動時間もありますし、とにかく崩れないようにセットいたします。髪飾りはこちらでよろしいでしょうか？」

オーナーがパールの飾りがついた、上品な髪飾りを見せてくれた。

思わず「キレイ」って言った私に、オーナーは満足そうに微笑んだ。

「他のアクセサリーも、シンプルにパールがよろしいかと思いますが、お持ちでしょうか？」

「はい。母がセットを持っているので、貸してもらいます」

「では、これで決まりですね。目指すコンセプトは、素直で可愛い小川様です。花嫁と張り合おうなんてこれっぽっちも考えてなくて、素直にお祝いしに来ましたーって感じです。派手さではなく、上品さや可愛らしさで目立ちましょう。二十日はお任せください」

ニッコリ笑ったオーナー。

その日、私の求めるべきイメージが私以上にわかってらっしゃった？　さすが！

オーナーにお礼を言って、広輝とショップを後にした。

——今日は里佳子さんはサロンのほうだろうか。顔を合わせなくて済んだので、ほっとした。

セレクトショップを出て車に乗ると、広輝はまだちょっと時間があると言う。一緒に買い物に行ってくれるようにお願いすると、快《こころよ》くスーパーへ向かってくれた。

「あれ作ってくれよ。おまえんちのナスの煮たの」

野菜売り場で広輝が言うので、ナスをカゴに入れた。

「あれ食いたい。おまえんちのイカを炒めたやつでちょっと辛いの」

鮮魚コーナーに入ったらそう言い出した。それからも「あれもいいなあ。おまえんちのピーマンの肉詰め」やら、「あれあれ。おまえんちのオムライス」やら思い出したものを片っぱしから挙げていく。

「ちょっと待って。そんなに食べきれないでしょ。今日は、ナスの煮物、イカ炒め、ピーマンの肉詰め、それに野菜サラダ、そこまで！」

そう言ったにもかかわらず、それからも延々と、あれが食いたい、あれが好きだったと続ける広輝。

「はいはい、また今度ね」と返事だけして、調味料やクッキーの材料を選ぶ。お米も買ったので、結構な量の買い物になった。広輝がいてくれてよかった。

マンションに着いたのは四時過ぎ。広輝は、そろそろ仕事に戻らなければならないと言う。そして、私の肩に手を置き、顔を寄せ、優しいけど熱のこもった眼差しで微笑んだ。

「香、本当にキレイになったな」

そう言って、キスをした。濃厚なキスを。突然だったのでよろめいてしまう私を、広輝がギュッと抱きしめる。私の頭の上で、しばらくの間、からまる二人の舌。ちゅっと音を立てて広輝の唇が離れた。広輝はふーっと息を吐いて「七時には帰れると思う。楽しみだな」って出かけて行った。まだ、ボーっとしたままの私は、「うん」とうなずくのがやっとだった。

部屋を出て、エレベーターに乗り込んだ俺は、大きく頭を振って、香の唇の感触を追い払った。

◇◇◇

今日は、香のことが心配で、というより少しでも会いたくて、時間を作ってセレクトショップに向かった。そこにいた香は――キレイだった。二週間前に一緒に過ごした時よりも、ずっと生き生きとして、背筋も伸びて、なんだか堂々としていた。この変化は、俺がサロンに連れて行ったからだけじゃないだろう。会わない間に、香が努力した結果だ。そんな香を、俺は誇らしく思った。フワフワとした明るい気分になり、仕事にやる気が湧いてくる。

――さあて、早く帰れるように残った仕事をやっつけよう。

俺は、高揚した気持ちで車に乗り込み、エンジンをかけた。

「ただいま」

――ドアを開けると、途端にいい匂いがした。

キッチンでは、香がエプロンをつけて髪を一つにまとめ、フライパンと向き合っている。

「おかえり、ヒロ。今できあがるところだから、ちょっとだけ待っててね」

そう言った香に、おうっ、と返事をする。その時、カウンターの上に置かれた皿の上に、白くてコロコロしたものが……

「おお。俺の好きなクッキー！」

一つつまんで口に入れると、サクッと崩れてバターの香りと香ばしさが広がる。

「ん〜、うまっ！　懐かしいなあ〜、この味」

続けてもう一つ口に放り込む。学生の頃、香はよくクッキーを焼いた。しっとりしたのやチョコチップが入ったのなど、色々あったけど、俺はこの白いのが一番好きだった。

「夕ご飯、食べられなくなるよ。もうできたから温かいうちに早く食べよう」

香が、そう俺に声をかける。俺はいたずらを見つけられた子どものような気分で、急いで着替えた。テーブルにつくと、香がご飯茶碗を手渡してくれる。テーブルの上には、かっぱ橋で買った箸と箸置き、そして、懐かしい料理が並べられている。俺の好きなものばかりだ。

「いい匂いだなあ〜」

時々出かける三ツ星レストランのディナーは確かにすばらしい。でも、俺はシェフのいるような家庭で育ったわけじゃない。毎日の食事は、こういうのがいいよな。

「えっ！　またお代わり？　ご飯、いっぱい炊いといてよかったぁ」

食欲旺盛《おうせい》な俺に、香が嬉しそうに笑う。

食事が済んで、後片付けを手伝おうとしたが、

「食器洗い機があるから大丈夫だよ。先にお風呂に入ったら？」

そう言われて、俺は素直に風呂場に向かった。

ゆっくりと湯船につかりながら、香のエプロン姿を思い出す。香のエプロン姿なんて、これまでも散々見たはずなのに、今日、家に帰ってきて見た時はなぜか嬉しかった。あのエプロン姿は、俺の家で、俺の料理を作るためのものなんだ。

香と結婚したら、こういう生活になるんだな、と思った。

生まれて初めて、俺は結婚というものを意識して驚いた。考えてみると、ずっと隣にいた香のことを、今更そんなふうに思うなんて不思議な気がする。

隣同士に住む男女が、結婚を考える確率ってどれくらいなんだろう？　年齢やタイミングが合わなければまずないよな。そう考えたら、俺と香が同い年で隣同士に生まれたのは奇跡なのかも……湯船の中でリラックスしながら、そんなことを考えていた。

風呂上がりの香と二人で、アルコールをチビチビとやりながら、ソファでまったり。

「ねえヒロ。今日のドレス代は自分で払うからね」

性懲《しょうこ》りもなく、また、そんなことを言い出す。

「いいって言っただろ。俺が好きでやってんだから。それにこうやって会いに来てくれてるだろ。それで十分だ」

「でもね、この前もたくさんお金使わせちゃったし。こう見えても、私、ちょっとお金持ちなんだよ。今までファッションにお金使ってなかったからね」

「そういや、今日の格好、良く似合ってたな。じゃあさ、それでもっと自分磨きしなよ。あー、でも……あんまりキレイになると心配だな。もういいや。十分キレイだ」

俺はそう言って、香のメガネを外した。肩を抱いて香を見つめ、その唇に吸い寄せられるように近づいた途端……ふっと香が目をそらした。

「ヒロごめん。私、今日……生理なの」

小さな声で香がつぶやいた。

「おまえ、そんなの……謝るようなことじゃないだろ。俺は、おまえの体目当てで一緒にいるわけじゃねーし」

「へへ……そうだよね。目当てにされるほどの体じゃないし」

こいつは……また、そんなことを言う。確かに体目当てで付き合ってる訳じゃないけど、今、俺がどれだけがっかりしたか、わかってねえよな〜。

「バ〜〜カ。目当てじゃないけどおまえの体は大好きだ。こうしてりゃ、どうしても触りたくなるんだよ」

俺は香の背中から尻まで、さわさわと手を滑らせた。

「やぁん、ヒロ……」

鼻にかかった声でそう言い、俺の体にゆるく抱きつく香。その声を聞くと、下半身に血液が集まってくる。俺は、香の頭を手で支え、柔らかい唇に自分の唇を重ねる。その唇をゆっくりと味わった後、ぷちゅっという音をたて、唇を離す。香が「んっ……」と声をもらす。

「やらなくったってこうしてるだけでいいんだよ。反応しちまうのは俺の勝手で、仕方ないことだからな」

「えっ、反応……？」

香が視線を落として……俺のそこを見た。

やべっ、香に負担をかけないように言ったつもりだったのに、自分が反応してるのを白状しちまった。前回から二週間たってるし、好きな女とこうやってくっついてりゃ、反応するのは当たり前だ。

ところが次の瞬間、驚いたことに、香が俺の股間に手をのばし、スウェットの上から形をなぞるように指を動かした。

「うわっ！　香、おまえ何すんだ！　寝た子……じゃねえ、起きかけの子が、完全に起きちまったじゃねえか！」

「――うん。すっかり起きちゃったね。あのね……え～とね、口でやってもいい？」

ささやくような小声――香の口から出た予想もしなかった言葉に驚いて固まる。

今のは、そういう意味だよな？　色々な感情が頭の中をめぐり、しばらく言葉が出てこない。その間に、香はソファから降りて、俺の脚の前にペタンと座り込んだ。

「きゅうくつそう……」

香はそうつぶやいて、俺のそこを両手で優しく包み込む。そして、指先を小さく往復させて、優しい刺激を与え始めた。「うぅ……」と俺の口から、うめき声がもれる。

「いい……よね？」

上目づかいで見上げる香。その目のふちが薄《うっす》らと赤く染まっている。この状態で「ヤメロ」と言って、その手を振り払える男がいるだろうか？　絶対いない。

香が、俺のスウェットのウエストに手をかけて、おずおずとした様子でそこをさらけだした。そして、すっかり立ち上がった俺のものを、白い手が握る。

香は、先端にちゅっと口づけし、小さく舌を出して敏感な筋をなめ上げた。その柔らかな刺激に、「はあっ……」と、思わずため息のような声がもれる。湧き上がる快感に固さが増したのを自覚する。香の髪に手を差し入れ、そのサラサラとした髪を指ですきながら香の口元を見つめた。

その時、ふと頭の中に浮かんでしまった考え……

――誰が香に教えたんだ……

もちろん口には出さない。そんな言葉は、香を困らせるだけだってことはわかっている。二十七歳は大人だよな……こんな気持ちのいいこと教えておいてくれてありがたい……と思うべきか。それに俺だったら――香にこんなことを教えられない。

嫉妬まじりのくさった感情が胸の中に渦巻いていたが、先端が温かく柔らかな口内に包まれると、そんなことは頭の中から消えてしまった――

上下する香の頭。香の髪を耳にかけてやった。俺のものをほおばる香の顔がはっきり見える。耳の後ろや首筋が薄らと赤い。やはり酔っているようだ。

「ああ……ふう、香、気持ちいいよ……」

俺の口からは声がもれ、香の口元からは、ちゅぷん、ちゅぷんと、いやらしい音が響く。もどかしい動きの香の手を上から握り、一緒に上下させる。その手の動きに合わせて、込み上げてくるものがある。先端に向かって湧き上がってくる。俺のものがビクン、ビクンと大きくうねり、腰を前に突き出してしまう。

「くっ、香……もう出る……早く、頭っ」

急いで香の頭をどかそうとしたが……全部口で受け止めてくれた。しびれるような快感に俺の口から「うう……」と声がもれた。香の鼻からも「んん……」と息がもれる。

「早く、洗面所に行ってこい……」

俺はそう言って、香を解放した。

――やべえ……くせになりそう……


七月二十日、日曜日。もうすぐ午後四時半になるところだ。

昨日、梅雨明けが宣言され、晴れ渡った今日は、猛暑日一歩手前という感じでひどく蒸し暑い。暑さのピークの時間は過ぎていたが、冷房のきいた建物に入るとほっとした。

ここは、俺の地元では一番大きな結婚式場。広い披露宴《ひろうえん》会場と派手な演出を売りにしていて、それなりに人気の場所だ。受付を済ませた俺と香は、龍一と真紀の披露宴が行われる『飛天の間《ひてんのま》』に向かった。

『飛天の間』の入り口には、金屏風《きんびょうぶ》が大きく広がっている。その前に並ぶ六人。真ん中に立つ主役の二人は、和装だ。ツンツンとがらせた茶パツに白と銀の羽織袴《はかま》の龍一は、まるで演歌歌手のように見える。その隣には白無垢《しろむく》姿の真紀。頭にかぶってる白いのは綿帽子っていうんだっけ？　背が低いもんだからそれが妙にデカく見えて、雪だるまみたいだ。

その場所には、華やかなムードが漂っていた。着飾った人々が、六人の前で頭を下げて次々と会場へと入って行く。みな一様に笑顔だ。カメラを向けるものもいる。祝いの言葉が飛び交っているのだろう。

いよいよだな。立ち止まって隣に立つ香を見下ろした。香も俺を見上げて微笑んだ。そして、大丈夫というようにうなずく。俺もうなずき返して、二人並んで金屏風に向かって足を踏み出した。

俺たちが近づくと、龍一の隣に立つ男性がこちらを見て、ああ、という顔をした。龍一の父親だろう。

「高橋君、今日は息子たちのために来てくれてありがとう」

そう言って、大きくうなずいて笑った。

――息子たちのためじゃねえよ。香のためだ

そう思いながらも、俺はにこやかに返事をした。

「本日はおめでとうございます」

龍一は香を見つめて目をまん丸にしている。予想どおりの反応か。綿帽子の下から覗いた真紀の顔が……みごとに引きつっている。真紀の母親も同じだ。

以前、香がサロンで里佳子さんの顔が引きつっていたと言っていたが、なるほどなあ、本当に引きつるんだなあ。面白いものを見た。

香は大丈夫か？　と横を見ると、背筋を伸ばしてスッと立った香は、

「おめでとうございます」

と言って、ニッコリと微笑んだ。

――今日、香は、披露宴《ひろうえん》に出席するために、朝からサロンで準備していた。

「小川様、自信をもって。この私が、髪の色一つとっても、小川様が一番美しく見えるよう仕上げました。胸を張って、笑顔を忘れないで」

俺たちを送り出す時に佐々木オーナーはそう言ったが、その顔は少し心配そうだった。香は、にっこり笑って礼を言った。実は、俺もオーナーと同じように心配していた。二人の晴れ姿を見ても香は大丈夫だろうか――と。だが、今の香の様子を見たかぎりでは、安心してもよさそうだ。

ドレスもメークも完璧な香。車の中でも、隣に座っている香に、俺は何もしなかった。いや、手を取って、その甲にキスはした。「キレイだよ」って言いながら。だけど、その唇や髪に触れることはできなかった。美しく整えられた肌、頬やまぶたの上の薄《うっす》らと輝く色、そして可愛い唇。首筋にかかるようにウェーブさせたおくれ毛も、香の顔を華やかに引き立てている。まるで人形みたいに完璧に整えられた美しさが、俺のせいで崩れるのが怖かったから。

会場に入って席次表を確認すると、俺たちの席は会場のちょうど真ん中あたりで、新郎と新婦の友人が混ざり合うテーブルだった。八人掛けの丸テーブルは、みな同窓生で知った顔ばかり。俺の隣に香の席が用意されていた。龍一、ちゃんと言ったとおりにしてくれたようだな。

まわりのテーブルも友人席のようだ。すでにほとんどの席が埋まっていた。懐かしい顔が数人、こちらに向かってやって来る。

「ヒロ～、久しぶりだなあ」

「龍一と仲良かったっけ？」

「おまえ、今、社長なんだよなあ。俺を使ってくれ～」

「俺も東京にいるんだよ。むこうで合コンしようぜ」

そんな言葉をかけられる。適当な返事をしながら香を振り返ると、テーブルの手前で立ち止まり、まわりの女子と笑顔で話をしていた。俺は先に席についた。

「やっぱ香だよね？　高橋君と一緒だからもしかして……と思ったけど、わかんなかったよ～」

「ええ～。香って、小川香？　誰かと思った～！」

「なんかすごい変わったねえ～！」

「ちょっとお、このドレスすごくステキ！　レンタル？　どこで借りたの？」

数人の女子があげるカン高い声に、男どもが振り返ってざわめいている。

「おい、あれ小川香だよな」

「なんだありゃ、うそだろ～！」

「変わったな～。可愛いな～」

そんなことを言っている。そうだろ、そうだろ。俺のなんだ――約束したから言えないけど。

中には龍一との関係を知らないヤツもいるらしく「まだ独身かな？」なんて言っている。

「おまえ知らなかったのか。龍一は香と別れて、真紀とくっついたんだよ」

「なんで？　龍一はアホなのか？」

「真紀に子どもができたんだよ」

「でも、あの小川じゃ、龍一にはもったいねえな。もっと上狙えるだろ」

「まだ次のカレシいないのかなあ？　俺、立候補するかな」

「中町《なかまち》の信用金庫にいるはずだよな」

「そうなのか？　お近づきになりてえなあ。よし、預金しに行くか～」

色々聞こえてくるけど、もう俺のものなんだぞ。――約束したから言えないけど。

だけど、その約束がなくても、こんなところで交際宣言なんかしたら――面倒な状況になりそうだし、どっちにしても、今は黙っているしかなさそうだな。

席についてしばらくすると、司会者のあいさつが始まった。

「――それでは皆様、盛大な拍手でお迎えくださいませ～！」

大声で盛り上げてマイクの前で拍手をする司会者。会場のいたるところから大きな拍手が起こった。流れるBGMは、可愛らしい女性の声が英語で歌いあげる『結婚行進曲』。明るくノリの良い曲に合わせて、新郎新婦入場。

先ほどと同じ、白と銀の羽織袴《はかま》の龍一。対する真紀は、白無垢《しろむく》ではなく真っ赤な色打掛《いろうちかけ》だ。バラにユリ、ドでかい蝶々も飛んでいる。

「派手だな～」とつぶやいた俺に、「でもこの曲可愛い」と香が言った。俺も確かにそう思うが、この曲に和装は合わねえだろ～。

新郎新婦の紹介に続き、お世辞だらけの祝辞が続く。

退屈だな～と思いながら、仕方なく耳を傾ける。二人の馴れ初めは「長い間の友人関係がいつしか愛に変わった」だってよ。まあ、無難《ぶなん》なところか。まさか「酔った勢いで子どもができたから責任とって結婚」なんて言えっこないよな……言ったらウケるけど。でも、俺と香の関係だったら、どういう説明になるんだ？　「長い間の友人関係――」ってのは変だ。「友人」っていうより「兄妹」って感じだったし。んっ？　それじゃあ禁断の関係みたいじゃないか。隣に座る香をチラッと見る。真面目《まじめ》くさった顔で話を聞いている。今の香を見ても妹とは思わない。が、あの頃と同じように、守るべき存在だと思っていることは変わらない。まあ、昔はどう思っていたにしろ、俺と香は血縁関係がないのは事実だし、そうなるとやっぱり長い間の友人関係が——ってことになるのか？　あれ？　俺って今、自分と香の結婚式について考えてる。——ふと気が付くと、長い祝辞が終わっていた。

ウェディングケーキ入刀に続き、乾杯が終わって司会者が「ご歓談を……」と言った。やっと食事が始まる。食べながら香に小声で聞いた。

「つらくないか？」

「ぜーんぜん。あの二人が並んでるの見たら、少しはいやな気持ちになるかと思ったけど……隣にヒロがいるってすごいね」

そう言った香は俺に向かって明るい顔で微笑んでいる。良かった。こんなセリフが聞けるなんて、来たかいがあるってもんだ。

しばらくして新郎新婦はお色直しで退場。そのあたりから、俺は写真撮影会をやらされる羽目《はめ》になってしまった。

サッカーをやっているっていう男の子が母親と一緒に来て、

「大ファンです！　一緒に写真撮ってください」

と、俺に頭を下げた。悪い気はしないし、気軽に応じたんだけど……それからは、延々と続く写真の依頼。誰かがいなくなると、見計らったように次が現れる……

香のことが気になったが、旧友と話がはずんでいるようでほっとした。

俺とは反対側の香の隣は沙耶《さや》だ。あいつなら大丈夫だろう。小学校の頃から学級委員長や児童会長を歴任したアネゴ肌。さばけた性格だし、空気も読む。

そんなことを思っている間に、会場が暗くなった。入り口がライトで照らされて、お色直しをした新郎新婦が再び入場する。

龍一はシルバーのタキシード。マジシャンみたいだけど、さっきの演歌歌手よりはマシだな。

そして――真紀はワインレッドのドレスを着ていた。

「おい、あのドレス見ろよ……。覚えてるか？　オーナーがそれと一緒に見せてくれたワイン色のやつ」

俺は、セレクトショップで見たワイン色のドレスを思い出して、香のドレスを指さしながら言った。

「そうだね……私も思った。よく似てる。あの真紀のドレスの方が、丈がずっと長くてボリュームがあるけど、雰囲気が同じだね」

会場に入った二人は一礼した後、スタッフから火のついた長いキャンドルを受け取った。そしてスポットライトを浴びながらキャンドルサービスが始まる。

「あれ選んでたら、かぶってたな～」

「……それにオーナー、あのドレスのこと『花嫁と戦うイメージ』って言ったんだよ」

「ああ！　そう言えばそうだったかも。シャレになんね～。怖っ……」

「やっぱり、こっちにしてよかった……」

香はそう言って、ふーっと大きく息をついた。俺はもう一度、入り口近くの席でスポットライトとフラッシュをあびる真紀のドレスを眺めた。オーナーが選んだドレスより、赤みが強いが、ドレスと同じ生地で作ったバラの飾りが胸元に付いているところも似ている。腰のあたりにも大きなバラの花がドーンって感じで付いている。ドレスの裾の一か所をその腰のバラの部分で留めているので、中のヒラヒラしたレースが見える。

「それにしても、派手なドレスだな～」

「大きなバラの花で、裾はフリフリかあ～。頭にはティアラで……女王様みたいだね」

「女王様？　本気で言ってんのかよ。背が低いからバランス悪いな～。バラでウエストを隠してるつもりかな？　余計ズンドウに見えるよなあ」

「でも、妊婦でも着たいものを着るのって、意志の強い真紀らしいよ」

香はそう言いながら軽く笑った。

「そういうもんかねえ～。和装なら目立たないのにな～」

――真紀をこき下ろしている間に、二人は俺たちのテーブルへ。余裕の笑みを浮かべて俺たちを見る真紀。対照的に固い表情の龍一は、こちらを一度も見なかった。

友人代表によるスピーチが終わると、香は新郎側の主賓席に行って、おじさんたち相手にお酌《しゃく》を始めた。

そういえば、香と龍一は同じ信用金庫だったな。このあたりの披露宴《ひろうえん》だと、会社関係者がいるならお酌も必要か。そんなことに気が回るほど香に余裕があるってことに、ほっとする。オーナーに言われたように笑顔で胸張ってるし、俺がいなくても大丈夫だったか？

だけど、さっきの「隣にヒロがいるってすごいね」っていう香のセリフを思い出し、そんなことはないなと、俺は一人でニヤけた。

香が席に戻ると、男どもが声をかけ、一緒に写真を撮り始める。香の肩や腰に手を回すヤツまでいる。横目で盗み見てはイラつく。俺の香にべたべた触るな。くそっ……俺って案外小さい男だな。

でもな、今日の香は可愛くてしょうがないんだ。ニコッて笑いかけられただけで、もう可愛くて可愛くて……。いつも、スッピンでもいいとかなんとか香には言ってるけど……もちろん、それも本音なんだけど、やっぱりおしゃれしてるのもいいな。

今の俺は『恋は盲目』ってヤツなのかもしれない。なんとなく自覚できる。もしかして『親の欲目』ならぬ『兄の欲目』ってのも、香に対しちゃ働いてるかもしれない。

しか～し、今日の男どもの態度。それを見れば、俺の目が盲目でも欲目でもないって
ことは確かだよな。

余興が始まってしばらくすると、やっと俺と香への写真攻撃がおさまった。食事をし
ながら、気になっていたことを香に聞いた。

「なあ……龍一とのこと、誰かに何か言われたか？」

「うん。聞かれるとは思わなかったんだけど……」

やっぱり、聞いてきたヤツがいたんだ！　大丈夫だったのか？

「何て言われたんだ？」

「龍一と付き合ってたんだよね、とか、龍一といつ別れたの、って感じ」

さらっと答える香。

「それで……おまえ、何て答えたんだ？」

「『もう終わった話よ。今日は二人を祝福しましょ』って。精一杯気取って言っといた」

香はそう言った後で、ちょっと口をとがらせて不満そうな顔をする。

「でもね、『あの二人のことなんか気にしてないの、余裕よ～』って、そういう雰囲気
をかもしだそうと思ってたんだけど、難しいもんだね～。自信ないな」

「アハハ……大丈夫じゃね？　誰が見たって、今日のおまえは、龍一に未練があるよう

に見えないだろ～」

　そう言った俺に、「ほんとに？」って聞いた香の顔には、今までのような自信なさげなところは見あたらない。俺は、親指を立ててニッと笑って見せた。

「ヒロも写真いっぱい撮られて大変だね」

「ああ～、まったくな。メンドクセー。だいたい俺、ユニフォーム着てるわけでもねーしよお。こんな格好の俺と写真撮ったって、誰だかわかんねえのにさ」

　そう言った俺に向かって、香は真面目《まじめ》な顔で首を横に振る。

「ユニフォームのヒロもいいけど、今日のヒロ、すっごくかっこいいよ。私、みんながうらやましいもん……あのね、後で私もヒロと二人の写真撮りたいな。メンドクセーなんて言わないでね」

　今の俺、赤くなってないよな？　香とだったら、スーツだろうが、ユニフォームだろうが、裸だろうが、いくらでも一緒に写真撮ったるゾー。香からこんな風に言われるなら、もっと気合い入れてもよかったかな。俺が目立っても仕方がないだろうと、今日は黒の礼服にシルバーグレーのストライプタイとそろいのチーフ、と至って普通の格好だ。だが、若い男性ゲストの中には、カラフルなタイや、カラーのドレスシャツを着ているヤツもいる。バスケット部だった龍一の友人は、背が高くて派手なタイプの男が多い。

　若い女性の二人連れが来て、俺に「あの～、一緒に写真撮ってください！」って言った。

はいはい、わかりました。彼女たちと順番にツーショット写真におさまる俺。その間に、香が席を立って会場を出るのが、視界の片隅に入った。

――香が戻ってこない。

化粧でも直してるのかなって思ったけど、なんだか気になって会場を出た。出入り口付近でまわりを見回したが、香の姿はない。とりあえず化粧室の方に向かい、角を曲がると――いた。廊下の隅で、男と二人。壁を背にした香を、追い込むように迫っている背の高い長めの茶パツ。香の片手を握っている。二人に近づきながら、「香」と声をかける。

「どうした？」

俺の顔を見た香は、明らかにほっとした表情を浮かべた。

男がこちらを振り返って、チッと小さく舌打ちをする。こいつは、確かバスケ部だったな。立てたシャツの襟元にアスコットタイが覗いている。隣に立った俺を真正面から見据えてくる。俺と目線が同じってことは、こいつもかなり背が高い。派手な外見だ。自分に自信があるんだろう。俺は目をそらさなかった。

「メアド、教えてもらおうと思っただけだよ」

ふっと、そいつが目をそらした。俺は、黙って男の手から香の手を取る。そしてもう一度、威嚇《いかく》するようにそいつを一瞥《いちべつ》し、香を連れて会場へ足を向けた。

「なんで？　小川、今フリーだろ？」

背後から男の声が聞こえた。

「無理じいは嫌われるゾ〜」

後ろに向かってそう答えておく。会場の入り口近くでつないだ手を離した俺に、香が言った。

「ありがとう、ヒロ」

「あんなのに引っかかるなよ」

「うん。トイレから出たら廊下にいて。メアドとか言われたけど、ごまかして戻ろうとしたら、手をつかまれちゃって……しつこくて……ヒロが来てくれてよかった」

おそらく香が会場から出るのを見て、つけて行って待ち伏せでもしたんだろう。

こんなんじゃ心配で、おちおち目も離してられないな。

会場に戻ると、すぐに両親への花束贈呈や感謝の手紙の朗読が始まった。おざなりに拍手しながら思った。なんつーか、真紀は、型どおりの披露宴《ひろうえん》をやりたかったんだなあって。香はどう思っているのかわからないが、真面目《まじめ》な顔で聞いて、拍手もちゃんとして……それを見て、こいつはエライなあ、なんて感心する。

龍一の上司の支店長が出てきて、締めのあいさつをした後、万歳三唱をやらされた。やっとお開きだ。二次会行くだろ〜なんて声がまわりから飛んできたけど、行くわけねーだろ。

バカでっかい引き出物の袋を、香の分と合わせて二つ持ち、サッサと会場を出ると……

――お見送りの二人が立っていた。

「今日は来てくれてありがとう」

真紀がニッコリと笑って言った。

俺は「ああ」と答えただけ。

香は、まず真紀に向かって微笑んで言った。

「ドレス、似合ってるよ」

そして今度は龍一に向かって、はずむような声で、これまたニッコリ。

「真紀と幸せになれるといいね」

龍一は「香……」と言ったきり。

真紀もしたたかだと思うが、香もよく言ったな～。微妙にトゲを感じるいいセリフだぞ。

建物から出ると、モワッとした空気に包まれた。俺は上着を脱いで腕にかけ、ここで荷物と一緒に待っているように香に言って、駐車場に向かった。車を式場の玄関に横付けにすると、香の横に男がいて、何やらしつこく話しかけている。

あいつもバスケ部だったな……

車から降りて助手席側に回った俺に、そいつが話しかけてきた。

「小川さんちってさ～、後町《うしろまち》なんだってな。俺んちと方向が一緒なんだよ。ついでだからさ～、俺が送っていくよ～」

助手席のドアを開けると、香はそいつに向かって「じゃあね」と言って、スッと車に乗り込んだ。

「香んちは、俺んちの隣だ」

俺は、そいつにそう言って引き出物の袋を積み込んだ後、車に乗り込んで会場を後にした。

「ったく！　バスケ部ってのは、チャラチャラしたナンパ野郎ばっかりだな」

ハンドルを握りながらイライラして声を上げた俺に、のんびりとした声で香が答えた。

「さっきの彼、高三の時、同じクラスだったの。そう言えば、高校時代も、チャラいのはバスケ部かサッカー部、って言われてたよねぇ～」

「俺はチャラくねぇ」

「ふふふ……。ねえヒロ、今日は本当にありがと。私、ヒロのおかげでちっともいやじゃなかった。それどころか結構楽しめちゃった」

香に改めて礼なんか言われると、照れくさくて仕方がない。それで俺のイライラはどこかに行ってしまった。

「おう。それなら良かった。好きな女を守るのは当たり前だ」

「好きな女……って、初めて言ってくれたね」

助手席の香は、下を向いてそんなことを言う。そのセリフに驚いた。

俺、そんな基本的なことも言ってなかったか？

「そ、そうか？　好きでもない女、泊めたりしねえよ」

「嬉しい……。ヒロ、私もヒロのこと大好き……」

俺は、初めて香に『好き』と言われたようにドッキリする――いや、待てよ……

「おまえこそだろ！　俺も初めて言われたような気がする」

「言えなかったけど……子どもの頃からずっとヒロが好きだったよ」

下を向いたままの香。子どもの頃からって……そんなこと言われちゃ、このまま家には帰せねえよな。

実家に着いて車を降り、香を家の中に入れた。実家には誰もいない。母さんには、披《ひ》露宴《ろうえん》の後ここに泊まることは伝えてある。だけど、その時の母さんの返事は、「その日は温泉に行くからいない」だった。

香に、二階の俺の部屋に行ってエアコンのスイッチを入れておくように言った後、俺はキッチンの冷蔵庫の扉を開けた。今日は車だったから、アルコールは口にしなかった。

香は……あいつも披露宴で、ほとんど飲んでいなかったことを思い出し、缶ビールを二本取り出した。

部屋に入ると、香はベッドの上にちょこんと座っている。隣に座ってビールを差し出すと、「ありがと」って受け取って、すぐにプルタブを開けて口を付けた。

そんな香を見ていたら、数週間前のことを思い出した。あの時は、風呂上がりの香。今日は、キレイにドレスを着た香。どっちの香も同じように俺の部屋でビールを飲んでいる。

あの日、香に渡した青い鳥のネックレス——フランスであのネックレスを見つけて、香の誕生日プレゼントに買った。誕生日当日には間に合わなかったが、スケジュールを調整して休みを取って久しぶりに実家に帰ると、そこに香が現れた。あのネックレスを見つけていなかったら、香は今日、一人で披露宴に行って、あの席に座っていたんだろう。そんなことにならなくてよかった。

ビールのプルタブを開けて、一息に半分ほど飲み干す。家に着いたらきちんと言おうと思っていたことを口にした。

「香——好きだよ」

ビールの缶を持った香は、俺の顔を見上げて、本当に嬉しそうに笑った。

それから目の前のローテーブルにビールを置くと、俺にギュウッと抱きついてくる。

その勢いにあやうくビールをこぼしそうになった俺は、慌ててテーブルにビールを置いた。

「おいおい……」

顔を上げた香がじっと俺を見つめる。そして、香の顔が近づき、その唇が開いて、俺の下唇を優しくくわえた後、ちゅっと音を立てて離れた。たまんねー。こいつは少しアルコールが入った方がいい感じだ。俺もお返しに、香の顔を両手で挟み、自分の唇で香の上唇を挟んでちゅっ。今度は下唇を挟んでちゅっ。引き寄せられ、また離れ……俺と香の唇から生まれる音が、部屋の中に響く。

「ふう……」

大きく息をついた香。俺は、香のボレロを脱がせ、その肩から首筋に、唇を落としていった。

「……ああん……ふふふ……うふふ」

香はくすぐったそうに笑っている。

香の手が伸びて俺のゆるんだネクタイを外す。続けて、ワイシャツのボタンを外し始めた。俺はベッドに座ったまま手をついて、そんな香の様子を見下ろしていた。薄いピンクに輝く爪。その指先が、ボタンを外し終えると、俺の肩からワイシャツを落とした。アンダーシャツの上から、俺の胸に手をはわせる。そして、ベルトに手をかけ……外してくれるのかと思ったが、アンダーシャツを引っぱり出した。シャツをめくりあげ、俺の胸に両手を置いて頬をピタッとつける。

「ヒロって、スーツ……すごく似合うね。……たくましいから。今日も、スーツ姿のヒロ見て……私、ドキドキした」

香、いいコだ。俺を喜ばせる天才。ついでに欲情させる天才。

「俺も、今日、ドレス姿のおまえを見て、ドキドキした。触りたかったけど、グチャグチャにしちゃ困るから、我慢してた」

それを聞いて香が顔を上げる。

「家に帰る時、あんまり髪とか……乱れてたら困っちゃう……」

「そりゃあそうだよな。でも、今、家に帰られたら、俺が困っちゃう〜。ははは、ムチャしないようにするよ」

香の髪を乱さないように頑張ってみるか……

一旦、香を離して、俺はアンダーシャツを脱いだ。そして香に外してもらえなかったベルトに手をかけた――

ぽわんとした顔をしてベッドに座りこんでいる香を立たせ、ドレスの背中のファスナーを下ろし、香の体から滑らせ、床に落とす。

その下は、ドレスと同系色、淡いグリーンの——キャミソールだっけ？　裾がヒラヒラしてて、ちょうど尻が隠れるぐらいのやつ。

これって……あの妖精のコスプレみたいじゃねえか！　永遠の少年と一緒にいて、金の粉を振りまくネズミーランドの一員。

おまけに、香の下半身はガーターベルトに紐パン——こんなの着てたのか！

「おまえ、こりゃあ……エロすぎだろ」

せっかくだから、俺は腕を組んでしばらくその姿を見せていただいた。手を伸ばして裾をめくると、香がモジモジと身じろぎしながら言った。

「オーナーが、こっちの方がストッキングより涼しいって。今日は暑いからって……」

脱がせてよかったな～。こんな姿を見ないで帰しちまうところだった。

俺はストッキングをはいた女の脚は大好きだ。ただ、それを脱がせるのは苦手。このガーターベルトってやつはいいな～。ストッキングを脱がさなくても、やることやれるんだもんな。最高だ。

ベッドに座った俺が「おいで」って言うと、香は嬉しそうに笑って俺に近づく。可愛いなあ。そんな香の様子を見ると、思わず笑みが浮かぶ。香の背を抱き、抱っこするように俺の太ももの上をまたいで座らせた。

俺の首に手を回す香。香の背中を抱く俺。この体勢だと、香と俺の目線が同じだ。自然と唇が重なり、それはどんどん深くなり、俺は香の舌に自分の舌をからませた。

「はぁ……」

激しいキスに息苦しくなったのか、唇を離して大きく息を吸い、喉を反らす香。その白い首筋に口づけ、そこから耳にかけて、香の上気した肌を味わうように舌をはわせた。

「ん……ああ、ヒロ……」

首に回した香の手が外れ、俺の肩に置かれる。背筋を反らす香。目の前には香の胸のふくらみ。

肩ひもを外してキャミソールを落とし、ブラのホックを外す。乳房をむき出しにし、その乳首に吸いつき、なめ回す。軽く噛むと、声を上げながら香の腰がゆれて、俺の固くなった下半身に触れる。その刺激がもっと欲しくて、俺は腰をつき上げ、香にこすりつけた。

紐パンの片側をほどいて、後ろから香の股間に手を入れる。うるみ始めているその場所をなぞると、脚を大きく開いているせいか、その部分の形が指先だけでよくわかる。

形をたどってゆっくりと指を動かす。俺にペタリと抱きついて、ハアハアと息を乱し、時々小さな声をもらしながら、香が身をゆだねてくる。その存在を主張する小さな突起に触れると、もらす声が大きくなる。ゆっくりと動く俺の指先が、香の後ろの穴に触れた瞬間、ビクッ、と香の体がはねた。

「あはっ！　んんっ……」

大きな声を上げ、俺の腕を握る香の手に力が入った。

——ここ、感じるんだな。再び軽く触れると、

「やあ……そんなとこ……ダメ……」

ハアハアとした呼吸の合間に、香が言う。

「なんで？　ここ気持ちいいんだろ？」

そう言って指先でその中心を押した瞬間、

「やっ、やだっ、やめてぇ～！」

そう叫んで、腕を突っ張って俺から離れようとする。

こんなにいやがるんじゃ、しょうがねえなぁ。

いったん離れて準備を済ませ、香を四つんばいにさせる。これなら髪はくずれないだろう。

香の後ろに膝立ちになり、その丸い尻に両手を添え、そっとなで上げた。

「お尻、上げて」

そう言って香の尻を持ち上げると、俺の手に合わせて素直にクイッと尻を上げる。

「香、いい子だな」

俺はそうささやいて、自分のものを握って、後ろから香の蜜を塗り広げるように上下

にゆるゆると往復させた。滑りがいい。蜜があふれている。やっぱ後ろの穴、めっちゃ感じてたんじゃねえのか？

――ウエストにからまるキャミソール。太ももに引っかかる片方ほどけた紐パン。香の白い尻にガーターベルトの黒いレース。薄い膜をかぶせた俺のものが出入りする。

ギリギリまで抜いては入れるゆっくりとしたストロークで、上から眺めていたが、つらくなり、スピードが上がる。

ああ――視覚と下半身は繋がってるな……

俺の腰の動きに合わせて、香があえぎ声を上げる。片手の親指を、まる見えの後ろの穴にそえ、軽くなで上げる。

途端に、香は「きゃっ！」と叫び、背を弓なりに反らす。香の中がギューッと、俺のものをしめつけた。

半脱ぎの状態で乱れる香。俺の腰の動きに合わせて、香の腰も前後に揺れ始める。それに合わせて、カールさせた首筋のおくれ毛も揺れる。静かな室内に、二人の体がぶつかり合うみだらな音と、香の嬌声《きょうせい》が響く。

「ああ！　いい……ヒロ、だめ……いっちゃう……」

そう声を上げ、香の上半身がベッドに崩れ落ちた。ああ、いい声だ。そのセリフ、大好きだ。

香の尻をつかんで数回腰を突き上げ、大きくうめき声を上げて、俺もいっちまった。

俺に脱がされた服を、再び身につけ、化粧を直し、髪をなでつけた香が、ゆっくりと俺の前で回って見せる。

「どこか変じゃない？」

「大丈夫だよ。俺、キスマークとかつけてねえし。キレイなままだ」

香は、俺の言葉に安心したのか軽く微笑み、そしてちょっとしんみりとした声で言った。

「また、週末とか、ヒロのとこ、行ってもいい？」

「——来たい時は、いつでもこい。カギ、渡してあるだろ。そんな可愛いこと言うとまたキスしたくなるだろ」

俺は、香をギュッと抱きしめた。そして、オデコにゆっくりとキスをした。

「口紅、せっかく塗り直したからな」

——キッチンのドアから香を送り出した。小川家のリビングからはサッカー中継の音が聞こえてくる。今日は暑いし、網戸のままなんだろう。明かりももれている。テレビで地元のJ1チームの中継をやっているのか？

一瞬、俺も行って一緒に楽しもうかと考えたが、明日は早いうちに東京に戻らなければならない。今日は土曜の夜だし、徹やおじさんにつかまると遅くなるのはわかりきっている。やめておこう。

その時、小川家から「ワアッ」とか「オオッ」なんて野太い歓声が聞こえた。ゴールでも決まったのか？　俺もテレビで見るか。そう思いながらドアを閉めた。

◇　◇　◇

夕べ、広輝の家から自宅に帰ると……サッカーのテレビ観戦の日だった……。サポーター仲間っていうか――兄の徹と仲間たちが、我が家のリビングに集結していて、ドレスを着て帰った私は、彼らに歓声で迎えられた。「香ちゃん、キレイになったね」なんて言われて、悪い気はしない。あれだけ着飾ってたんだもん。それぐらいは言ってもらえるよね。

着替えてからも、兄に強制参加を命じられて、お酌《しやく》したり、うなずいたり、聞きながしたり……酔っ払いの相手と後片付けで、寝たのはかなり遅かった。

でも、今日はスッキリしている。披露宴《ひろうえん》が終わって、いやな仕事をやっつけた気分だったし、広輝は相変わらず優しくて、かっこよくて……うふふ。

そんなこともあり、ちょっと遅く起きた今日は、海の日で祝日。午前中、加奈子から電話がかかってきた。

加奈子は、高校時代の家庭科部の仲間。彼女のおかげで絵画鑑賞なんてちょっと高尚《こうしょう》な趣味もできたし、二人で出かけることも多い。特に、真紀と龍一のことがあった時は、女友達の中で一番支えになってくれた存在だ。

「あっ、香？　昨日の夜、メールしたのに返事ないし～。披露宴《ひろうえん》、どうだったか心配してたんだからね！」

いきなり怒られた。そういえばメール見てない。

「あ、ごめん。心配してくれてありがと。大丈夫だったよ。昨日は帰ったら、うちでお兄ちゃんが友達とサッカー見てて、夜遅くまでつかまっちゃって。メール見てなかった」

「ああ～、徹先輩ね。ははは、相変わらずなんだねえ」

加奈子も、何度か兄に会ったことがあるから、私の大変さはわかってくれるよね。

「うん。披露宴よりも、そっちの方が大変なぐらいだった」

そう言った私に、加奈子は、電話の向こうでまた笑い声を上げた。

「あはは……よかった。思ってたとおりだ。実は、高橋君が一緒って聞いた時点で、大丈夫だろうなって思ってたんだ。それに、他からメール来たんだよ。香がめっちゃキレイになってたって」

「ええ！　そんなメールが？」

キャー、なんか、恥ずかしい！

「そうそう。高橋君のおかげだねえ。ヤツはちょっとデキスギ君だけど、やっぱ、さすがだね」

加奈子には、広輝がサロンに連れて行ってくれたことなんかは話してある。恋人関係ってことは、もちろんまだ内緒だけど。加奈子が広輝について真面目《まじめ》な声でほめるのを聞いていると、改めて広輝への気持ちが湧き上がってくる。

「うん。感謝してる。おかげで昨日は結構楽しかった」

「楽しかった？　それって、真紀がキレたから？」

「真紀がキレた？　何それ？」

昨日の披露宴の間、そんな様子は全くなかった。真紀はずっとゴキゲンだったはず……

「ええ～？　二次会で真紀がキレて大変だったって、メールに書いてあったよ。香、知らないの？」

「そうなの？　私、二次会行ってないからわかんない……何があったんだろ？」

「なーんだ。それを香に聞こうと思ったのに～。でもさ、絶対おもしろそうだよね？後で何かわかったら教えて。ウヒヒッ」

そう言って笑う加奈子の声を聞いていたら、何となく気持ちが重くなってきた。陽気な声で加奈子は話を続けている。

「とにかく声も元気そうだし、よかった、よかった。あの二人を見て、またドヨヨ～ンの香に戻っちゃったら、執事に癒《いや》してもらいに秋葉原まで引きずって行こうかと思ってたんだよ」

「執事か～。執事もいいけど、いい絵を見に行きたいなあ」

「おお！　そういえばフェルメール様が東京に来るんだ！　行こ、行こ。あれ？　もう来てたっけ？　私、調べてみるよ。善は急げだ。わかったら、後でメールする。じゃね！」

加奈子は慌ただしく電話を切った。

私は、二次会のことが気になって考え込む。何があったんだろう？　いやな予感がする。誰かに聞いてみようか……

昨日、隣の席だった沙耶ちゃんの顔が頭に浮かんだ。彼女の隣でよかった。懐かしい先生の話やバカばっかりやってた男子の話なんかで結構盛り上がり、ストレスを感じないですんだ。

「何かあったら電話ちょうだい」って言ってくれて、アドレスと番号を交換した。『何か』があったわけじゃないけど、話を聞いてみてもいいだろうか？

少し悩んだ後、私は思い切って沙耶ちゃんに電話をかけた。

「もしもし。沙耶ちゃん？　私、香だけど……」

「あ～、香ちゃん。昨日はお疲れさま～」

のんびりとした返事。電話をしてもいいか悩んだ私としては、その声にほっとした。

「あのね……その昨日のことで、ちょっと聞きたいことがあるんだけど」

「ん？　なあに？」

「二次会、行ったよね？　大変だったんだって？」

「ああ……香ちゃんが責任感じることないよ。あんなの真紀の自業自得《じごうじとく》よ」

私が責任感じる？　いやな予感が当たったみたい……

「やっぱり……私のことなの？　お願い。教えてくれる？」

「やだ、私、へんなこと言っちゃったかな……」

沙耶ちゃんはそう言って黙り込んだ。でも、ここで話を聞かなかったら、他の誰かに聞かなくちゃならない。聞かずに済ますなんて……精神的にもっときつい。

「お願い。私、何を聞いても大丈夫だし。沙耶ちゃんに聞いたなんて誰にも言わない。約束するから」

「……確かに、ここで話が終わったら気になるよね……ん～……」

「お願い。このままじゃ気になって夜も寝られなくなっちゃうよ～」

そして沙耶ちゃんは、昨日の二次会であったことを話してくれた。

「――あのね、香ちゃんと広輝君、二次会に来なかったでしょ。それでね～、何人かの男子が、『広輝は来ないのか』とか『小川さんいない～。残念』とか……まあ、色々騒いだのよ。その中の一人がね、『小川さんって高橋とできてんの？』って真紀に向かって聞いちゃったのよ。バカよね～。そこで真紀、プッツーンってきちゃったみたいで……大きな声出しちゃったの」

「なんて？」

「『みんな、広輝と香のことばっかり』って。『私たちより広輝の写真を撮ってた』とか、『龍一が広輝なんか招待するから』とかって。そしたら龍一君も、『もとはと言えば真紀が香を招待するから』とか、『広輝が来るの喜んでたくせに』とかケンカしだしちゃってね～」

「そんなことが……」

沙耶ちゃんの話はスラスラと続く。

「あれはね、カンペキに真紀の嫉妬よ。香ちゃんはキレイになってるし、広輝君は龍一君よりレベル上だし、二人はあいかわらず仲いいし。特に男子が、『小川は？　香は？』って言うから悔しかったんだよ」

――香がうんとキレイになって、堂々と座っているだけで十分復讐《ふくしゅう》になるんだよ。

以前、広輝に言われたことを思い出して、私は複雑な気持ちになった。

「香ちゃん、私ね……本当は、真紀と龍一がくっついた経緯だいたい知ってんのよ」

沙耶ちゃんは、言いにくそうにそう言った。

「大丈夫。多分、ほとんどのコが知ってたと思うから」

私は、なるべく気楽に聞こえるように答えた。

「私ね、『香ちゃんを招待するのはひどすぎる』って真紀に言ったんだけど、聞かなかったし。だから、やっぱり真紀の自業自得《じごうじとく》でしょ？」

「……二次会はどうなっちゃったの？」

「大丈夫よ～。二次会の司会、バスケ部だったチャラ男でね～。まあまあとか何とか、二人を丸めこんじゃって。『さあ、みなさ～ん、気を取り直していきましょ～』って。適当にごまかしちゃってたわよ。あの男、案外使えるヤツだったわね」

感心したように沙耶ちゃんは言って、話を続けた。

「ま、その後、しばらくの間、真紀は仏頂面《ぶっちょうづら》してたけどね。司会者が笑いとって、真紀にもうまいこと振って、表面上は平和だったわよ。さすがに、もう香ちゃんたちの名前を出すヤツもいなかったし。おかげで早く終わって助かったわ～」

「そうだったんだ……なんか……どうしよ？」

沙耶ちゃんだってそんなこと聞かれても困るよね。だけど、複雑な気持ちの私は、ついそんなことを口に出してしまう。

「気にすることないじゃない。香ちゃんと広輝君は何もしてないでしょ～。周りが勝手に騒いだだけだしね」

沙耶ちゃんはそんなふうに言ってくれた。

「それにしても、あなたたち二人って、小学生の頃からずっとあんな感じなのねえ〜。ふふふ」

急に意味深《いみしん》なことを言って、笑っている沙耶ちゃんに戸惑う。

「えっ？　あんな感じって？」

「や〜ね。ほわ〜んとした香ちゃんを、何だかんだと助けて世話を焼く広輝君よ。ところで、ご祝儀《しゅうぎ》袋にお金入れてったの？」

「えっ？　お金？　……入れたけど……？」

私は、沙耶ちゃんの言葉の意味がわからずにちょっと混乱した。

「私だったら、ご祝儀袋にお金なんか入れないわよ。『呪』って書いた人型の紙でも入れるわね。香ちゃん、あなたは悪くないんだから、ザマーミロぐらいに思ってりゃいいのよ」

——沙耶ちゃんに電話してよかった。

ありがと。沙耶ちゃん。心が軽くなって、素直にザマーミロって思ったよ。

披露宴《ひろうえん》から一週間が経ち、もうすぐ八月。

時間が経つのが早いなあ。とにかく毎日猛暑の連続で、地球温暖化が身にしみる日々。

出勤すると、ロッカールームにいた遠藤さんが待ってましたとばかりに、一枚の葉書を私の目の前に突き出した。『会員様限定！　夏物大セール』の大きな赤文字。

「モールにあるこのお店、今日から三日間、カード会員は半額です。仕事終わった後、行くつもりなんですけど、一緒にどうです？」

今日は金曜日。もちろん、喜んで誘いに乗った。

明日の土曜日は、広輝に会いに行くんだけど、むこうは仕事だから早く行く必要もないし、素敵なお洋服ゲットして着て行こうっと。

「そこまで、嬉しそうな顔されると、誘ったかいがあるってもんです」

遠藤さんからそう言われて、思わずホッペを引き締めた。いかん、いかん。意識が東京に飛んで、顔がゆるんでいた。さあ、気持ちを引き締めてお仕事、お仕事。

そして夕方——仕事を順調に終わらせて、遠藤さんとこのあたりで一番大きなショッピングモールにやって来た。ショッピングの前に食事をしようと入った和食レストランで、私たちは向かい合って、夕ご飯を食べている。

「小川さん。カレシできました？」

いきなりの遠藤さんの質問。さっきまで、支店長の加齢臭について熱弁振るってたけど、そっちはとりあえず終わったみたい。

「はは、カレシがいたら、金曜の夜にあなたとここにいないわよ～」

そう答えた私に、「そりゃそうですね」ってつまらなそうな顔をした彼女は、ご飯を一口パクリ。

「そういう遠藤さんこそ、金曜の夜に私と一緒なんて、どうなのよ？」

「私は今、えり好みしてるんです。もう二十歳もすぎたし、どーでもいい男と付き合ってる場合じゃないでしょ。ちゃんと選ばなきゃ。でも小川さんは、もう二十七ですよね？焦って選ばないとヤバいですよ」

あら、憎たらしい。でも、遠藤さんって意外にしたたか。しっかり考えてるんだな。感心しちゃった。

「私なんか、選ぶほど、男の人が寄ってこないわよ」

遠藤さんは、左手に小鉢、右手にお箸を持ったまま、ピタリと動きを止めた。

「今週、二人ほど来ましたよね？　小川さんの同級生の男の人」

「うん」

一人は火曜日だったかな？　もう一人は昨日の木曜日に来て、口座を開設してくれた。ありがたいことだよね。

「みんな、そろそろ預金しなきゃとか思うのね。やっぱりお年頃かしら」

そう答えた私を、アゴを斜めに上げた遠藤さんは、怖い顔でにらみ付けた。

「な～に言ってんですか？　気が付かないフリしてます？」

「え？」

まさかの遠藤さんのツッコミに私は動揺した。

「あ〜、かわいそ〜」

遠藤さんはそう言い放って、食事を再開した。今度は私が箸を止めて、尋《たず》ねた。

「かわいそうって……何が？」

「あの男の人たちが。あんなの、小川さん狙いで来てるに決まってんじゃないですか！

天然ですか？　名刺もらって、今度飲みに行こうとか、誘われてましたよね？」

「いや、社交辞令でしょ……」

そう言いながらも、実は、やっぱりそうなのかって、気持ちが重くなる。私には広輝がいるし、面倒なことは起こしたくない……それにしても、遠藤さん、よく見てるよね。

二人とも、あの披露宴《ひろうえん》で、私が信金で働いているのを知って来てくれた。ただそれだけだって思っていた——いや、思いたかった。

火曜日に来たのは、披露宴の帰りに式場の玄関で私を送るって言った、バスケ部の彼。

——そのヘアスタイルいいね〜。どこの美容院でやったの？

あの時、広輝を待っている私に、そう話しかけてきた。

「俺、美容師やってんだ。今度、店に来てよ。小川さんは今何やってんの？」

そう言われて、中町の信金で働いているって答えた。

「へ〜、俺んちの近くだ。今度行くね。小川さんの家どこ?」

後町って答えたら、「なんだ〜通り道じゃん。俺が送ってやるよ」と言った。

今、車を待ってるところだからって断ったんだけど、「ついでだよ〜」って言ったところで、広輝の車が停まって……後は、あのとおり——

その彼が、「今日は休みなんだ〜」って言いながら信金に来た。『夏のボーナス特別金利キャンペーン』のチラシを手に取った後、「今度飲みに行こう」って、美容院の名刺を私に差し出した。裏には、彼の携帯番号とアドレスが書いてあった。

木曜日に来た彼は、やはり高校時代に同じクラスになったことがある。会社がすぐそこで、今は昼休み中だって言った。

「ちょうど口座を作ろうと思っていたところでね。暇な時にでも電話ちょうだい」

パリッとしたワイシャツを着て、柔らかい口調でそう言った彼は、やっぱり会社の名刺を私にくれた。へー、いいところにお勤めなのねって思ったんだけど……それだけ。

もちろん、ふたりに連絡なんかしていないし、するつもりもない。

「二人とも、イケてましたよね。まったく違うタイプですけど。どっちが小川さんのタイプなんですか?」

食事を終えて、追加注文したクリームあんみつを美味しそうに食べながら、遠藤さんが聞いてきた。

「二人とも、かっこいいよね。でも……私は、そんなつもりはないし」

「小川さん、その気がないなら、あんなに愛想《あいそ》よくしちゃダメですよ」

「だって、一応お客様だし……。どうしたらいいの？」

私の方が先輩……しかも七つも年上なのに、我ながら情けない。

「適当にはぐらかせばいいんですよ。今度誘われたら『忙しくて～』とか『予定があるの～』とか『わからないわ～』とか『また今度～』とか、そんなふうに言ってりゃいいんですよ。しつこくても、それを順番にくり返してれば、そのうちあきらめますって」

「はは……けっこう残酷だね」

そう言った私に、遠藤さんはあきれたような顔をした。

「その気がないのに愛想を振りまくのは、もっと残酷ですよ」

彼女の言うとおりだ。私は素直に「そうだね……」ってつぶやいた。

「あの二人でダメってことは、小川さん、まだ前のカレシのこと引きずってるんですか？　まさか、しばらく恋愛なんかしたくないとか思ってんじゃないでしょうね？　二十七ですよ、二十七」

遠藤さんには広輝のことを秘密にしている。っていうか、母以外には誰にも言っていない。遠藤さんにとって、今の私は、春先に失恋して最近やっと立ち直って、今付き合っている人はいない、二十七歳のカレシなしの恋愛経験値の低い先輩、ってことになっている。

「それとも……不動産屋のお坊ちゃまにするんですか？　玉の輿《こし》ですもんね」

「はあ？」

意味不明だ。

「向かいの不動産屋の息子のことですよ。毎日、小川さんに会いに来てるでしょ？」

「……何を言い出すかと思ったら。あれは、社長夫人が風邪ひいてるからよ？　知らなかった？」

信金の向かいに不動産屋がある。つい先日まで、入金確認やら振り込みやらに社長夫人、つまりお坊ちゃまの母親が毎日のように来ていた。だけどここのところ、夫人が風邪をひいたってことで、お坊ちゃまである跡取り息子、つまり将来の社長が代わりに来ている。

「知らなかった？　じゃないですよ。社長夫人の風邪なんて、とっくに治ってます。私、三、四日前の出勤の時、社長夫人に会いましたもん。すっかり元気で、玄関のお花の世話してましたよ。涼しい朝のうちにしとかなきゃね～とか言って」

「え、そうだったの？　随分お見えにならないから、夏風邪をこじらせたのかしらって思ってたんだけど。それならよかったわ」

　そう答えた私を、あんみつを食べながら真顔で見つめる遠藤さん。怖いんだけど……

「それならよかったわ――ですか？　も～、社長夫人、息子さんのこと喜んじゃってましたよ！　やっと、仕事をやる気になったたって。あのお坊ちゃま、最初は渋々うちに来たらしいけど、今度から僕が信金に行くって言い出したんですって」

「やっぱり後継ぎとしての自覚が出てきたんじゃないの？　私のせいじゃないでしょ？」

　普通に考えたらそうでしょう？　なのに、遠藤さんは小さな舌打ちまでして言った。

「……彼はあんなだし、はっきりと小川さんのこと誘ったりするタイプじゃないけど、見え見えじゃないですかあ！」

　不動産屋のお坊ちゃま、二十代後半ぐらいかしら。ってことは私と同年代？　ぽっちゃりとしたもち肌の頬がピンクに染まっていたのを思い出す。ＡＴＭを使っての振り込み方法を、隣に立ってお教えした時、赤面していた――のは、使い方がわからないことが、恥ずかしいのかなって思ってたんだけど……

「用もないのに、一日に何度も来ますよね。ロビーで麦茶飲んで、週刊誌読みながら、小川さんのことチラ見してるの、気が付きませんでした？」

　はい、気が付きませんでした。

『地域社会に密着した信用金庫』を目指している当信金。ロビーには、近所の保育園の園児の絵とか、公民館サークルの陶芸やらパッチワークやらが展示されている。夏は冷たい麦茶の入ったポットとプラスチックコップが置かれ、誰でも自由にくつろぐことができる。

だから、夏になると、冷房の効いたそこでくつろいでいくお年寄りがけっこういる。

「まったく、あのお坊っちゃまが一日に何度も出入りするもんだから、冷気逃げちゃいますよね。それでなくたって省エネで設定温度高いのに……。でも、おかげで目標ができました」

遠藤さんは、口をとがらせて不満そうにつぶやいた後、ニヤッと笑って言った。

「目標？」

「実は私、嶋さんに怒られた時、……仕事、辞めちゃおうかって思ってたんです」

「ええ〜!!　そうだったの？　もう思ってないわよね？」

自分の教育担当の新人が辞めちゃったら、私の責任問題だ。それに彼女がいなくなったら……寂しい。

「はい、今は目標ができましたから。でも、ほんといやでした。仕事は細かいし、出会いはないし」

「出会いって……仕事中に？」

「そうですよ。お客様ってほとんどお年寄りだし。でも、最近の小川さん見てたら、信金で働いていると良いところに嫁に行けるっていう親の言葉も、嘘じゃないなって思えてきました。だから、目標は玉の輿《こし》です。あのお坊ちゃまは対象外ですけどね」

今時の若いコっていうか、自分に自信のあるコって、こういうこと言えるんだよね～、うらやましい。

「あなたなら、その目標もかないそうね」

「小川さんもですよ。そろそろ次の恋に行きましょうよ。あの息子のことだって、考えてみたらどうですか？　なにしろお坊ちゃまだし。それから、もうちょっと自覚しないと敵を作ったり、ひどい目に遭いますよ。前のイケてない時と同じ気分でいたらダメですからね」

私は「は～い」って返事をして、大急ぎで残りの食事を食べ始めた。

食事が済むと、遠藤さんとショッピング。セールはすごくお買い得だったし、遠藤さんのアドバイスは的確。「これどう思います？」なんて、私にも聞いてくれたりして、それがまた嬉しくて——ああ、ショッピングって楽しい！　二人とも大きなショップの紙袋を提《さ》げて帰ることになった。

そして、翌日は新しい洋服で広輝のもとへ。

「香、その服、似合うな。おまえ、ホントにオシャレになったなぁ」

よくできた男の広輝は、ちゃんと私をほめてくれた。嬉しくて、遠藤さんとショッピングに行ったことを話す。

「へーえ、良かったな」

そう言って、私の髪を優しくなでる広輝。

「似合うけど、俺、裸の香もいいかな。いや、もちろん着てるのもいいんだぞ。でも、脱がせるのも楽しいんだよなぁ」

広輝の唇が私の唇まで下りて来て、そして、優しいキス……。そのキスは、どんどん深くなり、気持ちが高ぶる。

広輝の手がブラウスの裾から入り込み、背中をはい上がる。その熱い手にゾクゾクと肌が粟立《あわだ》った。

ベッドルームに連れて行かれて、まだ着いて数分しか経ってないのに……あっという間に、私のおろしたての洋服は、床に散らばった――

夜風に少しだけ秋の気配を感じるようになった、八月末の金曜の夜。

「――よかった。ありがとう、加奈子。じゃあ、そういうことで、明日は九時半の電車ね」

そう言って、私は電話を切った。相手は、元家庭科部の友達、山田加奈子。広輝からの急なお願いごとを話したところ、彼女はすんなりと承諾してくれた。

実は明日の土曜日、加奈子と東京で開催中のフェルメール展を見に行く約束をしていた。

光と影が写実的に描かれた美しい絵を見るのが楽しみで、ここ数日はウキウキして仕方がなかった。遠藤さんから「カレシでもできました？」なんて言われちゃうぐらい。その約束が、翌日に迫った今日、広輝から電話があった。明日、私と加奈子に頼みたいことがあるから広輝のマンションに来て欲しいって。今週は忙しいって言ってたから、驚いちゃった。

理由を聞くと、私と加奈子で外人さんの秋葉原案内をして欲しいとのこと。

昨日から、広輝の部屋に、ドイツから来た元チームメートが泊まっている。彼が、秋葉原に行きたがっているけど、自分は仕事があるし、だいたい秋葉原なんてわからないって、広輝は困ってしまったそうだ。

そこで、私を思い出したんだって。以前、広輝に、加奈子と一緒に時々秋葉原に遊びに行くって話をしたから。土曜日に、私が加奈子と一緒に東京に来るなら、ぜひそのドイツ人に秋葉原を案内してほしい。その代わり、広輝がホテルをとるから、土曜日は東京に泊まって、フェルメール展は日曜日に変更できないか、というお願いだった。

それを聞いた私は、すぐに加奈子に電話をして、その話をした。

「いいよー。外人さんにとって、秋葉原って人気観光スポットなんだよね～」

加奈子が快《こころよ》く引き受けてくれて、私はほっとした。

「ただで泊まれるんならモンクないし。でもさ、相手、ドイツ人なんでしょ？　私たち英語だって怪しいのに、そこんとこどうなの？」

そうだよね。私もそこが一番気になって、広輝に聞いたもん。

「その人ね、日本語かなり上手だから大丈夫だって。時々意味不明なこと言うらしいけど、その時はほっとけばいいって」

「ふ～ん。なら、どうにかなるか。高橋君に貸しを作っとくといいことありそうだし――よし、じゃあ、お泊りの支度《したく》でもするかな」

そう言った加奈子に、私はお礼を言って電話を切った。

そして、土曜日のお昼前。私と加奈子が立っているのは、広輝の住むマンションの前。

「たっかーい……」

上を見上げて加奈子が言う。そしてエントランスに足を踏み入れた瞬間、まわりをキョロキョロと見回す。

「おおー、すっげ～。セレブ感あふれる～」

さすがに大声は出さなかったけど、写真撮ってるし。

「ここに潜入できただけでも、来たかいがあるってもんだね～。香は何度も来てんの？」

「えっ？　……う、うん。何度かね」

「いいなぁ～、私もああいう幼馴染《おさななじみ》とかさ～、お隣さんとか、欲しかったなぁ～」

加奈子はのんきな口調で笑っている。そこで話が終わってほっとした。エントランスも素敵だけど、あのリビングからの眺めを見たら、驚くだろうなあ、なんて思った。

「初めまして。ゼバスティアン・ミュラーです。日本の人たちはセバスチャンと呼びます。広輝はめんどくせーんだってことで、セバって呼びます。素敵なお嬢様がたとお会いできてマジ感激です」

青い目、クルクルの金髪、広輝よりも背が高い。そんな、どこからどう見ても正真正銘の外人さんに、かなり流暢《りゅうちょう》な日本語であいさつされた。

あっ……と、思い出した。だってこの人、ペカチューのTシャツ着てる。以前、広輝に見せてもらった写真の中の、『パケットモンスター』のシャツのイケメンだ。私も驚いたけど、加奈子は口を開けて固まっている。

このイケメン外国人からあんな日本語が出てくると、やっぱ違和感あるよね。

「あれ、変ですか？　お嬢様ダメですか？　日本語たくさんあって、どれが正しいか難しいです。女？　女性？　女の人、女の子、女子、ご婦人……んん～、おなごは違いますよね？　まさか……腐女子《ふじょし》ですか？」

そんな彼の質問をまるっきりスルーして、広輝が続けた。

「こっちは、小川香。俺の幼馴染《おさななじみ》」

「お～！　香さん。幼馴染ですか！　それは義理の兄妹の次に萌える関係ですね～」

「で、山田加奈子さん。高校の同級生」

「お～！　加奈子さん。同級生はテッパンです」

「なんじゃこのドイツ人……」

隣で、加奈子がつぶやいた。

「香さん、私は、どこかで、あなたと会ったことがありますか？」

私に向かって、急にそう尋《たず》ねる外人さん。えっ？　もしかして広輝も写真見せたりしてたのかな？

「一昔前のナンパかよ」

私がぼんやり考えていると、広輝はそう言って彼をどついた。

初対面のあいさつを済ませて、ソファに座ったそれぞれの前に、私が飲み物を出した。

「二人とも悪いな～。助かるよ」

広輝が、私と加奈子に向かって言った。

「こいつ、昨日、日本に着いたばっかりなんだけどな。もう、秋葉原、秋葉原、秋葉原、秋葉原ってうるさくて……」

横目でセバスチャンを見ながら、うんざりしたようにため息をついた広輝は、ことの成り行《ゆ》きを簡単に話してくれた。

セバスチャンは、広輝がドイツにいた時のチームメート。このたび、プロ生活に見切りをつけてドイツを離れ、大好きな日本に住みたいとワーキングビザを取得した。

なんと、日本の外国人執事カフェサイトの「ＳＴＡＦＦ ＷＡＮＴＥＤ」にメールで応募。その名前と、添付した自分撮り画像で即刻採用だって。この外見は武器だよね。

ところが、来日することを知った広輝が彼をヒロスポーツクラブにスカウトし、結局サッカーのコーチとして、広輝のもとで働くことになったそうだ。

「俺、わざわざ成田まで迎えに行ってやったんだぜ。こいつ成田から秋葉原に直行しろって言うけど、仕事抜けて行ったんで時間はないし、だいたい秋葉原なんてわかんねえし。で、香が、今日東京に来るって言ってたのを思い出してな。二人で、秋葉原に行ったりするんだって？」

そう言った広輝に、加奈子が答えた。

「香、そんなこと話してたんだ。たまに行くだけだよ。セバスチャンさんの役に立つといいけど」

「加奈子さん。セバって呼んで」

セバスチャンはそう言って、加奈子にウィンクした。

「セバか。そりゃあ楽だね」

微妙な顔をしながらも、加奈子はとりあえずうなずいた。

「ついでに電車の乗り方とかも教えてやってくれ。——ああ、もう昼だな。昼飯と、もちろん夕飯も俺がごちそうするけど、何がいい？」

「『吉田家《よしだや》』の牛丼！」

セバスチャンが答えた。

「もうちっとマシなものにしろよ」

広輝が答える。私の隣で加奈子が「まったくだ、外人め〜」とつぶやいた。

「じゃあ、『ココ参番屋《さんばんや》』のカレー！」

「却下」「え〜」「ヤダよ」と、三人の声が重なった。

「『餃子《ぎょうざ》の王様』！」

「待て。セバ、おまえが決めるな」

「え〜、食べてみたいものたくさんあるのに〜」

不満そうなセバスチャン。大きな体に似合わず、子どものようにすねた顔をする。

「昨日の夕食は、おまえの希望で、『天下三品《てんかさんぴん》』のラーメンだったんだぞ」

「じゃあ、今日は、『甲子苑《こうしえん》』ラーメンでもいいよ」

目を輝かせて、セバスチャンがすかさず言った。すらすらと店名が出てくることに驚かされる。

「毎日、毎日、ラーメンばっかり食ってらんねーよ」

「え～、小池《こいけ》さんは毎日食べてるよ～」

セバスチャンがそう言うと、それを聞いた加奈子がつぶやいた。

「――このドイツ人、タダものじゃないな」

「誰だよ？　小池さんって……」

広輝が首をかしげる。私もわからない。加奈子はわかってるみたいだけど……

「広輝、知らないですか？　髪の毛クルクルでメガネかけてます。『オバケのP次郎』にも『トロえもん』にも出てましたよ。あっ、あのコピーロボットの出てくる……」

「あ～あ～、わかったよ。そっちの話か。店の名前はいらないから、食べたい料理の名前を言え」

広輝は、ジェスチャーも使ってセバスチャンを制してから、そう言い直した。そうだね、そうすれば、広輝がお店を決められる。

「いっぱいあるよ～。餃子、牛丼、味噌汁。それとね、ちくわ、こんにゃく……えーと、肉ジャガ、納豆、明太子、キンピラ……あれ？　コンピラだっけ？」

「……ねえ、加奈子さえよかったら、夕ご飯は私たちで作ってあげない？」

私は思わず言った。セバスチャンの希望を聞いているうちに、なんだかかわいそうになっちゃったから。どうやら彼は、日本の普通の食事が食べたいみたい。ドイツから来たばっかりだもの。そういうものだよね。加奈子はすぐにうなずいてくれた。

「日本の食い物への執念を感じるね。ここは日独親善のために、一肌脱いでやろうじゃないの。元家庭科部に任せてよ。とにかく和食が食べたいんだね？」

加奈子がセバスチャンに向かってそう言うと、彼はウンウンとうなずいた。

「俺も、和食が食いたいな。俺、肉ジャガがいい」

広輝もウンウンとうなずいた。

「じゃあ、帰りに買い物して帰ろうね」

私がそう言って、話がまとまった。お昼は近くのトンカツ屋さんに行くことで合意した。

食事が済んで、広輝は仕事へ。私たち三人は地下鉄の駅へ向かい、そのまま秋葉原へ。

電子マネーのカードについて説明し、路線図を指さすと……

「あそこが新宿ですね……あっ、あれ！　あれの字、春日部《かすかべ》ですか!?」

日本語の路線図を見ながら、セバスチャンが聞いた。

「漢字が読めるなんて、すごいわね〜」

私は驚いて、セバスチャンをほめたんだけど、

「字が読めないと、マンガが読めません」

セバスチャンは涼しい顔をして、当たり前のように答えた。

「あれは春日《かすが》。春日部は埼玉だから違うよ。聖地巡り？」

加奈子が答える。また意味不明な言葉が……埼玉の聖地って何？

「加奈子さん。わかってますね〜。春日部、鷲宮《わしのみや》、大宮《おおみや》、行きたいです！」

なんか……疎外感《そがいかん》。多分、マンガやアニメに関することだろうけど……

「ねえ、加奈子は何がわかってるの？　私には意味不明な話ばっかりなんだけど……」

さっきのトンカツ屋でもそうだった。セバスチャンが時々、意味のわからない日本語を話すんだけど、広輝はまるっきり無視だし。夕べの電話で、セバスチャンが時々意味不明なこと言ってもほっとけばいいって、広輝が言ったから、これのことかって思ったけど、加奈子は違うみたい。さっきのトンカツ屋でも「おいしんぼー」とか言って、二人して盛り上がってた。

「ああ〜、しょうがないよ。マニアックな話だし。――セバってオタクだよ。しかも、日本のオタクも真《ま》っ青《さお》かも」

加奈子は私にそう答えた後で、続けてセバスチャンに聞いた。

「セバ、日本語はアニメ見て覚えたの？」

「そうです！　でも、日本語学校にも行きましたよ。広輝の言葉をマネしたら、日本語学校の先生に、乱暴な言葉ですって怒られました」

なるほど、納得。それなら秋葉原に行きたがるはずだね。加奈子と一緒でよかった。

電車内でもはしゃぐセバスチャン。とにかくテンションが高い。

「ねえ。昨日、日本に着いたばっかりだよね。時差とか大丈夫なの？」

全く大丈夫そうに見えるけど、念のために聞いてみた。

「大丈夫ですよ～。飛行機でずっと寝ました。成田に広輝が来て、ヒロスポーツクラブに行きました。そしてサッカー、子どもたちと一緒にやりました。疲れましたから、夜すぐに寝ました。だから今日は元気です。でもテレビでアニメ見るの楽しみにしてたのに……残念です！」

「高橋君のところに住むの？」

加奈子が聞いた。私はそんなこと考えてなかったので、ドキリとする。

「自分の家、見つけるまでですね。広輝の家は日本じゃないです。トキワ荘みたいなアパートに住みたいです。一刻館《いっこくかん》もいいですよね～」

「日本のマンガとかアニメが好きなのね。なんでそんな好きになったの？」

私にとっては素朴《そぼく》な疑問。ドイツ人なのに不思議なんだもん。

「子どもの時、『キャプテン修斗《しゅうと》』、ドイツのテレビで見ました。そしてサッカー選手になりました。日本のアニメ、すばらしいです。マンガもです。大好きです」

そのアニメなら私でも知ってる。子どもの頃人気だったサッカーアニメだよね。兄と広輝が一緒にテレビで見ていたし、家にマンガもゲームソフトもあったはず。

「『キャプテン修斗』を見て、プロサッカー選手になったの!? 日本のアニメ、まじスゲー」

加奈子が目を丸くして言った。


――秋葉原、大興奮です。暑さなんかに負けてません。

「これが！　これが有名な日本のティッシュ配りですね。それをメイドが……さすが秋葉原です」

着いたそうそう、ティッシュを配っているメイドの写真を撮り始めたセバスチャン。

「へえ～、ティッシュ配りって珍しいんだ」

セバスチャンに写真を撮られてるのに気付いてキメポーズを取り始めたメイドを、加奈子は面白そうに眺めながら言った。

それにしても買う買う……。フィギュア、ゲームソフト、ＤＶＤ、そのへんは私でもわかる。でも、意味不明な物体と意味不明な値段に驚く。なんでこんな小さな人形が……

等身大とおぼしき水着姿のアニメの女の子がプリントされた、シーツと枕カバー、タペストリーを買うって言い出した時は、さすがに加奈子が止めてくれた。

二万円!?

「それ、高橋君のマンションで使ったら、追い出されるよ」

限定品のアニメ絵の紙袋をゲットできた、と大事そうに腕に抱えて、

「破れたら大変です。これから日本にいますからね。今日はもう買いません。また来ます」

セバスチャンがそう言った時は、内心ほっとした。

一休みは、もちろん、メイドカフェ……

「ご主人様、私どもの系列の、金髪執事茶房《さぼう》で働きませんか?」

セバスチャン、スカウトされてるし。

「私は自分の趣味とかぶってるから楽しいけど、香はついてこれてる?」

途中で、加奈子が私を気づかってくれた。

「大丈夫だよ〜。加奈子と来る時よりディープだよね。おもしろいよ。でも、加奈子が一緒に来てくれて、ホントよかった〜」

私の知らない世界。まだまだ奥が深そうだ。

その後、「――忍者のコスプレして、忍者カフェいきたい!」って言い出したセバスチャンを説得して帰った。

広輝のマンションに着いて一休みしてから、私と加奈子は夕食の支度《したく》を始めた。

セバスチャンは、早速今日買ってきたアニメのＤＶＤを見ている。画面には、歌って踊る女の子の集団が映し出されている。

今、世間では、何人いるのかわからないぐらい大人数のアイドルグループが大人気だ。セバスチャンが見ているのは、そのグループをアニメにしたようなＤＶＤ。その女の子たちが映る大画面テレビの前で、踊るセバスチャン。それを見て、加奈子が言った。

「せっかくの窓からの景色が台無しだね」

「ははは、でもすっごく楽しそうだよね」

腰を落として、人差し指を立てて、両腕をスウィングさせている。「ウリャ、ホイ」とか何とか言いながら。スポーツ選手なだけあって、その動きにキレはあるけど、どーも気持ちが悪い。

「オタ芸は、打ってる本人は楽しいんだよね。でも、大都会の景色をバックに踊る金髪美形オタクって、今の日本らしいかも」

ジャガイモの皮をむきながら加奈子が言った。

しばらくすると広輝も帰って来た。テレビの前で踊っているセバスチャンを見て、思いっきり顔をしかめる。

「おかえり〜、このコ、このセンターのコが私は好きなんだ〜。可愛いでしょ〜。広輝はダレ推《お》し？」

画面の真ん中で踊る髪の長い女の子を指さして、セバスチャンが言った。広輝はそれには答えず、ネクタイをゆるめ、その視線をダイニングテーブルの上に移した。

「納豆に、明太子、海苔《のり》もあるのか。こりゃあヤバいな。ご飯の友がありすぎだ。食いすぎ間違いなしだな」

そう言って笑いながら、ベッドルームに着替えに行った。

夕食は、肉ジャガ、ちくわの磯辺《いそべ》揚げ、おひたし、味噌汁、ご飯に明太子やら納豆やら。セバスチャンの好みを聞いていたら、こんな感じになったんだけど、納豆なんか大丈夫かしら？

——結局、納豆はだめだったけど、後は気に入ってくれたみたい。よく食べて、よくしゃべる。

「ちくわ、本当に穴が開いてますね。この穴は何するんですか？」

「そりゃあ、指をつっこんで食べるんだよ」

「お〜、本当だ。ぴったりです。おいしい」

「この長いの、何ですか？」

「こんにゃくだよ」

「ええ～！　こんにゃくは、ドライエック……三角形です」

「そりゃあ、ちび太のおでんだね。肉ジャガのは長いんだよ」

「へーえ、そうなんですか。あ、これ、味噌汁ですよね！　日本人は、怒ったらテーブルバーンで、味噌汁こぼしますよね～」

「頑固おやじのちゃぶ台返し……やったら怒るよ」

加奈子とセバスチャンの奇妙な会話。でも、セバスチャン楽しそう。私も嬉しくなる。加奈子がいてくれて本当によかった。

「今日、秋葉原どうだったんだ？」

黙々と食べていた広輝が口を開いた。

「明日も行きたい！　忍者カフェ、行きたいです！」

即答するセバスチャン。

「何言ってんだ……おまえ住むとこ探すのが先だろ。それに、そんな暇があるなら働け」

「ああ、子どもたちとサッカーするのは楽しいです。それは、働きます」

思い出したように、ニコニコと笑うセバスチャン。その顔を見ると、本当にサッカーが好きなんだなって思う。

「昨日、いきなり子どもたちとサッカーやったんだってね」

「ああ、会社連れてったらサッカーやりたいって言い出してな。スクールのサポートをやらしたんだけど、狙いどおりだったよ」

加奈子が言った。

「狙いどおりって？」

お箸を止めて、興味津々って感じで加奈子が尋《たず》ねた。

「前、香にこいつの写真見せたことがあるんだよ。その時香が、日本中の女はこういうヤツがタイプだって言ってな。だから、執事カフェで働くって聞いた時、うちにスカウトしたんだ。もしかするとうちの広告塔になるかと思って」

「ああ、なるほどね。この見てくれじゃ、お母さんたちのアイドルになっちゃうね」

加奈子は、納得したように大きくうなずいた。

「そうなんだよ！　いつものレッスンなら、お母さんたち、待合室にいてもレッスンなんか見ないでペチャクチャしゃべってるか、子どもを置いて帰っちまうんだ」

それを受けて、嬉しそうに広輝が話し始めた。仕事の話ってあんまり聞いたことなかったから、新鮮な感じがする。

「うちはインドアで、待合室の他に、ゴール裏に見学スペースが少しあるんだよ。昨日は、そこがいっぱいになっちまって。しかも、熱中症で具合が悪くなったお母さんがいて、セバが運んだら『お姫様抱っこ～！』って大騒ぎだった」

そう話す広輝は笑顔だ。それに対して、加奈子が言った。

「そういうの、ママ友ネットワークで広がるの早いと思うよ～。もう、画像がネットに出回ってんじゃない？　同じコーチならビジュアル系のほうが得だよね。セバの髪が短かったら、あのイギリスのサッカー貴公子に似てるし……いや違うな……デューラーだな」

「ひげ生やした時、デューラーだって言われました。デューラーは偉大なドイツ人画家です。でも、私のほうが若くて髪の毛多いです」

セバスチャンが、自分のクルクルとした金髪を引っぱりながら言う。柔らかそうな金の髪。私は、デューラーの絵って、あの自分をキリストのように描いた自画像ぐらいしか思い浮かばない。でも確かに、あの絵のデューラーとセバスチャンの顔って、ちょっと似てるかもしれない。ただ、やっぱりあの絵は、セバスチャンよりおじさんぽい。

「あの有名なキリストもどきじゃなくて、もっと若い時の自画像だよ。そっくりだよ」

加奈子はそう断言して、今度は広輝に向かって言った。

「ホームページのトップに、高橋君とセバの写真を載せるといいんじゃない？」

「そうか？　そうだな……デューラーに似てようが似てまいが、広告塔だしな。明日さっそくやらせるかな」

「デューラーのコスプレでいいですか？」

真顔で聞くセバスチャン。すかさず広輝が「バカか」って答える。

「どんな格好か知らんが、いいわけねーだろ……」

「そんなことないんじゃない。デューラーのコスプレしても誰もわかんないかもしれないけど、この顔で中世ヨーロッパの衣装着たら、王子でしょ。サッカー王子とかってキャラ作って、宣伝に使っちゃったら?」

いかにも加奈子が言いそうなことだ。でもセバスチャンの外見は、サッカー王子ってイメージにぴったりだと、私も思う。

「山田さん……面白がってるだろ?」

そう言った広輝に向かって、加奈子は首を振りながら真面目な顔をして答えた。

「いや、マジマジ。私だったら、カボチャパンツでマント姿の王子がサッカー教えてたら、自分の子、通わせちゃうよ。だって面白いじゃん。イベントの時とか、活躍してもらったら?」

「斬新《ざんしん》だな……。山田さんの視点は面白いな。会議にかけてみるか……」

そう言って、広輝は黙り込んだ。何やら考えている様子。

私は、ふたたび始まった加奈子とセバスチャンの漫才みたいな会話を聞きながら、和《なご》やかな気分でご飯を食べた。

食器洗い機をセットしてリビングに戻ると、ソファに座った加奈子とセバスチャンが楽しそうに話している。今日、秋葉原で買ってきたフィギュアや、怪しいパッケージのゲームを前に、盛り上がっているようだ。

広輝を見ると、そんな二人の会話に入れなくて手持ち無沙汰《ぶさた》な感じ。私の姿を見ると、すぐにソファから立ち上がって手招きをする。広輝について廊下に出ると、彼は洗面所へ入っていった。私も後について角を曲がると……広輝の手が私の腰に伸びてきて、抱き寄せられた。

壁に押し付けられ、すぐに広輝の唇で、私の唇はふさがれた。片手の指がからまる。驚いて胸がドキドキした。だけど嬉しい。私だって広輝とキスしたかった。

唇が離れると、リビングの二人の話し声がまた耳に戻ってきた。その声に、すぐそこに人がいるってことを意識して、ちょっぴり悪いことをしているような気持ちになって、胸がザワザワとした。広輝は、私の顔にかかる髪を後ろになでつけ、耳元でささやいた。

「次の休みは会いに行くからな」

私は広輝を見つめてうなずく。そしてまた、広輝の唇が下りてきて、私の唇に強く押しあてられた。からみ合う舌と舌。私の片手は広輝と指をからめ合ったまま、顔の横あたりの壁にぬい付けられている。音を立てずに、静かに、だけど情熱的に続くキス。私は懸命にキスに応えた――

広輝が先にリビングに戻った。私は、洗面所の鏡で自分の顔を見る。頬が上気し、瞳が潤んでいる。しばらくそこで過ごして呼吸を整え、落ち着きを取り戻した。その後、何くわぬ顔でキッチンに戻る。何か言われたら……とドキドキしたが、二人はこちらを振り向きもしなかった。私は、ほっと胸をなでおろした。

それからしばらくの間、四人でセバスチャンの住まい探しの話をして、私と加奈子は、マンションと同じエリア内のホテルに向かった。

「本当は、俺が香とホテルに泊まりたかった」

キスの終わりに、広輝がささやいた言葉が耳に残っていた。

◇◇◇

首の後ろで紐を結んだワンピース姿。肩はむき出しで、組んだ脚がサイドスリットから覗く。銀座のママみたいな女が、ゆったりとしたソファに座る。目の前のテーブルにはキレイな色のカクテル、ソファの横には鉢植えのヤシの木。ここだけ見るとどこかのリゾート地のようだ。

だが、ここは俺が経営するヒロスポーツクラブの一角。左側はガラス張りで、見下ろすとブルーの水面に照明が揺れているプール。右側には、最新式のマシーンを並べたフロアーが広がる。オープン前のこの時間帯は、スタッフの姿がチラホラと見えるだけで、静かな空間だ。

プールが見下ろせるこの休憩スペースで、断り切れずに引き受けた週刊誌の対談が行われている。その対談の相手が、今、俺の目の前に座っている女。旦那はプロレスラー、下ネタOKのぶっちゃけトークで人気のセクシータレントだ。写真の撮影もあり、俺の体がたるんでいないことがわかるショットが欲しいということで、フィット感のあるトレーニングウェアを着せられた。スポーツクラブの経営者の腹が出ていたら話にならないという自覚はある。普段からトレーニングを欠かさないので、その点は大丈夫だ。ただ、カラフルな某メーカーの今期の新作ウェアは、目の前の女の衣装とまったくマッチしてない。

男性向けのこの週刊誌、今回の対談テーマは『スポーツで鍛《きた》えて生涯《しょうがい》現役の性生活』だ。スポーツクラブの宣伝もかねて、ストレッチの大切さや定期的な運動のすすめを織り込んで話す。

相手は慣れたもんで、旦那のたくましさをノロケつつ、適度な下ネタを入れ、スムーズに会話が進む。

――対談の途中でこんな会話があった。

「ほとんどの女が、自分より性経験豊富な男の方がいいのよね～」

セクシータレントが言う。

「そういうもんですか？」

「そうでしょ～。最近、親子ぐらい歳の離れたカップルが多いけど、ほとんど男が年上でしょ？　年上ってことは、それだけ経験も豊富ってことよね？」

「そういうことになりますかねぇ」

確かに女がすごく年上ってのは少ないなと思う。

「でもね、そういう場合、自分よりずっと若い女を満足させなきゃいけないでしょ？　それって大変よ～。女の年齢に合わせたら、男は生涯《しょうがい》現役ぐらいの気持ちじゃなきゃ、女の方がかわいそうでしょ？」

脚を組み直し、優雅なジェスチャーをまじえて話す。その動作はさすがにセクシーだ。

「そうですね。親子ぐらい違うってことは……例えば、年の差が二十五歳だったら、女が三十なら男は五十五ってことですもんね。それは鍛《きた》えて頑張らなきゃ。ははは」

「そうよ～。でも男はその反対よね。女が自分より経験豊富なのはいやでしょ？」

「そんなことないですけど」

こういう場合、返答ははっきりさせないほうがいい。今までの経験から、どっちつかずの答えになるように心掛ける。

「じゃあねぇ、カノジョと付き合い始めてね、やってみたら、経験豊富だったコと、あんまり知らなかったコ、どっちがいい？　正直に言ってみて。経験豊富はいやでしょ？」

「いや〜、そう言われればそうかもしれませんけど。でも、女の人が手取り足取りリードしてくれたら、それはそれで嬉しいけどな〜」

カノジョって言葉に、香のことが思い浮かんだ。

「あら。うふふ。じゃあ高橋広輝は、経験豊富でも豊富じゃなくても、どっちでもいいのね？」

彼女は、色っぽい目つきで俺を斜めに見て、笑いながら言った。

「ええ。好きになったコなら何でも。ははは」

——対談が終わった今も、その会話が妙に引っかかっている。なぜかって？　つい香に結び付けて考えてしまうからだ。

『好きになったコなら何でも』って答えたくせに……

今まで香を、経験豊富とは思ってなかった。付き合っていたヤツがいたんだから、初めてじゃないことは当たり前だって、俺だって納得している。自分も未経験だったわけじゃないし、お互い様だ。それが、やってみたら——意外なことに、感度がいい。これは俺の頑張りのせいかもしれないから、大歓迎なんだが……

しかし、今日の対談を終えて香とのことを思い返すと、もしかして香は、経験豊富なんじゃないかと思えてくる。

そう思ったきっかけは、口でやってくれた時だ。そして今日になって、今更ながら、あいつが後ろの穴に敏感だったことを思い出す。もしかして……後ろの穴も経験済みなのか？

そんなこと気にするような男は小さいぞ。何度も自分に言い聞かせる。でも、言い聞かせても勝手に湧いてくるこの感情は……嫉妬か？

その日は、なぜか香と話したくなかった。こんな気持ちの時には、変なことを言っちまうかもしれない。だから、

『しばらく忙しい。連絡できないかもしれない』

香にそんなメールを送ってしまった。

『わかった。私のことは気にしないで。体に気を付けてね』

香からはそう返事があった。

それから三日、俺から香に連絡しなかった。香からも何の音沙汰《おとさた》もない……

俺の方から忙しいってメールを送ったんだから、香なら負担にならないようにと連絡してこないだろう。そんなことはわかっている。だけど自分でそうしたのに、なんだか生活に張り合いがない。空気を読まないセバにまで「広輝、元気ないよ。夏バテ？」なんて聞かれるありさまだ。

取り戻せない過去にこだわっても仕方がないことは、自分でもわかっている。香のことがどんなに好きでも、そんなことを気にしていたら付き合いは続かないのに……こんなの俺らしくない！　今夜はゆっくり寝て、きっちり気持ちを切り替えよう。無理やりそう決心し、俺は早めに帰宅した。

家に着くと、リビングのソファにセバと山田加奈子さんがいた。

「おじゃましてまーす」と、山田さんが言う。

ああ、そうだったと思い出す。今日、山田さんは、セバと一緒にアパートを探しに行ってくれたんだった。

先週の土曜日、香と山田さんがセバを秋葉原に案内してくれた。あれからセバと山田さんは、すっかり友達というか、オタク仲間になったようだ。

彼女は、この前のような週末も、今日みたいな平日も自由に時間を使っている。仕事は、色々書いてるって言ってたけど、「頭の中を見られるようなもんだからヤダ」って、詳しいことは何も教えてくれない。なんだか謎が多いけど、ミステリアスな雰囲気はまったくなく、どっちかって言うと開けっぴろげな感じがする。

あの日、夕食後にセバがみんなの前で言った。

「早く私の家を見つけたいです」

「ここ数日は、まとまった時間が取れないな。誰か会社のスタッフにでも頼んでみるよ」

俺はそう答えたが、それを聞いた山田さんが言った。

「私でよかったら行くよ。来週も東京に来るし。ちょっとだけ用事があるけど、それさえ済めば時間は取れるよ」

「加奈子さん、ありがとうございます。よろしくお願いします」

セバがすかさず礼を言う。山田さんが確認を取るように俺の方を見た。

「山田さんが大丈夫なら、ぜひ頼むよ」

俺は山田さんと目が合うと、すぐにそう答えた。セバがここにいる間は香を泊められないから、アパートが早く決まるのは嬉しい。

香のことだけじゃなくて、セバが嬉々として見せびらかしている、あの水着姿の人形や、ランドセルを背負った女の子が描かれたゲームを、家中に並べられるのはいやだった。誰が訪ねてくるわけじゃないけれど……オタク通り越して変態みたいだろ！　あいつには、アパートでも何でも、住むところを早く見つけさせなきゃ。山田さんが行ってくれるなら、大いに助かる。

「ＯＫ、じゃあさ、見に行く前に候補しぼりたいから、パソコン使ってもいい？」

山田さんはそう言って、リビングの隅にあるパソコンを指さした。もちろんうなずく。

エリアと予算を聞いた山田さんは、それから一時間ほどで、セバの意見を聞きながら、サクサクと数軒のアパートを候補に挙げた——

「広輝、私の家決まりましたよ！　田町《たまち》です」

さっそく、明るい声でセバが報告してくる。

「へえ、田町か。よかったな。山田さん、ありがとな」

「うん。予約して行ったし、すぐ決まったよ。セバ、外国人だけど、保証人もいるし、日本語も読めるしね。問題なかった。築年数はいってるけど、日当たりはいいいし、水まわりはリフォーム済みでキレイだったし、家賃は安いし、駅は近いし、何より、セバ好みの古臭～いアパートだったし、本人が気に入ってるからいいと思うよ」

その説明に少し不安がよぎるが、山田さんが言うとおり、本人がいいなら良しとするか。

「それでね～、今日は池袋に行きました。夕ご飯は『ココ参番屋』のカレー食べました。おいしかったです！　おかわりしました！」

興奮した様子のセバ。あのカレーチェーン店に行きたがってたもんな。山田さんが一緒に行ってくれてよかった。

「へ～、池袋に行ったのか？」

「はい。乙女ロードです」

楽しそうに答えるセバスチャン。聞いたことのない通りの名前を言う。

「乙女ロード？　もしかしてセバが喜ぶようなところなのか？」

「知らなかった？　オタクはオタクでも、女のオタクがいっぱいの場所なんだよ」

山田さんが答える。

「秋葉原と、どう違うんだ？」

男と女でオタクの生息域が違うなんて知らなかった。

「まあ、簡単に言うと、男同士のカップルが好きな人が集まるんだよ」

「男同士のカップル？　新宿二丁目じゃなくて？」

「それはホモが行くところでしょ。そうじゃなくて、ホモの話が好きな人が行く場所。でも、セバはやっぱ秋葉原がいいって言って、結局その後、また秋葉原に行ったんだよ」

そりゃあハードな一日だったな。俺は、山田さんの存在に感謝した。

「でも楽しい一日でしたよ〜。こんな素晴らしいもの買ってきました。広輝、パソコン貸して下さい」

そう言うセバの手には、髪を二つにしばったセーラー服の女の子が描かれたケース。

「勝手にしろ」

「広輝も遊んでいいですからね。ああ、楽しみ！」

遊ぶかよ！　そんなもん。

ウキウキとケースを開封するセバ。リビングの隅に置いたパソコンの前に行き、自分の世界に入ってしまった。

その時、ソファに座ったままの山田さんが、俺を横目でチラッと見て言った。

「ねえ、高橋君。香と付き合ってるんでしょ」

……何と返事をしたものかと思い、黙ったままの俺。

「この前ここに来た時にわかったよ。私、人間観察好きだし。内緒にしてるんなら、黙ってるから安心して」

「そっか……やっぱりわかるもんか？」

山田さんには隠す必要はないだろうと判断して白状した。

「だって、香、ここのキッチンの使い方とかわかってるじゃん。だいたい高橋君、香が可愛くてしょうがないって、顔に出てたよ」

まいったなあ。俺はどんな顔してたんだ？　恥ずかしくなって両手で顔をおおう。舌打ちまで出た。

「でも香って、ほんと可愛いよね。なんつーか、ウブって言うか、無垢《むく》って言うか。私に比べたら、人妻と中学生ぐらい脳みその汚染度が違うよ。いや、今時の中学生にも香は負けてるね」

「そうか？　香は意外に経験豊富な感じがするけどな」

先日からグチグチと悩んでたんで、つい口に出た。

「え〜、そんなことないでしょ〜。やだ〜、高橋君もウブなの？　そんなことないよね。香って、いい年して知らないこと多すぎだもん。私、ちょっと教育しちゃったけど、教えがいあったよ〜」

「へえ。何を教えたんだ？」

つい目つきが悪くなったようだ。

「やだ、怒んないでよ。私は香に元気になってほしくてやったんだからさ。流れでね〜、教えてって言われたから」

「どーいう流れだよ」

「ほら、龍一と真紀のことで、香、けっこうひどい状態だったのよ。あたりまえだけど。そん時、私のおすすめのマンガとか本とか貸してやったの」

「どんな本だ？」

「ボーイズラブ。ホモカップルの話だね」

「はあ？　なんで失恋でホモカップルなんだ？」

あまりに予想外の返事に驚く。意味がわからない。

「いやあ、男ってさ、付き合うとめんどくさいけど、観察する分には楽しめるのよ。だからさ、男なんて恋愛対象として見ないで、妄想対象として見ろってことで、ボーイズラブ」

「ボーイズラブで、香に何を教育したんだ？」

まだピンとこない俺は、首をかしげた。

「香ったら、『男の人って口でするとと気持ちがいいの？』とか『お尻の穴って気持ちがいいの？』って聞いてきたのよ。真っ赤な顔してね～。あの歳で可愛いでしょ？　だから、やりかたを教えてやったの。図を描いて、ココが男の快感スポットとかね、手の動きとか、色々」

そう言って手を動かす山田さん。生々しすぎるから……それ。

「お尻の穴はね、ヘタすりゃ前の穴より感じるって教えといた。香ったら、女でもお尻の穴使うって知らなかったんだよ。今時めずらしいよね～」

山田さんは、聞いてるこっちが恥ずかしくなるようなセリフを、何のためらいもなく、日常会話のようにスラスラと口にした。

「でも痔になると痛いし、下準備も大変だから、やめた方がいいって言っといたよ。まあ、男の人は、香みたいな顔したコにそういうこと教えにくいでしょ？　感謝してくれてもいいと思うけど？」

得意げな顔までして、山田さんはそう言いきった。

俺の可愛い香を、経験豊富もどきにしたのはこいつだったのか……アホらしくて力が抜けた。

その時、パソコンに向かって一人でしゃべるセバのセリフが聞こえてくる。

「そうですか、雷が怖いですか。じゃあ今夜はお兄ちゃんと寝ましょうね。――『妹と一緒に寝る』をクリック」

「――ああ、やっぱり似合いますね～。『スクール水着』ですよね。ビキニなんかまだ早いです！」

ああ～、こいつら、変態かって思うけど……もしかして俺もウブなのか？

――今夜、香に電話しよう。


「もしもし！　ヒロ⁉」

携帯電話から聞こえたのは、いつもより大きく、はずむような香の声だった。それを聞いただけで、どれだけ香が俺からの電話を待っていたのかよくわかる。

「ああ、俺だ。香、元気だったか？」

俺がそう言うと、香が勢い込んで尋《たず》ねてきた。

「ヒロこそ元気なの？　忙しいんでしょ？　体、大丈夫なの？」

やっぱり心配させてたんだな――俺は申し訳ない気持ちになり、優しく答えた。

「もう落ちついたから大丈夫。俺は元気だよ」

香がほっと息をつく小さな音が聞こえた。

「よかった。じゃあ……週末、ヒロに会える？」

おずおずとした声を聞いた途端、電話の向こうの香を抱きしめたくなった。

「もちろんだ。俺も香に会いたいよ。今日な、山田さんが来てくれてセバのアパートが決まったよ。来週早々に引っ越すって言ってるから、そしたらすぐに泊まりに来いよ。俺、もう香が足りない。早くおまえに触りまくりたい」

思ったままを口に出すと、香が嬉しそうに笑った。

「うふふっ……嬉しい。ふふふっ……」

その声が俺の耳をくすぐる。声だけじゃなくて、香に会いたい。無性にそう思って俺は言った。

「今週末はまだセバがいるから、約束どおり俺が香に会いに行くよ」


その翌日の金曜の夜——

俺はソファにゆったり座って、風呂上がりのビールを飲んでいた。そこへ、自分のベッドルームから出てきたセバが、早足で近づき、勢い込んで言った。

「広輝、私、さみしいです！」

「はあ？　もうホームシックか？」

「違いますよ～。日本が私の第一の故郷で、ドイツは私の第二の故郷です」

セバは、ムッとした顔をして、そう言う。

「じゃ、なんだ？　まさか……引っ越して俺と離れるのがさみしいとか……やめてくれよ～」

「気持ち悪いこと言わないでください」

きっぱりと言い切るセバ。それでいいんだけどよ。なんか微妙にムカつく。

「私、香さんに会えなくてさみしいです」

「香？　なんで香に会いたいんだ？」

ソファに座る俺を、上から見下ろしながら、セバはしばらく黙り込んだ。

「――ちょっと、来てください」

真面目《まじめ》くさった顔をして言った後、寝室に引き返す。めんどうだなって思ったけど、香の話のようだし、いつになく真剣なセバの顔が気になって、俺は後に続いた。

俺のベッドルームより一まわり狭いその部屋。セバはベッドに近づき、サイドテーブルの上に並ぶ人形を手に取った。

「このねんどろいど、見てください。『僕の妹は可愛くない』の綾《あや》ちゃんの髪。『アイドルモンスター』の伊織《いおり》ちゃんの顔。『ワーキングナウ』の美波《みなみ》ちゃんの体。さっき、私の好きなパーツを組み合わせて私の理想の女の子を作ってみたら……これ、香さんです」

そう言って、俺の前に人形を突き出す。俺は、セバからその人形を受け取った。

「こ～んな三頭身に、香が似てるわけ……」

に、似てる！　デフォルメされたチンチクリンな人形――ちっちゃい香だ。

「それで、気が付きました。こっちのフィギュアもです。これ『アイドルモンスター』のセンター、水木《みずき》伊織ちゃんです。私の一押しです。この伊織ちゃんも、香さんです」

今度は八頭身のモデルのようにスラッとした人形を突き出す。長い髪の水着姿。色白でちょっと気の弱そうな目もとが、香を思わせる。

「初めて香さんに会った時、前に会ったことがあると思いました。二次元の時はわからなかったけど、三次元で見たら……私の好きなキャラと香さん、そっくりです。香さんは私の理想のタイプだったんです！」

大真面目な顔で、香のことを理想のタイプだと熱く語るセバに、俺は焦りまくった。

「ま、待て！　アニメの登場人物と香をいっしょにするな」

「これは運命の出会いです！　香さんにこの気持ちを伝えたい。会いたいです。香さ～ん!!」

人形を握って叫ぶセバ。

「ダメだ！　香は俺のカノジョだ」

焦る気持ちから、俺は思わず言ってしまった。

「カノジョ？　香さんは、広輝の恋人ですか？」

それほど驚いた様子ではなく、静かにセバはそう言った。

「ああ、そうだ。だから……香は、ダメだ」

ゆっくりとそう言った俺の顔を、じっと見下ろす青い瞳。

「カノジョ、ですよね？　結婚していません。それなら大丈夫です。私にもチャンスあります」

いかにも外国人らしく、ゆるく頭を振るポーズをとりながらセバが言った。

「香さんに会わせてください。香さんに電話していいですか？」

しつこく繰り返すセバ。

「俺は明日、香に会いに行く。その時に、おまえの気持ちを話してくるから、待て」

――とりあえず、ごまかした。

「私も一緒に行きます」

「ダメだ。おまえ明日、仕事だろ。俺がちゃんと香に話して、気持ちを聞いてきてやるから。約束する」

「私……明日は、お休みのコーチの代理です。私まで休んだら、子どもたち、かわいそうですね」

今日のところは、香に会いに行くことを、あきらめてくれたようだ。

なんだか、面倒なことになった。

自分に自信がないわけじゃないが、セバはいやな相手だ。

俺よりも背が高く、整った顔立ちのセバ。香も、こいつのことを、理想のタイプって言ってたし、焦るのもしかたがないだろう。

初めてセバと会ってから、もう何年たっただろうか？

――いきなり『キャプテン修斗』の話で始まったこいつとの関係。そりゃあ俺だって見てたよ、『キャプテン修斗』。でも、俺がドイツ語で「日本から来ました」ってあいさつした途端、日本語で「『キャプテン修斗』見てましたか？」って言われた時には、ドイツ語かと思って頭が混乱した。

セバのおかげで、ドイツ生活がスムーズだったのは確かだ。ある程度マスターしていたとはいえ、ドイツ語のフォローもしてくれた。オタク用語が多くて意味不明なこともあったが、日本語で会話ができることにも救われた。

感謝はしている。でも、香のことは別だ。こうなってしまうと、セバはライバルとしてかなりの強敵になりそうでいやになる。だからって遠ざけるとか、憎むとか、嫌いになるとか、そういう感情は湧いてこない。なんか似てるんだよな……香の兄の徹と。やたらウザい、だけど憎めない……

それに、香に対する気持ちでは負けない自信がある。いくら強力なライバルでも香は絶対に渡さない。

翌日の昼過ぎに、俺は実家に着いた。

九月になったとはいえ、残暑が続いてうんざりするが、東京に比べれば、こちらは風が吹いていて、だいぶ過ごしやすく感じる。

母さんが昼食を用意してくれていたので、一緒に食べた。

「最近、よく帰ってくるねえ」

母さんにそう言われてしまった。今日だって目的は香だし、ちょっと母さんに申し訳ないような気持ちになる。

「ああ、ちょっと香に用があってな」

「香ちゃん、キレイになったねぇ。聞いたよ〜。おまえが東京に連れてって、世話したんだってね。よくやったよヒロ。おかげで香ちゃん、いい縁に恵まれそうだよ」

俺の向かいに座った母さんは、嬉しそうに笑って言った。

「香にいい縁？　どういうことだ？」

「ほら、香ちゃんとこの信金の向かいに、不動産屋があるだろ。あそこが、香ちゃんを嫁に欲しいんだって」

「ブッ！　ゲホッ、ゲホッ……」

口の中のご飯を噴きそうになる。

「やだねぇ。大丈夫かい？」

母さんは、そう言ってイスから立ち上がり、冷蔵庫から麦茶を出しながら話を続けた。

「先週ね、絵手紙展を香ちゃんとこの信金でやってさ。はい、麦茶」

俺の前に麦茶の入ったコップを置いた母さんは、また座って話し始めた。

「母さんね、公民館で絵手紙習ってんだよ。絵手紙いいよ～。ほら、旅先で、ささっと描いたりさあ、ますます旅が楽しくなるね」

いつもの調子で話が脱線し始める。

「香の話は？」

俺が軽い調子でうながすと、まるで自分の手柄のように、得意げな顔で母さんは言った。

「そうそう、不動産屋の跡取り息子が、香ちゃんを気に入っちゃったんだってさ。あそこ、古くからの資産家でしょ。玉の輿《こし》だよぉ」

「マジかよ……」

「マジマジ。母さん、絵手紙展を見に行って、香ちゃんに声かけてね、話してたんだよ。そしたらさ～、隣に座った不動産屋の奥さんが、香ちゃんのこと知ってるのかって聞くのよ。隣の家のコだって答えたらね、どんなお嬢さんかしら？　な～んて言うじゃない。なんでって聞き返したら、息子が気に入ってるって言うからさ、ビックリしちゃったよ！」

俺もビックリしちゃったよ。ショックだよ……。眉間にしわを寄せて黙り込んでいる俺のことなんかまったく気にせず、母さんの話は続く。

「だから母さん、香ちゃんをほめまくっといたんだよ。ほんとにいいコだしね。うちにも息子がいるけど、香ちゃんが嫁に来てくれたらすごく嬉しいってね」

少しだけ声のトーンが落ちたが、それでも弾丸のように母さんはしゃべり続けた。

「でも、うちの息子はハデ好みだから、残念だって、母さん言ったのよ。そしたら、不動産屋の奥さんもね、ハデなコはいやよね～だって。自分は、あんなにハデなくせにさ～。そん時あの奥さん、すっごいブラウス着ててね。どんなんだと思う？」

また脱線。でもおおよその話はわかった。ただ、俺の好みに関して、どうしてそういうことになるのか、まったく理解できない。

「俺がハデ好みって……勝手に作るなよ」

「あれ？　だって前、信金の週刊誌で読んだよ。なんだっけ？　ほら、ジュリーだっけ？　ハデなコだよねぇ。おまえ、ああいうコがタイプなんだね」

ああ、またジュリか。うんざりだ。しかも、ジュリとの噂を母さんが知っていて、それを事実だと思っていることはショックだった。今まで、俺のカノジョとか嫁とか、そういうことに関して母さんと話したことがなかった。俺は、もう一度確認するように、母さんに聞いた。

「母さんは、香が嫁だったらいいいって思うのか？」

「あたりまえじゃないか。今だって半分、自分の娘みたいに思ってるし。もし、おまえと結婚したら、義理とはいえ、本当の娘になるんだよ。香ちゃんがお嫁さんだったら楽しいだろうねぇ……」

母さんは夢見るように言った後、急に真顔になって、俺に言い聞かせるように続けた。

「でも安心しな。おまえが選んだ結婚相手に口を出すようなことはしないよ。モデルだっけ？　女優だっけ？　ああいう人と母さんじゃ、話も合わないだろうけど。とにかく、香ちゃんには幸せになってほしいよ。不動産屋の奥さん、支店長に話をしてみるって言ってたよ。まとまるかねえ～」

母さんは、どれだけ不動産屋が資産家であるのか話し続けている。俺は、早く香に会って話がしたいと思い、残りの昼食を急いで食べ始めた。だけど、急に味がしなくなったように感じた。

昼食を済ませて香に電話をかけたが、出ない。午後には実家に着くって、知らせてあったのに。

俺はいてもたってもいられず小川家に向かった。

「よお、ヒロ～。久しぶりだな。上がれよ。山下《やました》も来てるんだぜ」

小川家を訪ねると徹が出迎えてくれた。遠慮なく家に上がり、リビングに入ったが誰もいない。

「山下先輩は？」

と聞くと、香とお使いに行った、と徹は答えた。

山下先輩は、高校時代のサッカー部の先輩だ。俺と徹の間、つまり俺より一つ先輩で、徹の一つ後輩だ。

キッチンから、おばさんが出て来て、冷たいお茶を出してくれた。

「ヒロ君、久しぶりね。香のこと、色々とありがとね」

そう言って、またキッチンに戻った。キッチンとリビングとの境にかかっている、藍染めののれんが揺れる。俺の家にかかっているものと同じだ。母さんがどこかに旅行に行って買ってきた。ここにもあるって知らなかった。長い間、俺はこの家に来ていなかったんだな。急に実感する。

「そうそう、そうだよ、ヒロ。香、すっげえ可愛くなったよ。おまえのおかげなんだってな。ありがとな」

徹が言う。おばさんからも、徹からも言われて、俺はちょっといい気分だった。

「香はもともと可愛かったんだよ」

「そのおかげで、香、山下とくっつきそうだ！」

はずむような口調で徹がそう言った。

「ブッ！　……」

　今度は、お茶を噴いちまった。

「きったねえな〜」

　あきれたようにそう言って、徹がティッシュの箱を差し出す。俺はティッシュを引っ張り出して、テーブルと自分の口元をぬぐいながら聞いた。

「どういうことだ？」

　いったい香に何が起こってるんだ？

「ほら、例の結婚式の日、仲間が集まって飲みながらサッカー見てたんだよ。そこに香が帰って来てな。あの日、香、めっちゃキレイにしてただろ？　大騒ぎ！　大騒ぎ！」

　その瞬間、あの日、香をキッチンのドアから送り出した時のことを思い出した。そういえば、香を帰した後、確かに小川家から野太い歓声が上がった。あの歓声は、ゴールが決まったのかと思っていたが、家のテレビを点けてみると、そうではなかった。たぶん、惜しいシーンだったんだろうと、その時の俺は思った。だが本当は、徹の仲間たちが、香を見て上げた歓声だったのか……

「特に、山下がな、すっかり香を気に入ってな〜。あいつ、カノジョいたんだけど、振られちまって。『デートがサッカーの試合ばっかりじゃイヤン』って言われたんだとよ〜」

　手の甲をホッペに付けるオカマポーズをとって、徹は山下先輩の失恋話をした。

「どっかにサッカーの試合、一緒に行ってくれるようなコいませんかねって言うから、俺の妹ならバッチリだって、香をすすめてたんだ。そんであの香を見ただろ。今日も、俺じゃなくて、香が目的で来てんだよ」

徹はそう言って、「ひひひっ」と笑ってから続けた。

「さっき、おふくろが香にお使い頼んだ時もな、そこの酒屋までだけど。山下が『俺も一緒に行きます』ってよ〜。いい感じだろ〜。今頃、『香ちゃん、車道側は危ない！』とか『重い方は俺が持つよ』とか言ってよ～、よろしくやってんじゃねえの～」

今度は「うっひっひ……」と笑う徹。俺の眉間にしわが寄る……

「何だよ～、ヒロ。山下のこと気に入らねえか？　あいつ、いい先輩だったろ？　それに、今、県庁職員だぜ。香にゃもったいないぐらいだと思わないか？」

「ヒロ君、ちょっと……」

その時、おばさんがのれんから顔を出して手招きした。俺がキッチンに入ると、おばさんは俺を隅まで引っぱって行き、そこで小さな声で言った。

「ごめんね。私が、ヒロ君と香が付き合ってること、内緒にしとけなんて言ったばっかりに。今日も、香に会いに来てくれたの？」

俺は黙ってうなずいた。おばさんは小さなため息をつき、困ったような顔をして言った。

「徹が山下君をあおるから……香を逃がそうと思って、お使い頼んだのに、一緒に行っちゃうしねぇ……」

「香と話がしたいんです」

　俺がそう言うと、おばさんは下を向いて考え込んでいたが、すぐに顔を上げて言った。

「じゃ、香の部屋で待ってて。もう帰って来ると思うから。ここにいたら、香が戻っても、また徹がうるさいから」

　今はこれ以上、徹と話したくなかった。のれんがかかったところからではなく、別のドアから廊下に出た。できるだけ静かに階段を上がり、二階の香の部屋へ行く。

　ドアが開けっぱなしの香の部屋には、いい風が吹き抜けている。

　この部屋も久しぶりだな、そう思いながら眺めると、机の上に携帯電話がのっている。

そうか、置いていったんだ。

　ベッドに座ると、目の前の本棚に『青い鳥』という背表紙の本があるのに気が付いた。

香、まだこの本を持ってたんだ。子どもの頃よく読んでたよな。そう思いながら抜き出して、なんとなく見覚えのある表紙をめくり、パラパラと中を読んでみた。

　そうそう、兄と妹がいろんなところを冒険して、青い鳥を探す話だったな。青い鳥がいると幸せになれるんだっけ？　うろ覚えで、結末がどうだったのかも覚えていない。

　最後のページを見ると、結局、青い鳥は自分の家の鳥カゴの中にいた……

　これって、俺のことみたいだな。柄にもなく、そんなことを思った。

香は俺を幸せにしてくれる青い鳥で、いつも近くにいたってことになるのか？　それとも、一緒に幸せの青い鳥を探す妹か？

なんにせよ、早く捕《つか》まえないと、他のヤツに香を捕《と》られそうだ。

セバスチャン——香が外見だけでセバを選ぶとは思いたくない。でも、あいつは徹に似ている。香ならあのウザさも受け入れて、もしかしたらってことがあるかもしれない……

不動産屋の息子——顔も知らないが、育ちのいい男なんだろうな。穏やかで優しい男だったら、香とお似合いかもしれない……

山下先輩——確かに龍一よりもずっといい男だ。あの人のサッカーは冷静で、プレーには頭の良さが感じられた。香が妹みたいなままだったら、俺は、徹と一緒になって、二人をくっつけようとしていたかもしれない……

ひどい話かもしれないが、俺は今まで付き合ってきた女たちに対して、この女しかいないって気持ちになったことはない。

でも今は違う。俺は香が好きだ。だけどそれだけじゃない。香を守りたい。他の男に任せるわけにはいかないんだ。

その時、トントントン……階段を上がってくる足音が聞こえる。

俺を見て嬉しそうに笑う香。その胸元には俺がプレゼントしたネックレス。小さな青い鳥がキラッと輝いている。ああ、この青い鳥が誰かのカゴの中に入れられてしまう前に、自分のカゴの中に入れなきゃな。

「お母さんが、ヒロが私の部屋にいるって言うから、驚いちゃった」

そう言いながら部屋に入って、俺の隣に座った。

「電話したけど出なかったから、来てみたんだ」

「あっ！　お母さんにお使い頼まれた時、置いていっちゃったんだ」

香は、そう言って立ち上がり、机の上の携帯電話を手に取った。

「ほんとだ。ヒロからの着信と……ああ、また真紀からメールだ」

携帯を開いて、チェックした香はそう言って、また隣に座った。

「真紀から？　メールが来てんのか？」

「うん……式が終わってから、どういうわけか、時々メールが来るんだよね」

憂鬱《ゆううつ》そうな香の声。

「なんて言ってくるんだ？」

「えーと、最初はね、ドレスの評判が良くて嬉しかったとかそんなんで、ちょっと前は、マンションを買うことになって、あちこち検討中です……だったかな？」

「今日は何だって？」

香が、携帯の画面を見ながら読み上げる。

「元気? 私は妊娠経過もよく、赤ちゃんはお腹《なか》の中で元気に動き回っています。不思議な感じだけど、そのたびに幸せ感じちゃいます。報告しまーす。赤ちゃんは男の子みたいです。みんなから跡継ぎだって大喜びされちゃいました。だって」

ドレスの評判がいい? マンションを買う? 跡継ぎで大喜び? そんなの決まってるだろ。

「そりゃあ、あれだろ。おまえに幸せ自慢してんだろ」

真紀も、相当いい性格してるな~。ある意味感心する。

「やっぱヒロもそう思う?」

香も顔をしかめている。やっぱりわかってたんだな。

「返事をしてるのか?」

「まあ……一応」

「おまえ、真紀とまだ友達でいたいのか?」

香はキュッと口をつぐんだ。しばらくして、ため息をついて覚悟を決めたように、香は口を開いた。

「それは、私も考えた。でも、小中高って、十二年も毎朝一緒に登校してたんだよね。小学生の頃は、放課後も一緒に遊んで楽しくて……一番の友達だって思ってた。ここ数年は、時々飲みに行くぐらいで、友達とは思ってたけど……。ねえ、友達って、やめてもいいのかな？」

最後は自信なさげな表情を浮かべて、俺に向かってそう聞いた。

「友達になるのも自由なら、やめるのも自由なんじゃね？　あの真紀と付き合うのは、面倒だっただろ？」

「私が聞き役っていうか、真紀より下のポジションにいればご機嫌なのはわかってるから、付き合いやすいような……でも、どうなんだろ。正直に言うと、もう真紀とは会いたくないし、メールを読むのもやだよ。でも届いたメールに返事しないと、なんだか負けちゃったような気がするでしょ？」

確かにそうだな。真紀のことだ。香から返事がなかったら、「嫉妬して返事しないのね」ぐらいのことは思いそうだ。あー、腹が立つ。

「今日の返事は、『男の子だったんだ。よかったね』でいっか。でもその続き、どうしよう……」

携帯の画面を見ながら香がつぶやく。

「俺に貸せ。続きを打ってやる」

驚いて携帯から顔を上げる香。不思議そうに俺を見て言った。

「……何て？」

「いいから任せろ。これで自慢メールが来なくなるかもしれないぞ。ほらっ」

差し出した俺の手に、香は、戸惑いながら、携帯電話をのせた。

ピッ、ピッ、ピッ、ピッ……。覗き込む香を避けて、メールを打つ。香は静かにベッドに座っている。

「よし、できた。『男の子だったんだ。よかったね。私も報告しま～す！　広輝と結婚することになりました』と。はい送信」

「ええっ！」

声を上げて、大慌てで俺から携帯を取り戻す香。もう遅いよ。こんなこと、覚悟がなきゃできない。そう、すでに覚悟を決めた俺は、香を真っ直ぐに見て言った。

「香、俺と結婚してくれ」

「……」

フリーズした香。目と口を開けたまま、何も言わない。

「それとも、他に結婚してくれって言われてるのか？　たとえば不動産屋の息子とか」

「……な、何で!?」

フリーズが解けたようだ。香はパチパチと瞬きをくり返す。

「ちょっとな。聞いた。山下先輩にも迫られてるんだってな。徹が言ってたよ」

「な、なんか最近、私のまわりの男の人、ヘンだよね。暑さのせいかな……」

そんな、とぼけたことを言う。目が泳いでるぞ、香。

「じゃ、俺もヘンってことだな。不動産屋と山下先輩の他はいないのか？　正直に話せ！」

はっきり聞いておきたい。香にごまかされないように、俺は香の目をジッと見すえた。

「あの……披露宴《ひろうえん》で会った男子とか、ちょっとだけあったけど……でも、もう何も言ってこないよ」

最後の方は早口になった。明らかに慌てている。俺の目つきは悪いからな。怖いだろうな。あんまり怖がらせて、香に嫌われちゃ、元も子もない。俺は香の頭に手を置いて、その顔を覗き込みながら、今度は優しく言った。

「なんで俺に言わねえんだ？」

「だって。その人たちと、どうこうなる気はないし……。ちゃんと断ってるし……」

香は俺の目をチラチラと見ながら、オドオドと答える。

「なんつって断ったんだ？」

「好きな人がいるからゴメンナサイって……」

「山下先輩にも言ったのか？」

「うん……」

俺は優しい口調を心がけているのに、香の声はドンドン小さくなる。

「でも今日も来てるよな？　何でだ？」

香は下を向いたまま、すねたような口調で言った。

「どうやらこの歳だと『好きな人がいる』って返事じゃダメみたい。それって『今付き合ってる人がいない』ってことになっちゃうんだって。支店長に不動産屋さんのこと言われて……その時もそう言って断ったの。でも、『付き合ってる人がいないなら、いい話だから前向きに考えるように』って言われちゃった」

「その好きな人ってのは誰だ？」

俺は改めてそう聞いた。香は俺を見て、頬をふくらませて答えた。

「ヒロに決まってるでしょ……」

「じゃあ、その好きな人とくっつけば、問題解決だな」

「……私でいいの？」

この期《ご》に及んで、香はまだそんなふうに言う。

「『おまえが』いいんだよ」

「……嬉しい」

香が腕の中に飛び込んできた。泣き出しちゃったよ。可愛いな。一生、可愛がってやる。

俺は香の胸元で光る青い鳥を見た。その鳥ごと閉じ込めるように、香を抱きしめる。

昨日から続いていたザワザワと落ち着かない気持ちが、やっと消え去り、ほっと息をついた。

香の髪をなで、目じりの涙を親指の腹で優しくぬぐってやった。香がゆっくりと顔を上げる。少し照れた表情。笑みの浮かんだ唇。
俺は、その柔らかい唇に自分の唇をそっと重ねた。

奇跡の続き

広輝からの突然のプロポーズ。

「『おまえが』いいんだよ」

そう言ってくれた広輝。嬉しくて泣き出した私の目尻の涙をぬぐい、優しいキスをくれた広輝。その胸に身を任せていると、あまりの幸福感にこれが現実だと思えなくなってくる。もしかして、夢を見ているんじゃないかしら……

「あっ、そうだ」

突然、頭の上で広輝が言った。

「あのな。セバと約束したんだ。おまえの気持ちを聞いてくるって」

「……セバスチャン？」

広輝の胸から顔を上げた。夢の中にいるようなフワフワした気持ちから、突然、現実に引き戻されちゃた。でも、夢じゃなくてよかった。

「ああ、セバの理想のタイプ、おまえなんだってよ」

「ええっ!!」

驚きに涙も止まってしまう。

「加奈子じゃなくて？　セバスチャンは、加奈子と波長合ってたよね?」

「それがな、セバが好きなアニメの女の子の人形……フィギュアがな、おまえによく似てるんだ。セバ、そのフィギュア握って『香さん大好きです！』だってよ」

広輝は、セバスチャンの声色を真似てそう言った。私の頭の中に、フィギュアを握ってこちらに突き出して見せるセバスチャンの姿が浮かぶ。しかもそのフィギュアは水着姿だ。

「ええ～、なんか……キモい……」

本音がポロリとこぼれる。でも広輝は、その返事にほっとしたような顔をして、私の頭を抱え直して嬉しそうに言った。

「そうか！　そうだよな～。それと、不動産屋の件は、ちゃんと断れるか？」

「うん、大丈夫。結婚しますって、言っちゃっていいの？」

「ああ、言っちゃえ。後は山下先輩と……親たちだな。特におじさんに言わなきゃ」

広輝がそう言う。もう親に報告するつもりでいることを聞くと、嬉しくなる。

「おっ、おまえたち……いったいどういうことなんだ!?」

いきなり、耳に飛び込んできたのは兄の声。私と広輝は驚いて振り返った。

部屋のドア、開いたままだった。その向こうに廊下をはさんで階段が見える。その階段の一番上の段に両手をついて、顔を半分出した覗き魔のようなポーズの兄。

ええ～！　いつからいたの？

「ああ、徹。俺、香と結婚するから」

広輝は私の肩を抱き、落ち着き払って兄にそう言ってから、

「あっ、――おじさんより先に徹に言っちゃったよ……」

と、つぶやいて顔をしかめた。兄は、まさしく鳩が豆鉄砲をくらったような顔をしていたが、一瞬ののち、身を乗り出して叫んだ。

「ええ～！　ヒロと香が結婚！」

そして続けざまに、階段の下に向かってまた大声で叫んだ。

「山下～、大変だあ！　香がヒロと結婚するってよお！」

すると階段の下から、山下先輩の声が。

「あ～あ、高橋じゃ相手が悪すぎです。俺、帰ります。香ちゃ～ん、お幸せに～」

その声に続いて、窓の外からバタバタという足音が聞こえてきた。そして母の声。

「久美子さ～ん、大変！　大変よぉ～！」

「報告しなくても勝手に広まりそうだな」

窓の方を見ながら広輝がそう言った。

「まあ、俺の覚悟は決まってるし、香は嬉しいって言ってくれたし、いいよな？」

私の顔を覗き込んだ広輝は、ゆっくりと微笑んだ。私はうなずいて、広輝に微笑み返した。


「ヒロ、おまえ、モデルのジュリちゃんと、付き合ってんじゃなかったのか？」

また兄の声が聞こえた。振り向くと、同じ場所で覗き魔ポーズをキープしている。

「徹……おまえもかよ……」

広輝は顔をゆがめてそう言った。そして、

「付き合ってねえよ！」

と、うんざりとしたように、吐き捨てた。

「本気で……本気で、香と結婚するとか言ってんのか？」

兄のその声も顔も怒りに満ちている。なぜ？

「何だ？　妹を取られるのがいやだとか……まさか、ウソだろ？」

小さな声でつぶやく広輝。

そんなわけないでしょ、と思ったが、広輝は私の肩を抱いていた腕を大きく回して、まるで兄から私を守るように抱きしめ、体を固くして答えた。

「くっそっ〜〜お!! 生ジュリに会えるの、楽しみにしてたのによ〜〜〜っ!」

階段から、身を乗り出し、大声で叫ぶ兄。

「そっちかよ……」

広輝の体から力が抜けるのを感じた。

「大声出しやがって……まったく近所迷惑な男だな」

「ああ、本気だよ」

「ちぇっ、つまんねえの」

そう言い残して兄が階段を降りた後、しばらくして、下から母の呼ぶ声がした。広輝と一緒に一階に降りてリビングに入ると、久美子さんがいた。久美子さんは、落ち着かない様子で広輝と私の顔を交互に見ながら言った。

「ヒロと香ちゃんが結婚するって、本当かい?」

広輝が「ああ」と答え、私がうなずくと、久美子さんは私の母を振り返り、

「ほんとだったんだね。嬉しいねぇ〜」

と言って、満面の笑みを浮かべた。その顔を見ると私も嬉しくなって、自然と笑顔になった。

母にうながされて、みんながそれぞれソファに座る。母が「お茶でも出そうかしらね」っ

て言ったその時、タイミングがいいのか悪いのか、父が帰ってきた。

「よお、ヒロ！　グッタイミーン！『月刊サッカー・ファン』と、おまえの対談が載ってる『週刊スッパー』買って来たぞ」

いつもの調子でそう言った父は、広輝に向かって本屋の紙袋を見せた。

なんとなく緊張感が漂うリビング。私は広輝の顔を見た。広輝も私の方を向き、目が合った瞬間、うなずく。そして、広輝が口を開きかけたその時――

「おやじ！　ヒロと香が結婚するんだってよ！」

兄が大声で報告しちゃった。口を開けたまま唖然《あぜん》として兄を眺めている広輝。

「おっ、真夏のエープリルフールか？　俺をだまそうったって、そうは――なんだ……みんな神妙《しんみょう》な顔しやがって……」

父は紙袋をおろし、笑みを消して不審そうな目でみんなを見回した。

「おじさん。本当のことなんです。香と結婚させてください」

広輝がソファから立ち上がり、父に向かって頭を下げた。

「おい？　まさか……本当の話か？」

父は頭を下げたままの広輝を見て、それからまたみんなに視線を戻した。

広輝も頭を上げ、全員が父に向かってうなずく。

「な、な、なんだ、なんだそりゃ～!!　か、か、香が結婚なんて、そんなのダメだ!!」

父の顔色が赤黒くなり、額に太い血管が浮き上がった。

額が広いから目立つな～。こんな状況なのに、父の顔を見ながら、そんな不謹慎なことを思っている私。だって、父から「結婚なんて、そんなのダメだ」って言われる場面なんて想像したことがなかったんだもん。現実味がない。だいたい、ほんの数分前に広輝からプロポーズされたばっかりなのに、その余韻にひたる間もなかった。でも、今、目の前で繰り広げられていることは、自分の人生にとっての一大事なんだよね。さあ、どうしよう？

そう思った時、再び広輝が父に向かって言った。

「俺、香を大事にします。幸せにしますから。お願いします」

その言葉を聞いて、じんわりと嬉しさが込み上げてくる。みんなの顔からも緊張が消えて、笑みが浮かんだ。だけど、父は黙ったまま。その時、母が言った。

「あなた、何がダメなの？　相手はヒロ君よ。なんのモンクもないでしょ？」

「ヒロ？　ヒロにモンクなんか……ねえよ。あ～、その～、あれだ！　まだ……早すぎる」

そう言い放った父に向かって、低い声で母が言った。

「あなた、香が今、いくつか知ってる？」

「香か？　香は、う～、その～、二十四ぐらいだっけ？」

腕組みをして眉間にしわを寄せ、父はそう答えた。母が大きなため息をつく。

「もう二十七歳よ。私が二十七の時は、もう徹は二歳で、香がお腹《なか》の中にいました」

「私だってもう結婚してたねぇ」

久美子さんもそんなふうに言ってくれた。ありがとと。父が私の顔をまじまじと見る。

「香は二十七……」

そう言った後、私の隣に座る兄に視線を移して言った。

「ってことは、徹はもう二十九か？」

「そうですよ。もう二人とも、今すぐ結婚しても、ちっとも早くないんですからね」

母が言った。そこでおもむろに身を乗り出し、兄が口を開いた。

「おやじ。おやじはいつも、高橋広輝は俺の息子のようなもんだとか、あっちこっちで言ってるよな。ヒロと香が結婚すると、高橋広輝が本当におやじの息子になるんだぜ。それとも、香の結婚相手は他のヤツのほうがいいのかよ？」

父はハッとした顔をして、広輝を見た。

「そうか……ヒロが俺の息子か。そりゃあ……いいな！　よし！　結婚しろ！」

徹のくせに、たまにはいいこと言うじゃない！

「よし。これでヒロは俺の弟だな。弟よ、俺はおまえの兄さんだからな。兄の言うことは何でも聞くんだぞ。まず手始めに女を紹介しろ。美人で性格もよくなきゃダメだぞ」

せっかく感謝したのに……

「徹、これから大切な話をするから、あなた、あっち行ってなさい」

母が、アゴで廊下に続くドアをさす。

「まっ、待ってくれ。俺も仲間に入れてくれよ～」

兄は、情けない声を上げた。

何はともあれ、父の反対がなくなって一安心する。だいたい、広輝が結婚相手として反対される理由なんか、これっぽっちもないと思うんだけど。

そこで母が提案した。せっかく、みんなそろっているから、これからのことを話しましょって。

みんなはうなずいたものの、久美子さんはテレビ消してくるって家に戻り、兄は一件だけ電話しなきゃって携帯を持って廊下に出た。父はトイレに行き、母はお茶の支度《したく》でキッチンに入って行った。リビングには私と広輝だけが残る。

私は、広輝に小さな声で言った。

「お父さん、情けなくてごめんね」

「いや。おじさんが納得してくれてよかったよ。おじさんにダメだって言われると、俺、困っちまうんだ。なにしろ恩人だし」

広輝は笑っていた。そう、広輝は父のことを恩人って言う。子どもの頃世話になったって。サッカーの応援に来てくれたり、車で試合に送ってくれたこともあるって。私には、活躍する広輝の様子に、父が勝手に盛り上がっていただけに思えるけど、そう言ってもらえると嬉しい。

「なんだかあきれちゃった。あの様子だと、私がいつ誰と結婚しても、グズグズ言うんだろうなって」

「寂しいんだろ。わかってやろうよ。ただ、すごい勢いで話が進みそうだな。俺は、すぐにでも一緒に暮らしたいからいいんだけど、香、無理してないか？」

私は笑って首を左右に振った。

「私だって、ヒロと一緒にいたいもん。きちんとプロポーズしてくれて、親にも話してくれて、ありがとう」

広輝も笑う。そしてますます小さな声で言った。

「おじさんの気が変わらないうちに、どんどん決めちまった方がいいと思うんだけど」

私は、今度は首を縦に振った。広輝の言うとおりかもしれない。その時、キッチンから母に呼ばれ、私はソファから立ち上がった。

母と私で、ソファに座るみんなの前に冷たい緑茶を出す。そして、母と私はクッションをお尻に敷いてラグの上に座った。だって、我が家のソファは四人掛けだもん。高橋家の二人と小川家の四人、合わせて六人が、我が家のリビングにそろった。

窓側のソファに座る広輝と久美子さん。テーブルをはさんだキッチン側のソファに座る兄と父。そして床に座った母と私。

昨日まで、いや、一時間前まで、思いもしなかったこの展開。でも広輝と付き合い始めた時も急だったし、こういうのはタイミングかなって、みんなの顔を見ながら思う。

今後についての話し合いは、はじめのうちは穏やかに進んだ。

私は仕事をしている。しかも今年は遠藤さんの指導係だから、いきなり辞めるわけにはいかない。きりのいいところ、来年の三月いっぱいで退職し、それから東京の広輝のところに行って一緒に暮らし始める、住むところも今のままで何も問題はない。花嫁道具も必要ない。そこまではスムーズに進んだんだけど。

問題は、結婚式と披露宴《ひろうえん》。私が仕事を辞めてからするとしても……

みんな、そのあたりのことに関して、特に披露宴については、色々と意見があるようだ。私と広輝以外の四人が、それぞれの希望を言い始めたが、それを聞いていると、ちゃんと話がまとまるのか心配になってくる。

せっかくだから派手にしろ。そうだよ、大々的にな。九州の親戚にも来てもらおう。司会は女子アナだぞ。東京と地元と二回やれ。準備が大変じゃないかい。ヒロ君の結婚式なんて大ごとになるんじゃないの？　じゃあこぢんまりやったらどうだい。こぢんまりでもお祝いはもらえるのか？　そういう時は引き出物はどうするの？　食事会だけでいいんじゃないかい。じゃあお祝いなしか？　あいさつぐらいするだろ。俺が歌を歌うよ。私にも歌わせとくれ。手品ならできるぞ。二人は何を着るんだい？　最後に振袖を着たら？　俺はタキシードだよな？

どんどん意見を出すみんなを見て思った。今まで自分の結婚式について、真面目《まじめ》に考えたことがなかったなって。そして、改めて自分の気持ちを振り返ってみて、気が付いた。私は、結婚式も披露宴もしたいと思ったことがない。結婚式は、神社でも教会でも、とにかく神様の前で、二人がずっと一緒にいることを誓えばいいんじゃないの？　披露宴に関しては、一本のナイフを二人で握りケーキを切るポーズを取ったり、親への感謝の気持ちをみんなの前で読み上げたり……私にとっては、恥ずかしいだけ。もともと目立ちたいとか、人前に出たいなんて思ったこともないし。

盛り上がっているところで言いにくかったけど、私は、恐る恐る自分の気持ちを口に出してみた。

「あの……私、結婚式も、披露宴も、やりたいって思わないんだけど……」

みんな一斉《いっせい》に私を見た。

「無理してないか？　本当はやりたいんじゃないのか？」

広輝が、私を見てそんなことを言う。

「どうして？　私、披露宴《ひろうえん》なんて恥ずかしいだけなんだけど……ヒロはやりたい？」

そう聞いた私に、広輝は戸惑ったように言った。

「おまえ……真紀の披露宴の時、真剣な顔して見てたから……てっきりこういうのやりたいのかって思ったんだけど……違うのか？」

「早く終わんないかなって思ってただけだよ。だって祝う気持ちもないのに、あんなの見ても、ねえ……」

これ以上は、言えないので言葉を濁《にご》す。すると広輝の顔が急に明るくなった。

「なんだよぉ。早く言えよ。俺だってあんなメンドクセーことやりたくねえ」

広輝は私にそう言って、今度はみんなに向かって言った。

「なあ、そんなのやらなくてもいいよな」

みんなは顔を見合わせた。

へたに披露宴をやると大ごとになるか？　大ごとにしようぜ。香ちゃんに負担がかかるかね。それぐらいだったらやらない方がいいかしら？　招待されたほうも負担になることもあるしなあ。今はやらない人も多いよね。必要な方面には結婚の報告はしとけよ。え～、女子アナは？　やらなくても問題ないだろ。

結局、式も披露宴もしないということで、みんなの意見がまとまり始めて私がほっとしたその時、

「ねえ、香ちゃん、それじゃあ、ウェディングドレスも着ないってこと？」

久美子さんが言い出した。

「あんまり憧れたこともないし。着なくてもいいけど」

私はそう言った。そして、先日の淡いグリーンのドレスを思い出す。真紀と龍一の披露宴で着たあのドレスは、とても気に入っている。あれを着たからもう十分だなって思った。

「あら、でもウェディングドレスを着て記念写真ぐらい撮ってもいいでしょ？　あなたも見たいわよね？　香のウェディングドレス姿」

母が、父に向かって言った。それを聞いて、先ほどまで誰よりも明るく話していた父の顔から、表情がなくなった。

「香のウェディングドレス姿……。そう言えば、香が生まれてお宮参りに行った時も、赤ん坊の香に白いレースの服を着せたんだよなぁ。あの時、ウェディングドレスみたいだなって思ったんだ。本物のウェディングドレスを着る日は、まだ先だなって思ったのに……。ああ……やっぱり、結婚なんて、早すぎるだろ……」

……お父さんたら。

みんなが、ああ～って顔をする。母がため息をついて父に向かって言った。

「うっとうしいわねえ。香に一生家にいられても困るでしょ？」

「一生いてもいいぞ」

……そうきたか。

またメソメソと泣き言《ごと》を言い始める父。広輝を見ると、まいったなあって顔に書いてある。

その時、久美子さんが、隣に座る広輝に向かって言った。

「ヒロ、あんた、どこか海外で式だけ挙げなさいよ。そんで、私たちも連れてっておくれ。そん時、香ちゃんはウェディングドレスを着ればいいよ」

唖然《あぜん》とした顔をして久美子さんのことを見る広輝。久美子さんたら、自分が行きたいんじゃないの？

「海外か！　俺はワイハでいいぞ」

急にイキイキとする兄。

「あら、いいわねえ～」

すかさず同意を示す母。

「ハワイか！　そりゃあいいな。みんなの休みが取れるのは……年末年始だな。やばいな～、年末年始は芸能人とかいっぱいなんだろ。おい、ヒロ、早いとこ予約したほうがいいだろ？　パスポートもいるな。まいったな～、忙しくなっちゃうな～」

急に元気になる父。もう、怒る気にもならない……

「ハワイなら水着もいるねえ。まあ、水着は現地で買うとして……大変！　ダイエットしなきゃ」

「ねえ、腰に長い布を巻いたら、私たちでもビキニ着ていいかしら？」

「上半身はブラジャーで、下半身は腰巻のあの格好ね。最初で最後だからやろうよ」

「ねえ、香はウェディングドレスだけど、私たちは何を着たらいいのかしら？」

「そうだねぇ……ハワイならムームーとかでいいんじゃないかね。行ってから買おうよ。頭にはハイビスカスかねぇ。ハッハッハッ。ヒロ、式の前に買い物する日をとっておくれ」

中年女性二人の会話が止まらない。そこに中年男性の声が混ざる。

「いい歳して、グラビアでも撮る気か？」

「やだよ～、グラビアだってさ。水着にハイビスカスだと、アグネス・ランになっちまうね～」

そう言って、右手を頭の後ろ、左手を腰にあてて、グラビアアイドルみたいなポーズをとる久美子さん。

私と広輝が何も言わないうちに、父、母、兄と久美子さん、この四人と一緒に年末年始にハワイに行き、広輝と私がそこで式を挙げることになっちゃってる。

広輝が苦笑いで、

「香、どう思う？　ハワイで式だけ挙げるって案」

と言った。さっき私、結婚式したくないって言ったのに……みんな勝手に盛り上がっちゃうんだもん。ここでやりたくないとは言えないよね。みんなすっごく楽しそうだし。それに、私だってハワイには行きたい！　ただの旅行だったらね。――そうか、旅行だと思えばいいんだ！

「家族旅行でハワイに行くって思えば楽しそうだよね。ヒロさえよければいいよ」

それを聞いた広輝は、「そうか……」と言った。みんな黙って広輝に注目する。

広輝は頭をかき、腕を組み、右脚を上下に小刻みに動かして……最後に大きなため息をついて言った。

「こうなりゃまとめて親孝行だ。徹にもおまけに孝行してやる。みんなでハワイに行くぞ！」

「よっしゃー！」

兄はそう叫んで、席を立ってリビングを飛び出していった。

「おまえたちがムームーなら、俺はアロハでいいのか？」

父が言う。……さっそく、中年軍団の会話の続きが始まった。

しばらくすると、兄がノートパソコンを持って戻ってきた。テーブルの上にパソコンを置いて、「ほら、ここ見ろよ」と画面を指さす。

それは、海外ウェディングのプロデュースをする会社のホームページだった。白とブルーの美しい色の写真が目に飛び込んできた。白い花で飾られたクラシックなチャペル。その窓の向こうには青い海が広がっている。なんてキレイ……。母二人も感嘆の声をもらす。海をバックにした、十字架の描かれた宣誓台。こんなところで広輝と愛を誓うなんて、ロマンチックすぎる！　あれ？　私、結婚式なんてしたくない……とか、言ってたよね。まあ人間だもん。気も変わる。

兄が「海外挙式の手順」というタブをクリックした。広輝は兄の隣に座り込み、真剣な顔で画面を覗き込んで、フムフムって感じで読み始め、しばらくしてから言った。

「海外の教会で挙式をするには、入籍してないとダメな場合があるって書いてあるぞ」

「そのようだな。ってことはあれだ。おまえら、年末までに入籍しておかないとな」

画面を見ながら、兄が言う。

「香、おまえパスポートはどうなってる？」

広輝が私に向かって尋《たず》ねた。私は首をひねって記憶をたどった。

「えーと、大学の卒業旅行の前に取って、五年間有効だったから……」

二十三、二十四と、指折り数えてみる。
「ああ、もうすぐ期限が切れるはず」

そう言った私に、広輝がパソコンの画面を指でなぞりながら言った。

「どうせなら、パスポートも入籍後の名前で取って、カード類や保険も名義変更しちまったほうがいいみたいだ」

そこから考えて、挙式より前に早めに入籍をしておくことになった。

入籍するなら、覚えやすくて記念になる日……ということで、広輝が初めてプロとしてサッカーの試合に出た日、十一月一日を調べてみたら、大安だった。ということで入籍はこの日に決定。

仕事に関して、父がアドバイスをくれた。

「そうなると、入籍して名字が変わってからも数か月働くことになるだろ？　その間、旧姓のままで働けるように上に頼んでみろよ。ヒロと結婚なんて知れ渡ると、面倒なことがあるかもしれないからな。できれば結婚のことは公表しないまま働きたいって、言ってみたらどうだ？」

そうか……どっちにしても、支店長には、不動産屋の息子さんとの結婚話をはっきり断らなければならない。週明けに話をしよう。私は、父に向かってうなずいた。

もう入籍の日まで二か月もない。それから、二か月後の年末年始に挙式。そして、その三か月後には会社を辞めて広輝と暮らし始める。すごい！　今から二か月とちょっと前、失恋してどん底状態だったのに、今はこんなに幸せ。やっぱり夢の中の出来事のようで、今度は自分の脚をつねってみる。うん、ちゃんと痛い。痛くてよかった。

夕食は、お祝いだってことで、母が出前でお寿司をとってくれた。


夕方、真紀からメールがあった。着信を見ただけで、せっかく盛り上がっていた気持ちが、一気に重苦しくなる。でも思い切ってメールを開く。

『おめでとう。きっと豪華な披露宴《ひろうえん》になるんだろうね。楽しみです。私は結婚したばっかりだから、色々アドバイスできると思うので言ってね』

思ったより、普通の文面にほっとする。しばらく考えたけど、

『ありがとう。でも、披露宴はやりません。楽しみって言ってくれたのにごめんなさい。何かあったらよろしくね』

そう打ったメールの画面を何度も見る。これで大丈夫だろうか？　最後にもう一度読んでみる。嫌味じゃないよね？　高飛車でもないよね？　思い切って送信ボタンを押した。

――私、真紀恐怖症だ。

週明けの月曜日、ここは信金の支店長室。

「申し訳ありません。先日の縁談のお話は、お断りします」

私は、デスクの向こうに座る支店長に頭を下げた。

「いい話だと思ったんだがなあ……」

支店長は、ため息をついて言った。

「おだやかそうな若者だし。あー、あれか？　小川さんはイケメンが好きなのか？」

今のセリフ、かなり失礼だよね……あのお坊ちゃまに。

「いえ、相手の方がどうということではなくて、私が結婚することになりました」

「何だ？　やっぱり相手がいたんじゃないか！　この前は好きな人がいるなんて言うから、てっきり小川さんの片思いかと思ってたのに……。最近、急にキレイになったから、そうじゃないかと思ってたんだがな」

支店長は渋い顔をしてそう言った後、笑ってうなずいた。

「とにかく、おめでとう。そういうことなら、私の方からこの話はお断りしておくよ」

「ありがとうございます。よろしくお願いします」

私は、再び支店長に向かって頭を下げた。

「それで、仕事はどうするつもりだね？」

支店長の顔から笑みが消えて、少し困ったような表情が浮かんだ。

「はい。結婚したら東京に住むことになりますので、来年の三月いっぱいで辞める方向でお願いします」

「はあー、そうか……。お相手は東京の人か。でも年度末まではいてくれるんだな？　よかったよ」

「はい、もちろんです。それで、お願いがあるんですが、二か月後に入籍して名字が変わりますが、仕事は旧姓のままで続けてもいいでしょうか？」

そう聞いた私に、支店長はすぐに答えてくれた。

「ああ、名字は問題ないよ。その方が仕事はしやすいよな」

「それと結婚の話も公表しないでいただきたいのですが……」

私がそう言うと、支店長は眉をひそめた。

「結婚したのを秘密にしたいってのは……何か訳ありか？　相手は誰なんだい？」

不倫で略奪――そういうスキャンダルがらみだと思われているのが顔に出ている。

「あのう……元Jリーガーの高橋広輝なんです」

支店長は、ん？　て顔をして首をかしげ、何度かまばたきをした。そして、ああっ！　て顔をして私を見た後、デスクに手をついて身を乗り出して言った。

「高橋広輝!?　……確かに地元だし……ない話じゃないけど、本当なのかい？」

私は大きくうなずきながら、はっきりと答えた。

「はい、本当です」

自分で答えておいて感心する。ちょっと前の自分だったら、こんなにはっきり答えられただろうか。また、だめになったら……なんて、グズグズ考えたかも。すごいな、私。すっかり自信ってものを身につけたみたい。イスに深く座り直した支店長は、しばらく私の顔を見ていたけど、

「わかった。それなら秘密にしておいた方がいいな。でも書類は出さなきゃならないぞ。結婚祝い金なんかも出るし。話がもれるかもしれないのは覚悟してくれ。入籍したら、とりあえず私に知らせてくれ」

と言ってくれた。私はほっとした。

「ありがとうございます。色々とご迷惑おかけしますが、よろしくお願いします」

そう言って仕事に戻ろうとドアに向かった私の背中に、支店長が言った。

「やっぱり君は、イケメンが好きなんじゃないか」

それからの日々は、平穏に過ぎていった。仕事もあと少しかと思うと、とにかく遠藤さんに教えておかなければと気合いも入る。今になって思うのは、遠藤さんと仲良くなって良かったってこと。前のようにギクシャクしたままだと、やはり指導も進まないから。

向かいの不動産屋のお坊ちゃまは、以前のように、入りびたり状態ってことはなくなっ

たが、日に数回はやって来る。私が見たところ、どうやら今度は遠藤さんにチラチラと視線を送っているみたい。遠藤さんは、まるっきり相手にしていないけど、どうなるかしらね？

挙式は、海外ブライダル専門の大手プロデュース会社にお願いした。日本での準備も、ハワイに行ってからのことも、プランナーさんが全て取り仕切ってくれるそうだ。

私たちは、素敵なチャペルがある海沿いのホテルで挙式をすることに決めた。そのホテルで宿泊も挙式も済んでしまうのは楽でいいねって、二人の意見が一致したからだ。

だけど、海外ウェディングの場合、四か月前に予約だなんて遅すぎるんだって。私たちが決めたホテル付属のチャペルは、年末は十二月三十日の一番遅い挙式時間、夕方五時に空《あ》きがあるだけだった。

「その日はちょっと日が良くないから、夕方に空きがあるんです」

プランナーさんがそんなことを言った。気になった私が詳しく尋《たず》ねると、

「日が良くないというのは暦の上の話です。この日は先勝なので、午前は良いけど午後は良くないとされています。でもそんなことは日本だけですし、海外挙式では気にしなくていいと思います。空いていてラッキーですよ」

と、彼女は言った。

「ハワイはアメリカだから、関係ないだろ。その日でいいよ」

広輝があっさりとそう言う。

「確かに、ハワイで大安とか仏滅とか言っても、時差もあってわかんないよね」

私もそう言って、結婚式は十二月三十日の夕暮れ時に決まった。他に空《あ》きがないなら仕方がない。家族に報告すると、ハワイで大安も先勝もないだろって、やっぱり納得してくれた。

二人の衣装も決まり、プランナーさんの「前日に花嫁様のエステを手配しますか?」って質問に「はい、お願いします」って、広輝は私に聞くこともなく即答した。ありがたいけどね。だけど、こういうのって過保護なの? 亭主関白なの? 私は頼りがいがあるって思うことにした。

私が関わったのは、ホテルと衣装ぐらいなものだった。何だかあっけないぐらい。私たちの実際の挙式は、リハーサルと式本番、その前後の写真撮影を入れても一時間半ほどで終わっちゃうんだって。本当に家族旅行の一部に挙式があるようなものなんだね。

これが、普通の結婚式と披露宴《ひろうえん》だったら、式場選びに始まって、招待客、食事、引き出物、衣装、受付や余興のお願い、司会者との打ち合わせ……大変だろうな。でも普通はそれが楽しいんだろう。だって多くの人が、そんなふうにやるんだから。でも、人の好みは色々。元々、やりたくないって言ってた私だもん。ハワイで式を挙げる——それだけでも大イベントって気持ちがする。

結婚の準備が思っていたより簡単に済んでしまった私には、時間がたっぷりあった。今までと同じ生活を送りながら、母に料理を教えてもらったり、久美子さんとオアフ島のガイドブックを眺めて過ごした。


十月に入ってすぐ、広輝と一緒に、佐々木オーナーのサロンに行って結婚の報告をした。オーナーはすごく喜んでくれて、目にハンカチを当てたりして……私までもらい泣き。嬉しかった。

この日は、ハワイに出かける時のコートとバッグを購入した。初めてここを訪れた時は、値段を見て驚いたこともあるけど、自分のセンスに自信がなかったし、何も言えなかったんだよね。でも、今回は、私も自分の好みで選ぶことができた。


佐々木オーナーのショップに行った数日後のこと。

いつものように仕事を終えた私は、いつもの停留所でバスを降りた。

酒屋さんの前にあるこの停留所から我が家までは、歩いて五分ほど。家の近くまで来ると、高橋家の前の路上に、車が停車しているのが見える。フランスかイタリアか……車に詳しくないのでよくわからないけど、可愛いタイプの小型車はヨーロッパあたりの外車だと思う。目には入ったが気にも留めず、自宅の庭に入ったその時、女性の声に呼びとめられた。

「小川香さん？」

車から降りた人影が近づいてくる。すでにあたりは暗く、街灯の明かりで見る限り、若くて背の高い女の人。

「こんばんは。私——」

そう言いながら近づいてきた人を見て、私は思わず声を上げた。

「モ、モデルの……」

「うん、ジュリです」

彼女はそう言ってうなずいた。あまりに驚いて言葉が出てこない。でも、頭の中では、広輝のことだなってすでに理解していた。他に理由なんかありっこないし。広輝は、彼女が勝手にフランスまで追いかけて来たって言っている。付き合ってないって。それが本当なら、彼女は広輝の元カノですらない。挙式の日にちも場所も決まった今、それが嘘だとは思いたくないし、私は広輝のことを信じている。だから、話すことなんかないんだけどな……

「どこかで話がしたいんだけど、いい？　私、車で来てるから、乗せていくわ」

彼女は、黙っている私に向かって、自分の車の方を指さしながらそう言った。私には話がないとはいえ、まさか追い返すなんてできないし。じゃあ、どこで話す？　ファミレスなら車で五分ちょっとのところにあるけれど……誰かに見られるかも。話の内容はどうせ深刻だろうし、知り合いに声をかけられたりしたら困る。それに、修羅場《しゅらば》になっちゃったら……まさか刺されるなんてことは――ないよね？

自分より十センチは背の高い彼女を見上げて、私は言った。

「私の部屋でもいいですか？」

今度は彼女が驚いたようだ。

「いいの？」

そしてしばらく考えてから言った。

「じゃあ、そうさせてもらおっかな」

「ただいま」

玄関を開けると、キッチンから「おかえりー」って母の声が聞こえた。私は、ジュリちゃんを振り返り、

「どうぞ、上がってください」

と言って、彼女にスリッパをすすめて廊下を進む。

「おじゃまします」

彼女はそう言って、私の後について来た。

「こんなところでごめんなさい」

二階の部屋に入ってそう言った私に、ジュリちゃんは小さく首を振った。

「ううん。なんか懐かしい感じ。私の昔の部屋に似てる。——ここに座ってもいい？」

ローテーブルの下に敷いた、厚手のラグを指さしながら言った。私はうなずいて、

「お茶、いれてきます」

と言って、部屋を出た。

母に、「友達が来てるから」と言って、クッキーと、紅茶をのせたトレーを持って部屋に戻った。ラグの上にちょこんと座った彼女にお茶をすすめ、テーブルをはさんだ向かいに私も座る。彼女は遠慮することなく、

「ありがとう。いただきます」

そう言って、すぐに紅茶に口を付けた。でもその表情は硬いまま。私の方が先に言葉を発した。

「あの、ジュリちゃん——　あっ、ジュリさんって——」

私の言葉を途中で彼女がさえぎった。

「ジュリちゃんでいいよ。みんなそう呼ぶし」

彼女は、私の部屋に入ってから初めて笑って言った。

「それに、私とあなた、同じ年だから、敬語もいらない」

そうか、同い年なんだ。テレビや雑誌で見た時は、話し方や振る舞いから、私より年下だと思っていた。でも、こうやって直接会っても、ハリのある肌は私よりずっと若く見える。それにしても、美人だし、背が高くて顔が小さい。こんな人と比べられたくないなあ――そんなことを思いながら、私はうなずいてさっきの続きを口にした。

「ジュリちゃんは、広輝のことで来たんだよね？」

また硬い表情に戻り、うなずく彼女。

「ジュリちゃんは、ヒロと付き合ってたの？」

そう聞いた私に、彼女はさみしそうな顔をして首を横に振った。

「猛烈アピール中だったの」

私は、ほっとする。どうやら正直な人みたいだし、信用してもよさそうだと思った。少なくとも、刃物を持っているって雰囲気ではない。

「私のこと、どこで知ったの？」

「う～ん。――それは秘密。約束だから言えないの」

私と広輝のことは、厳重に秘密にしている訳ではない。だから、どこからか耳に入ることもあるだろう。

「そうなの？　わかった」

私はうなずいて紅茶のカップに口を付けた。ジュリちゃんも紅茶を飲み、しばらく黙っていたが、彼女は思い切ったように言った。

「あなた、お金目当てで広輝と結婚するんですってね」

「……」

あまりのことに、言葉が出ない。

「ブスのくせに広輝にお金使わせて、着飾ったり、エステでキレイにしてもらったり、すっごくいやな女だって。広輝がだまされてるって。私の方がよっぽどお似合いだって言われた」

そのキレイな瞳で私を見つめながら、彼女は立て続けにそう言った。

「な、何それ！　私が？　お金目当て？　どこからそんな話が出てるの⁉」

あまりの言葉に、頭に血がのぼって私は早口になった。

「私の方がずっと可愛くて、スタイルも良いって。それに、そんな私がこんなに広輝のこと好きで、アピールしてるのに彼が振り向かないのは、悪い女にだまされてるからだって。しかもその女と結婚しそうだって聞いたから、思いきって止めに来たの」

そう言って、なんだか泣きそうな顔をする。私は、少し冷静になろうと自分に言い聞かせて、大きく深呼吸をした。

目の前の彼女は、物事を深く考えるタイプではなさそうだ。ちょっと考えれば、広輝をだますような女のところに来て、結婚を止めろって言って、どうにかなるなんて思わないでしょ？

彼女の話は、誰かに言われたことばかり――私が広輝をだましてお金を使わせ、お金目当てで結婚する。キレイなジュリちゃんの方が広輝にお似合い――そうか、誰が言ったかなんとなく見当がついた。

ジュリちゃんは、私のフルネームを知っていた。同じ年だということも。それに一番気にかかるのは、家の場所を知っていたってこと。信金ではなく、家の前で私を待っていた。恐らく、私の勤め先を知らないんだろう。しかもジュリちゃんは東京に住んでいるはず。そのあたりから、佐々木親子の顔が思い浮かぶ。

サロンで渡された用紙に、住所、氏名、生年月日、電話番号も書いた。でもオーナーではないだろう。オーナーの娘である里佳子さんなら、あの用紙を見ることができるかもしれない。確証はないけど、話の内容からいっても、恐らく……里佳子さんにたきつけられて、ジュリちゃんはここまで来たのかもしれない。フランスまで行っちゃうぐらいのコだもんね。だんだん、彼女がかわいそうに思えてくる。ここがファミレスじゃなくてよかった。

「確かに、エステに連れて行ってもらったり、そこでお洋服を買ってもらったことがあるけど、あれは、あまりに私がみすぼらしかったから、ヒロが好意でやってくれたことなの」

「じゃあ、お金目当てじゃないの？」

少し、自信のなさそうな声。

「もちろんよ。ヒロがサッカー選手を引退したのは夢があったからで、その夢にはお金がかかるんだもん。私が使っちゃうわけにはいかないわ」

そう言った私に、戸惑った顔をしてジュリちゃんは聞いた。

「夢？　広輝は夢のために引退したの？　その夢ってなあに？」

ああ、そうか。引退会見で、広輝はそんな話はしなかったな。でも、立派な夢だと思う。秘密にしているわけでもないし、彼女に話しても問題はないだろう。それに、お金目当てで広輝に近づいたなんて思われたままでいたくない。

「お金がなくてもサッカーができるように、才能のある子どもが、無料でレッスンを受けたり、遠征や海外留学なんかもできる仕組みを、ヒロは作りたいの」

ジュリちゃんはしばらく考えてから言った。

「それって、他人の子どもに、広輝がお金を払って、サッカーの練習とか留学とか、そういうのをさせてあげるってこと？」

私はうなずいた。彼女は納得のいかないような顔をして言った。

「どうして？　意味がわかんない。サッカースクールがタダだったら、儲《もう》からないじゃない？」

「ヒロの父親が、彼が小さい時に亡くなったの、知ってる？」

そう尋《たず》ねた私に、ジュリちゃんは小さくうなずいた。

「ヒロってね、中学生の頃から、サッカーの県選抜選手だったの。だから、学校の部活の他にも、県の合宿とか遠征にも行ったのよ。でもね、ヒロの母親は働いていたでしょ？　色々と都合がつかない時もあったの。そういう時、私の父が送迎したり、チームメートのお父さんが協力してくれたの。もちろん先生もね」

ジュリちゃんは黙って聞いている。

「それに、スポーツをするにはお金がかかるの。彼は、才能があるのにお金がなくて、サッカーを続けられない子どもを助けたいの。自分が子どもの時に手を貸してくれた大人みたいに、ううん、もっと大きな大人にヒロはなりたいの」

プロのサッカー選手の現役期間は短い。プロの選手でいても、いつケガをして戦力外になるかわからない。引退後の仕事が約束されているわけでもない。引退して運良くコーチになれても、チームの成績が悪かったら、いつクビになってもおかしくない。

広輝が引退して自分で事業を始めたのは、早く安定した基盤を作りたかったから。今まで苦労して、自分にサッカーをやらせてくれた久美子さんを早く楽にしたい気持ちと、サッカー少年を育成するプロジェクトを作りたい気持ちと、その両方があったから。

「そうなんだ……。そんな夢のこと知らなかった。それに、あなたのお父さんて、広輝の恩人なんだね」

「お父さんは、ヒロのファン一号だって言ってるけどね」

私が笑いながらそう言うと、ジュリちゃんは二度目の笑顔を見せた。

「あなたって……私が思っていた人と違うんだもん。どうしたらいいんだろ。化けの皮、はがしてやるって思って来たのに……」

そう言って下を向いて黙り込む。

「でも、お金目当てで結婚するんでしょ、って言われて、そうよ、なんて普通は答えないでしょ？」

そう言った私に、ジュリちゃんは、顔を上げて、ちょっとすねたように言った。

「本当のこと言われて、キレると思ったの。大きなお世話よとか、あなたには関係ないでしょとか、そういうふうにキレて、もっと喧嘩みたいになって、それを広輝に言っちゃおうと思ったの」

最後は力なくそう言った。やっぱりかわいそうかも。だからって広輝を譲るわけにはいかない。

「私はヒロのことが好きなの」

ジュリちゃんの目を真っ直ぐに見て、私ははっきりと言った。

「私だって、好きだもの」

ジュリちゃんはむきになってそう答える。広輝はあなたのことがキライなんて言えないし……。解決方法がわからない私は、ジュリちゃんに聞いてみた。

「どうして？　……どうしてそんなにヒロのこと好きになったの？　いつから好きなの？」

ジュリちゃんは、懐かしい思い出話をするように、なんだか嬉しそうに話し始めた。

「一年？　ううん、一年半ぐらい前かな？　友達とパーティーに行った時、広輝に助けてもらったの。いやな男に、二人で抜けようって連れて行かれそうになった時。私ね、背が高くて、たくましい男の人が好きなの。広輝はすごくタイプだったの」

私に向かって、そう訴えかけるジュリちゃん。

「だから、お礼に二人でパーティー抜けてどっか行こって誘ったの。でも、それじゃ俺が助けた意味がないだろって断られたの。驚いたわ。私が誘ったのに断る男の人って、それまではいなかったから」

「そうでしょうね。あなた、本当にキレイだもんね」

広輝エライ！　って思いながら答えた。

「そうでしょ。その時私、胸のとこ大きく開いた服着てて、広輝の腕にギュウッて抱きついたのに、そう言うのよ。驚いちゃった」

世の中には、そういう作戦を取る女がけっこう存在するんだ！　私の方こそ驚いちゃった。

「だからね、さっきの男はタイプじゃなかったけど、あなたはすごく好きなタイプだから誘ったのよ、って言ったの」

自分に自信があるから言えるセリフだなぁ。

「そしたらね、俺はカノジョと来てるから、そんなことできるわけないだろ、って腕をほどかれちゃって、広輝、行っちゃったの」

本当にエライぞ、広輝。でも、カノジョと来てたんなら当たり前か。

「私ね、衝撃だったの。今まで付き合った男って、みんな浮気してたし。それに、私が誘うと、カノジョがいる男もみんなついて来るの。だから、レベルの高い男って浮気するのが当たり前だって思ってたのに、広輝は違うんだもん。私、こういう男が欲しいって思ったの」

ああ、私の理解できない世界だわ……。

「その時のパーティーに、広輝は、私と同じモデルのコと一緒に来てたのよ。私、広輝が元サッカー選手ってこと知らなくてね。それから現役の時の広輝を見たら、かっこよくて……ゴールを守る時の顔、すっごくりりしいんだもん！」

そうでしょ！　あの目はたまらないわよね！　私は黙ってうなずく。

「しばらくしたら、カノジョと別れたって聞いたのね。それで頑張ってアピールしたんだけど相手にしてくれなくて。だから、あきらめかけたんだけど……この夏、やばいウワサを聞いたの」

「どんなウワサ？」

意味深《いみしん》なジュリちゃんの様子が気になる。

「広輝が、男と一緒に住み始めたって。一緒に車で出かけたり、食事したりだけじゃなくて、住んでるっていうんだもん。疑うわよねぇ。しかも金髪のイケメンっていうから、広輝は本当はゲイなんだって納得したの。だから私の誘いにものらなかったって」

や〜め〜て〜！　それ、セバスチャンだよね。

「広輝が付き合ってたモデルのコもボーイッシュな感じだったしね。でも、私ってこんなでしょ？」

ジュリちゃんは、ツヤめくロングヘアーのカールした毛先を軽く引っぱった。

「だからね、私もショートにしようと思ったけど、事務所から絶対にダメって言われちゃって。それに、私って女っぽいでしょ？」

屈託《くったく》なく私に聞く。私は黙ってうなずいた。

「だから、一度は広輝のことあきらめたの。なのに、急に女と結婚するって聞いて、しかもお金目当てのブスだって言うから、悔しくなるじゃない！　ね、そうでしょ？」

お金目当てのブスか。ひどい言われようだよね。返事ができない私は、小さくため息をついた。

「ごめんなさい。あなたがお金目当てじゃないなら、すごく失礼よね。それに、あなた、思ったほどブスじゃないし」

私、今、ほめられたの？　バカにされたの？

「あ〜、お腹《なか》すいた。クッキー食べていい？」

そう言ったジュリちゃんに、どうぞってすすめると、彼女は遠慮なくクッキーに手を伸ばした。紅茶を飲んで、クッキーを食べながら、ジュリちゃんが言った。

「私、あなたと広輝を別れさせようと思って来たんだけど、やっぱり作戦失敗よね？」

またため息がでる。彼女には広輝のことを、今、ここで、絶対にあきらめてもらいたい。

「ジュリちゃんは、りりしくて、たくましくて浮気をしない男がタイプなんだよね？」

「うん。浮気されると、悲しくなるもん」

クッキーをほおばりながら、彼女はそう答えた。

「ヒロはね、もうすぐ私と結婚するの。彼は約束を守る男だから、もうそれは絶対なの。だから、ヒロのことはあきらめてください」

彼女は黙って私を見つめる。

「でもね、浮気をしない、りりしくてたくましい男はいっぱいいるわよ」

そう言った私に、ジュリちゃんはキレイな瞳を大きく見開き、子どものように言った。

「ええ～、どこに？」

「う～ん、例えば、他にも独身でかっこいいサッカー選手はたくさんいるわよ」

私は部屋にあった『月刊サッカー・ファン』を開いた。覗き込むジュリちゃん。

「ね。このウッチン選手とか可愛い系だし」

そう言って指さすと、ジュリちゃんがうなずく。ページをめくって続ける。

「ほら、このキャプテンは真面目《まじめ》なイケメンよ。今、ドイツにいるこのキーパーは、りりしくて、たくましいし。この人たち、みんな独身よ。他にもかっこいい人、たくさんいるから」

黙ってページに見入っていたジュリちゃんは、顔を上げて言った。

「本当ね。サッカー選手って素敵な人が多いのね。――ねえ、この雑誌、私にちょうだい」

いいわよって答えたら、彼女は嬉しそうに笑って言った。

「もう帰るね」

下に降りて、玄関で靴をはいていると、母が出て来て言った。

「お友達も、ご飯食べてったら？」

「クッキーを食べたからお腹《なか》いっぱいです。こんな時間にすいませんでした」

ジュリちゃんはそう言って頭を下げた。確かに、彼女はクッキーを全部食べちゃった。

頭を上げたジュリちゃんを見て、母が目を丸くした。

「あら、ずいぶん美人のお友達ねえ。気を付けて帰るのよ」

ジュリちゃんが、玄関を開けると、そこに人影が——

「おお、香、友達かあ?」

ちょうど、兄が帰ってきたところだった。

「あ、お兄ちゃん、おかえり」

私がそう言うと、兄は自分の目の前に立つジュリちゃんを見下ろし、

「えっらい美人の友達だなあ」

そう言った後、いきなりズズズッと後ずさりした。

「も、もしかして、ジュ、ジュ、ジュリちゃん!?」

ジュリちゃんは、目をむいて叫んだ兄の横をすっと通りながら、魅惑的な微笑みを浮かべ、

「素敵なお兄さんね」

と言って、車に向かった。

ジュリちゃんが車に乗り込んでエンジンをかけたところに、兄が走って来る。ショッ

クから立ち直ったようだ。手には携帯を握りしめている。

「じゃ、気を付けてね」

そう言って手を振る私を押しのけて、携帯を振りながら兄が言った。

「ジュリちゃん！　サイン、サイン、写メ、写メ……」

ハンドルを握ったジュリちゃんは、ニッコリ笑って軽く手を上げ、車をスタートさせた。

がっくりと、道路に手をついてうなだれる兄。

「なんで……なんで引き止めねえんだ？」

振り向くとすごい形相《ぎょうそう》で私をにらんで、そう言った。お父さんが怒った時とそっくりだ。

暗くてよくわかんないけど、絶対、額に血管浮いてる……。ヤバいと思った私は言った。

「ちょっとだけでも会えて良かったでしょ。それに、ジュリちゃん、お兄ちゃんのこと、素敵なお兄さんねって言ったんだよ」

それを聞いた途端、鼻の下が伸びる兄。

「そうだよな～。確かに、『素敵なお兄さん』って、俺のこと言ったよな。明日、学校に行って生徒に自慢しよ～」

兄は、高校の体育教師をしている。背も高いし、広輝には負けるけどそこそこたくまし い。顔だって、広輝には負けるけどそれなりだし。だけど、彼女ができても、ちっとも長続きしない。それは、兄の辞書にデリカシーという言葉がないってのと、寝てる時も起きてる時もジャージを着ているあたりが問題なんだと思う。

今だって、ジャージ姿で鼻の下伸ばして、ニヘ～ッと笑っている。どう見ても素敵には見えない。

私は、ジュリちゃんの車が消えた方向を眺めながら、ちょっと憂鬱《ゆううつ》になる。今日のことを広輝に言うべきかどうか……。広輝も、ジュリちゃんにそんなことを言ったのが誰か、すぐにわかるよね。そうすると、佐々木オーナーのサロンに行かなくなるかな？　広輝はオーナーのことを信頼しているし、あの場所は広輝のお気に入りだし……

里佳子さんは、自分で私に会いに来るとか、何かしようとするほどバカじゃないみたい。それに、私たちは、もうすぐ籍を入れるし……

今日のことは広輝に内緒にしておこう。もし、言ったら……広輝の怒った顔が目に浮かぶ。広輝が怒るとかなり怖い。それに、里佳子さんはまだしも、あのジュリちゃんは、ちょっとかわいそうな気がする。このまま何もなければいいな。私はそう思いながら家に戻った。


今日は、大安吉日の十一月一日土曜日。

広輝と銀座で待ち合わせ。私でもわかるライオンの像の前に、約束の時間十一時の五分前に着いた。空を見上げるといい天気。まぶしくて目を細める。地下鉄の階段を上がってきたから、よけいにまぶしいのかもしれない。あたりを見ても、広輝の姿はない。ご年配の女性が目に付くのは、このライオンの像がある場所が老舗《しにせ》デパートの入り口だからかな？　広輝を待っている間、私は、首元で揺れるネックレスの青い鳥を触ってみる。自然と笑みが浮かんだけど、慌てて顔を引き締めた。一人で笑ってるなんて、おかしな人に思われちゃう。広輝からプレゼントされたこのネックレスは、私にとって本当に大切なものだ。今日は特別な日だから、この青い鳥を身につけてきた。

ふと顔を上げると、目の前の横断歩道に背の高いシルエットが見えた。私に気が付いたようで、軽く手を上げて駆け寄って来る。

なんか、新鮮。広輝と外で待ち合わせなんて、初めてだと思う。

「悪い。待ったか？」

目の前に立った広輝は、私を見下ろしてそう言った。

「ううん。私も今来たところ」

そう答えた私にニッコリ笑って、行くかって、親指を目的の方に向けた。うなずいた私の手を取って歩き出す広輝。まわりの女性たちの視線を感じながら、広輝と手をつないで、私は銀座の街を歩き始めた。

向かった先は、ジュエリーショップ。今日は、オーダーした広輝と私の結婚指輪を受け取りに来た。ビルの一階にあるそのショップに入ると、ガラスケースの中で、ダイヤやルビー、プラチナやゴールドが、照明にキラキラと輝いている。

ベルサイユ宮殿にでもありそうなロココ調の応接セットのイスに座り、待つこと数分。私たちの指輪が目の前のテーブルに並んだ。

表面に少しだけ飾り彫りがあるシンプルなプラチナの指輪。でも、内側には小さなサファイヤが埋め込まれ、今日の日付が彫り込まれている。濃いブルーのサファイヤは、お守りとして、指輪の内側で輝くことになる。試しに指にはめてみると、シンプルな輝きが私たちらしく、内側のサファイヤから清らかなパワーが出ているような気がした。ヨーロッパに伝わる、花嫁が結婚式当日に身につけると幸せになれるという言い伝え――サムシング・フォーの中の一つ、サムシング・ブルー。それをお店の人にすすめられて結婚指輪に取り入れたけど、なかなかロマンチック。

指輪に彫られた日付を見て、担当の女性が言った。

「今日が、結婚記念日なんですね？」

「ええ、これから、婚姻届を出しに行くんです」

広輝が答える。

「おめでとうございます」

その女性は笑顔でそう言った。その笑顔を見たら、喜びがじわっと湧き上がってきた。

ジュエリーショップを出て、パーキングへ向かう。広輝の車の助手席に乗り込み、区役所へ。

休日窓口で婚姻届を提出する。メガネのおじさんが婚姻届を受け取り、チラッと私たちを見た後、「はい、受領しました」と、言った。

それで、終了。

広輝と二人で区役所を出ながら話した。

「けっこう、あっけなかったね」

「まあ、あんなもんだろ。お役所だし。でも、これで俺たちは夫婦だ！」

広輝はそう言って、晴れ渡った空を見上げて笑った。そんな広輝の腕に自分の腕をからめた私の顔には、やはり自然に笑みが浮かんでいた。

「腹減ったな。メシ行こ！」

「うん！」

少しだけ車を走らせ、海岸近くのホテルの二十八階にある和食レストランへ。着物姿のスタッフに案内されて落ち着いた店内に入ると、窓から見える景色に目を奪われた。東京湾が一望できる。

料理はおいしいだけじゃなくて、食べちゃうのがもったいないぐらい美しかった。デザートを食べながら、窓の外をボーッと眺める。高層ビルにレインボーブリッジ――

「あのあたり浜離宮だな。行ったことあるか？」

そう言った広輝の視線をたどると、ホテルのすぐ下に広がる緑地を見ている。ああ、名前を聞いたことがある。あれが浜離宮なんだ。首を横に振った私に、広輝は言った。

「この後、行ってみるか？」

私はもう一度、窓の外を見た。天気は良くて、お散歩するのにちょうどいい。私は、広輝に視線を戻して、微笑んでうなずいた。

「うん。行きたい」


浜離宮は、徳川家のお屋敷だったのね。明治維新の後に皇室の離宮になったんだって。入り口でもらったパンフレットを読みながら、広輝と連れだって歩き始める。

中に入るとすぐにこんもりとした松の大木が目に入る。その名も『三百年の松』。この松の前で記念撮影をする人が大勢いた。外国人の姿も多い。純和風な庭園の背景は高層ビル群。なかなか面白い風景だ。ちょっと残念なのは、紅葉にはまだ早かったってこと。でも気持ちのいい空気に包まれて、都会の中の自然を満喫できた。

ゆるやかな浜風に吹かれながら、広輝と手をつないで、ゆっくりと歩いていると、

「奥さん、お名前は？」

突然、広輝がそう尋《たず》ねた。

「ふふ、高橋香です」

私はそう答えて、なんだかくすぐったい気がしてもう一度笑った。

「えらいぞ。間違えなかったな」

広輝は、私の顔を覗き込んで目を細める。

「でも、三月までは仕事で旧姓を使うから、うっかりすると間違えそう。間違えても怒んないでね」

広輝は、つないだ手にちょっと力を入れた。

「怒るわけないだろ」

そう言えば……と思い、広輝に尋ねる。

「最近、仕事どう？」

「ああ、順調だよ。セバスチャン効果だな」

広輝は、軽く肩をすくめた。

「セバスチャン効果？」

「ああ、セバのおかげで、会員が増えてるんだよ。オタク系が多いけどさ。なんにせよ、ありがたい」

広輝がそんなことを言うから驚いた。じゃあセバスチャンは、立派に広告塔の役目を果たしているんだ。

「セバスチャン、元気なんだね？」

私がそう言うと、広輝はちょっとあきれたような顔をした。

「あったりまえだろ～。あいつが元気ないなんてことあるかよ」

そう言った後で、広輝はいやなことを思い出したような顔をして、私を見た。

「前、セバの好きなアニメの女の子が香に似てるとか、香のこと好きだとか言ってたこと、覚えてるか？」

広輝にそう言われて、思い出した。あの時はプロポーズされたり、その後も忙しかったり――だいたいアニメのキャラクターに似てるなんて話だもん、すっかり忘れていた。

「そう言えば、あの話の続きをしてなかったよな？」

私は、広輝を見上げてうなずいた。

「あの後東京に戻ってな、俺が香と結婚することになったって、セバに言ったんだ。俺、あいつが落ち込むかと思って緊張してたのに、セバは全然平気な顔で、おめでとーって、笑ったんだ」

私は、「ふ～ん」と返事をした。広輝は言いにくそうに話を続けた。

「あいつ、その日の仕事中に、話の合う女の子と仲良くなったんだって。で、どうやらもう、香のことどうでもよくなっちまったみたいだ」

まあ、そんなもんだと思ってたけどね。

「セバスチャンのことだから、きっとアニメかマンガの話で盛り上がったんじゃない？」

私が笑いながら言うと、広輝は、そのとおり、というように大きくうなずいて話を続けた。

「その時仲良くなった女の子から始まって、会員の中にいたオタク系の女の子がネットに色々書き込んで——今度、セバの画像検索してみな。いっぱい出てくるから」

「画像って……セバスチャン、もしかしてネットで話題になってるの⁉」

「ああ、そのおかげで、うちにオタク話の通じるイケメンがいるって、ある筋で話題になって、見学や体験希望者がけっこう来るようになってな、徐々に会員も増えてるんだ」

「へー」

「俺たちも驚いて、『セバ放し飼い作戦』を決行することにしたんだよ」

「セバ放し飼い作戦？」

突拍子もない作戦名。さっきから、セバスチャンの話は驚くことばかりだ。

「そう。サッカーのレッスン以外の時間は、館内を自由にフラフラさせとくんだ。あいつ、ちょっとしたマスコットとか、Tシャツの柄なんかにすぐ反応して、誰にでも話しかけて、あっという間に仲良くなるんだよ。おばあちゃん会員にも人気なんだぜ」

広輝は嬉しそうだった。セバスチャンらしいな。くったくなく笑う青い瞳が目に浮かぶ。ヒロスポーツクラブのアイドルになっているんだろう。

セバスチャンの活躍ぶりを話しながら歩いていたら、まるで池の中に浮かんでいるような建物が見えてきた。手元のパンフレットによると、中でお茶とお菓子が出ると書いてある。

「ちょっと一休みしていかない？」

私が指をさして言うと、

「いいな」

って広輝もうなずいてくれた。

池にかかる橋を渡って、純和風のお茶屋さんにたどり着いた。畳の上に緋毛氈《ひもうせん》が敷かれ、真っ赤な和傘が飾られている。思い思いの場所でお茶を飲む人々。外国人もチラホラと目に付いた。

池の上にテラスが張り出していて、そこに置かれたベンチに座った。ここだと、目の前に広がる池を眺めることができる。池の向こう岸は緑の庭園。その木々の間から、東京タワーが小さく見える。

和菓子は、水の上に浮かぶ紅葉を表していた。渦巻き模様の上に、小さな紅葉が乗っている。さっそく一口食べると、上品な甘さでおいしい！

「この和菓子を見ると、あれを思い出すな。かっぱ橋の食品サンプル」

和菓子を食べながら、そんなことを言う広輝。情緒《じょうちょ》がないなーって思ったけど、私もとっても懐かしくなった。広輝と過ごした楽しい一日。あれからたった四か月しかたっていないのに、今日、私の姓は高橋に変わった。あの日には、まったく想像もしていなかった未来。

人生って不思議だなって思う。あんなに辛かったのに、今はこんなに幸せ。これから先の人生も、きっと色々あるだろう。もし辛いことや悲しいことがあったら、今回のことを思い出そう。生きていれば、きっと良いことがある。

池を眺めながら、ちょっと物思いにふけっていると、広輝の心配そうな声が聞こえた。

「どうした？　ちょっと寒くなってきたな。そろそろ戻ろうか？」

確かに、少し風が冷たくなってきたみたい。お茶屋さんを出た後、二人で出口に向かった。

パーキングに向かいながら広輝が言う。

「今日は、せっかくの記念日だから、どこかホテルに泊まろうか？」

嬉しい。だけど——私はちょっと立ち止まって考えてから言った。

「ありがとう。でも私、広輝の部屋の方がいい」

「そうか？　なら、早く帰るか！」

広輝は笑ってそう言うと、私の肩を抱いて歩き始めた。

広輝のマンションに入ると、ほっとする。初めて来た時は、高級な家具や壁の絵画に、場違いな気がして少しソワソワした。でも今は、落ち着いた雰囲気のこの部屋にいると、自分の気持ちまで落ち着いてくるから不思議。

ソファに座った途端、広輝の唇に私の唇がおおわれる。性急に私の太ももを滑る広輝の手がふと止まり、下に降りた視線が一点を見つめていた。

「……リボン？　ガーターベルト……じゃないよな？」

めくれ上がった私のスカートの裾から覗くのは、ガーターリング。ガーターベルト用のストッキングをベルトでつるのではなく、ゴムの入ったガーターリングで押さえている。白いレースでできたガーターリングには、小さなブルーのリボンが付いている。私は、小さな声で広輝に言った。

「式はハワイでするから……今日の記念日に、サムシング・フォーのおまじないをしたの」

指輪のデザインにも取り入れた、サムシング・フォー。指輪を購入したジュエリーショップで教えてもらった。ヨーロッパに伝わるそのおまじないは、結婚式当日に、花嫁が決められた四つのものを身につけると幸せになれると言われている。

それは、「新しいもの」「古いもの」「借りたもの」「青いもの」。四つのサムシング。「新しいもの」は今日おろしたバッグ。「古いもの」と「借りたもの」は、母からイヤリングとハンカチを借りた。そして「青いもの」は、隠れた場所につけるのが良いとされていて、一般的には青いリボンのついたガーターリングを身につけるんだって。それを真似してみたんだけど……

スカートをめくり上げて、ガーターリングを見つめる広輝。すっかり見えてしまっているショーツも、ガーターリングと合わせて、縁取りが白いレースで小さなブルーのリボンが付いている。

「サムシング・ブルー……」

広輝はそうつぶやくと、いきなり私をソファに横たえ、両脚を持って大きく開いた。

「きゃ！」

私は叫び声を上げて、慌てて脚を閉じようとした。だけど、広輝は私の両膝をぐいっと開き、低い声で命じるように言った。

「せっかくのサムシング・ブルーだ。脚、閉じんなよ……」

ガーターリングとショーツの間、少しだけ残る私の素肌の部分。そのきわどい部分に、広輝の熱い手がゆっくりと触れる。そして、少し移動したその手の指が、ショーツの上から、私の一番敏感な部分を上下になぞり始めた。

「あうっ……」

声を上げた私の顔を見て、広輝は言った。

「ここだな。……ああ、上からでもわかるよ」

私の敏感な突起を、指先でグッと押した。

「あっ！」

その強い刺激に私は頭をのけ反らせ、押し広げられたままの脚を震わせた。体の奥で潤いが生まれるのを感じる。広輝の指によって、布越しの刺激が続く。

「ねえ……恥ずかしい……こんな格好……」

私の頬は、恥ずかしくて火照《ほて》ってくる。広輝は、ふたたび脚を閉じようとする私をおしとどめ、

「香、ちょっと腰上げて」

と優しい声で言うと、私のショーツをスルリと脱がせてしまった。私ったら、恥ずかしいって言ってたくせに……。その言葉をささやかれた瞬間、彼の動きを助けるように、みずから腰を浮かせてしまった。

「香、いいコだ」

広輝はそう言って、つぷりっ、と私の中に指を埋め込んだ。なめらかな挿入に、自分が十分に潤っていたことを実感して、ますます私は恥ずかしくなった。

「ああ……くうっ！」

快感に声を上げる私。広輝は、私の中に埋めた指を、浅く出し入れし始めた。

静かな部屋に広がる、私のもらす吐息とくちゅくちゅという音。大都会の喧騒もここまでは届かない。私の耳には、イヤらしい水音が、自分の荒い息の合間に聞こえてくるだけ。

「どんどんあふれてくるよ。香のここ……可愛いな」

広輝は、私の一番恥ずかしいところを見つめながら、指を動かし続けた。あまりの恥ずかしさに、頭がくらくらする。もう考えるのを止めて広輝の指に身を任せ、感じるままに声を上げた。

「しめつけ……すげえな」

小さな声でそうつぶやいた後、広輝は私の中から指を抜いた。その時「あん……」と、私の口から鼻にかかった声がもれた。広輝は、笑いながら私に口づけをし、

「ちょっとだけ、待ってて」

そう言って、自分の衣服を脱ぎ始めた。私は、ソファの上に寝そべったまま、呼吸を整え目を閉じた——

胸元のボタンが外されて……私の衣服が広輝によって脱がされていく。薄《うっす》らと目を開けると、私が身につけているのは、ストッキングとガーターリング、そして青い鳥のネックレスだけになった。

広輝は、私の片脚を持ち上げて、自分の肩に掛けた。狭いソファの上で、脚は先ほどよりもさらに大きく開かされる。広輝は、そそり立つものを私のぬかるみに押し当て、こすりつけながら上下に往復させた。敏感な突起の上を滑る広輝のもの。快感に声を震わせる私。だけど、だんだん表面の刺激だけでなく、中にも欲しくなる。早く広輝と一つになりたい！

私がもどかしさに腰を揺らし始めた時、広輝のものが、ゆっくりと私の中に埋め込まれた。

「……ああ！　……いい……」

先ほど私の中を刺激していた指よりも、はるかに大きな広輝のものを迎え入れ、私は満足の声をもらした。広輝はストッキングの上から私の脚を優しくなでている。そして、その眼差しを二人の結合部分に向けると、まるで広輝のものを私に打ち付けるように、大きく往復し始めた。片脚を上げた体勢は深いところまで刺激が届き、私はすぐに声と体を震わせて、達してしまった。私の中が収縮して広輝をしめつける。

「ううっ……そんなに、しめるな……」

広輝は、低くうめき声を上げて動きを止めた。私はソファから降ろされて、体の向きを変えられる。けだるい余韻の中、広輝に導かれるままにソファに手をついた私は、後ろから広輝に貫かれた。

伸ばした広輝の手が後ろから私の乳房をおおい、その指先が、乳首をキュッと押しつぶした。

「あうっ！　やだ……」

その強い刺激に、私は喉を反らした。

「これ、いやか？」

広輝はそう言いながら、今度は乳首をひねる。私は首を左右に振る。

「……やじゃない……もっと……」

小さな声で素直にねだる。広輝は小さく笑った後、私の乳首を刺激しながら、背中にちゅっとキスをした。二か所に同時に与えられた刺激に、私はブルッと体を震わせた。広輝の手が私の乳房から離れ、わき腹をスーッとなでながらお尻にたどりつく。その時、私の喉から、震えるような声がもれた。

私のお尻に手を添えて、広輝は、無言で腰を打ち付け始める。私の体の奥で次第に大きくなっていく快感。だんだんと速く、そして強くなる広輝の攻めに、私は我を忘れ、声を枯らした。

――これって、サムシング・フォーのおまじないがきいたの？　私、幸せすぎ？

後日、加奈子の家に行った時のこと。

セバスチャンのことを思い出して、加奈子と二人でパソコンに向かう。検索欄に「ヒロスポーツクラブ」って打ち込んだ。すると検索予測で、「ヒロスポーツクラブ　セバスチャン」とか「ヒロスポーツクラブ　オタク」なんて言葉が、勝手に候補に挙がってくる。

広輝の言ったとおりだ。セバスチャンの画像がいっぱい出てきて、驚いた加奈子と私は顔を見合わせた。ハートだらけに加工されていたり、キスマークが描かれていたり……

——その名もセバスチャン。マンガかよ。

——日本語ペッラペラ。オタク話もペッラペラ。ノリいいよ～。

——何？　オタクの王子様？

——そりゃテニス。こっちはサッカーのガチオタ王子様。

——何、こんなんがスタッフなの？　私も体験しに行っていいかな？

——なら、オタグッズ身につけてけ。王子がお言葉をくださる。

——その体は広く庶民のものだから、一人占めするでないぞ。

こんななコメントが延々と続く。これほどとは加奈子も予想してなかったみたいで、

「やっぱタダものじゃなかった。セバすげー」

だって——

広輝と入籍をすませてから、私は幸せな気分で穏やかな日々を過ごしていた。そんな十一月も半分が過ぎようとしたある日、私の気持ちを重くする電話がかかってきた。

「どうしよう……真紀も参加するって言い張ってる」

電話の向こうで、加奈子がため息をついている。明らかに困っている様子だ。

入籍しました。結婚しました。でも披露宴《ひろうえん》はやりません。そんな私のために、数人の友人が結婚祝いの食事会を計画してくれた。加奈子をはじめとする高校の家庭科部のメンバー四人と、それ以外で仲良しだった友人二人。そこに私も入れて合計で七人。すでに結婚して子どものいるメンバーもいるため、みんなそれなりに忙しい。気の合う仲間たちで集まるのは久しぶりなので、私は楽しみにしていた。

「真紀にしゃべっちゃったコがいるんだよ」

申し訳なさそうな声を出す加奈子。

加奈子が言うには――今回の食事会に参加するメンバーの一人が、真紀とスーパーでばったり会った。そして私の話になって、何かお祝いをしたかと真紀に聞かれた。そこで、今回の食事会のことを話したところ、真紀が自分もその食事会に参加させるように言ってきた。今回は仲良しだけが集まるからって断ったけど、納得しなくて困っている――というわけ。

真紀の言い分は――みんな高校の同級生で自分とは顔見知りだから問題ない。自分も香の友達だから参加する権利がある。香には自分の披露宴《ひろうえん》に参加してもらったから、お祝いをしないわけにはいかない——ということだって。

楽しみにしていたのに……一気にテンションが下がる。加奈子もそれに気が付いたのか、

「私が断るよ。私が真紀に会いたくないからダメ、でいいよね？　それぐらい言わないとあきらめそうもないからね」

とさらりと言った。それを聞いて首を振る。加奈子を悪者になんてできない。

「それはダメだよ」

私がそう言うと、加奈子は電話の向こうで困ったように続けた。

「でもさ、まさか香が会いたくないから、とは言えないでしょ？」

そのとおりなんだけど……どうしよう。

「まったく困ったねえ。香は春から東京に住むんだし、ここさえ乗り切れば、もう真紀とかかわることも、あんまりないと思うんだけどね」

加奈子は軽くため息をついている。私はしばらく考えた。みんなに迷惑をかけることになるかもしれないけど、誰かを悪者にするよりはましかもしれない。

「みんなには悪いけど、真紀も一緒でいいかな？　今回断ったとしても、その後真紀と二人で会うようなことになったらいやだもん。みんながいてくれる方が心強いし……」

「ああ、確かにそうかもしれないね。みんながいたら、穏やかにメシ食って終わるかもしれない。それに、もし真紀が何かやらかしたら、私が立ち向かってやる！　やっぱ一緒の方がいいかも。なら、みんなにもそう話しとくよ」

明るい声で言われると、私の気持ちはずいぶん軽くなった。


十一月の下旬の日曜日のお昼。

過去に数回利用したことのあるカフェに、みんなで集まった。半年に一度ほど集まっては話に花を咲かせてきたメンバーに、今回は真紀が加わっている。このカフェには、十人ほどが入れる個室があるため、子連れのお母さんたちにも人気の店だ。その個室に、私たちはいる。

車で来ているメンバーが多く、真紀ともう一人は妊婦、すでに母親になって子どもを実家に預けてきたコもいる。だから今回はアルコールはなしでジュースで乾杯。可愛らしいアレンジの花束とデジタルフォトフレームをプレゼントされ、みんなからお祝いを言われた。喜んでくれるみんなの笑顔を見ていると、緊張していた私も少しずつリラックスしてきた。女八人、にぎやかに食事会が始まった。

真紀が現れた時、すでに臨月に入っているお腹《なか》があまりにも大きくて驚いた。やはり目を引くので、みんなは真紀に予定日を聞いたり、性別を尋《たず》ねたり。私は真紀と会話をするのが怖かったけど、みんなが真紀と話しているのに便乗して声をかけてみた。

「出歩いたりして大丈夫なの？」

実際のところ、あまりに大きなお腹《なか》で心配だったから。真紀はちょっと得意げな顔をして言った。

「どんどん歩きなさいって言われてるの。もういつ生まれてもいいんだけどね。三日前に健診に行った時も、まだ子宮口がちょっとしか開いてなくって。だから、最近は昼間の暖かい時間に散歩もしてるんだ」

普通の声色で私の顔を見て話す真紀に、内心ほっとした。この分だと、食事会も平和に終わってくれるかもしれない。

しばらくは妊娠出産の話が続く。妊婦が二人、出産経験者が一人。近い将来、自分が体験するかもしれない話に、残りのメンバーも興味シンシンで耳を傾けた。

そのうちに、高校時代の話になる。真紀以外のメンバーは、高校時代に家庭科部で一緒だったり、クラスが共通していたり。ちょっと真紀が入っていけない話題も出始めたが、それでも会は穏やかに進み、その頃には、私はすっかり安心していた。

やがて、私と広輝の話になる。

「それにしても、うらやましい。あの高橋君と結婚だなんて」

その言葉を皮切りに、みんなは口々に「そうそう」なんてうなずいて、好き勝手なことを言い始めた。

「イケメンだし、背は高いし。なのにお金持ちだし」

「彼だったらニートでも、私、養っちゃうのに！」

そんなことを言って笑うのは、一流企業でバリバリと働くコ。

「いいわよねえ。彼は頼りになりそうよね」

「高校時代だって、香は頼りにしてたわよねぇ」

「そうそう、ねえ、あれ覚えてる？　おでこコッツン事件」

一人がそう言うと、みんなから、「あー、あれ」とか、「あったねー」なんて声が上がる。昔のことはもうやめてって言ったのに、みんな盛り上がっちゃって、話が続いた。

「私、あれ、生で見ちゃった」

「あれはねー、高橋君も罪つくりだよねぇ。あれでがっかりしちゃった女子、いっぱいいたし」

あれから十年も経つのに、みんなよくそんなこと覚えてるよね。

『おでこコッツン事件』は、私が高校に入学したばかりの一年生の頃の話――

その日、私は風邪気味で体調が悪かった。顔色も良くなかったんだと思う。隣のクラスだった広輝と廊下ですれ違った時、いきなり広輝に腕を掴まれた。

「香、おまえ、顔色悪い」

広輝はそう言うなり、いきなり私の前髪をかき上げて、私のおでこに自分のおでこを、コッツン。

片腕を広輝につかまれたまま、突然のことに固まる私。まわりのみんなも固まって……注目を浴び続ける私たち。しばらくしてから、広輝はおでこを離した。

「やっぱ、熱あるじゃん。保健室だな」

広輝はそう言って、私の腕を引いた。よろける私。

「大丈夫か？　おんぶしてやるぞ」

心配そうな顔をして、広輝は私の顔を覗き込んだ。

「歩けるから大丈夫」

広輝はそう言った私の体を支えて、保健室まで連れて行ってくれた。

保健室でしばらく休んだ後、教室に戻った私は、女子に取り囲まれて質問攻めにされた。廊下はシーンとしていたし、広輝の態度はいつもあんなもんだから、って思ってたけど、やっぱりみんな気になったんだね。私は今までと同じ、「広輝は兄みたいなもの」「私を妹として見ている」という答えを繰り返したんだけど……今でも事件なんて呼ばれている。

「学園祭の時の事件も、覚えてる？」

「修学旅行でもあったじゃない！」

――それから、広輝の過保護エピソードが延々と続くことになってしまった。

「あの頃、香にはお兄ちゃんが二人いるみたいだったよね」

「そうそう、本物のお兄ちゃんは、サッカー部の徹先輩だっけ？　よく一年生の教室に来てたよね」

「英語の辞書貸せ、とか、弁当忘れた金貸せ、とかってさ、香、いっつも呼ばれてたよね。反対に、高橋君は心配性なお兄ちゃんだったよね」

みなさん、忘れてちょうだい。

「高橋君って、小さい頃から、あんな感じだったの？」

その質問に私が答える前に、真紀が口を開いた。

「そうよ。小さい頃から、あんな感じ。香は、いっつも広輝にお世話してもらってたんだよね」

それを聞いた一人が声を上げる。

「いいなあ。小さい頃から守ってくれた彼と結婚するなんて。一生守ってくれそう！」

そんなこと言われて、嬉しいけど照れくさい。その時視界の片隅に、真紀のゆがんだ顔が入った。

「そう、いつも広輝に頼ってさ。ずるいよね」

加奈子が、サッと真紀の顔を見た。真紀はみんなの顔を見て続けた。

「徹君と三人で本物の兄弟みたいだったよ。そんな人と結婚するなんて、徹君と結婚するのと一緒じゃない。まるで兄妹で結婚するのと同じだと思うんだけど。そんなの気持ち悪いと思わない？　私、なんだか気持ち悪ーい」

そう言って意地悪く笑った。部屋の中が静まり返る。

「あらやだ、冗談よ」

そう言って、また笑う真紀。今度は勝ち誇ったような顔をしている。その時——

「それより、友達のカレシと寝るほうが気持ち悪いと思わない？　私、なんだか気持ち悪ーい」

真っ直ぐに真紀の顔を見て、加奈子がスッパリと言い放った。ハッとしたように加奈子の方に顔を向ける真紀。ますます凍りつく空気。

「あらやだ、冗談よ」

加奈子はそう言って、わざとらしい笑い声を上げた。

「そ、それって、どういうつもりで言ってんの？」

真紀の声が裏返っている。自分のことを言われるなんて思ってなかったって感じだ。

「あらやだ、ただの冗談じゃない。自分こそ、どういうつもりで言ってんの？」

加奈子は落ち着いていた。

「だって、本当にそう思ったんだもの。気持ち悪いって。私の勝手でしょ？」

ヒステリックな真紀の声。

「あら、私だって本当にそう思ったんだもん。私の勝手でしょ？」

加奈子も言い返す。そして、サラリと静かな口調で続けた。

「なんでも思ったことを口にしていいわけじゃないってこと、わかった？」

イスに座ったままで加奈子を睨みつける真紀。加奈子はシラーッとした顔をして真紀を見ている。

誰も、口を開かない。静まり返った部屋。

その時、私の脳裏に浮かんだのは、沙耶ちゃんの話だった。龍一と真紀の結婚式の二次会で真紀がキレた時、司会者が「まあ、まあ」って適当にごまかしちゃったって、沙耶ちゃんが話してくれた。それを思い出した私の口から出たのは、

「まあ、まあ」

だった。みんな一斉《いっせい》にこちらを向く。すがるような目をしたコもいる。

「……えーっと、その、お料理さめちゃうからさ、食べようよ」

目の前のテーブルの上の料理を、私はチョンチョンと指さして言った。だって、他に

言うことを思いつかなかったんだもん。

その私の言葉を聞いて、すでに子どものいるコが慌てたように続けた。

「そっ、そうね。これなんか温かいうちに食べないと、固くなりそうだし」

そう言って、目の前の料理を取り分け始めた。それを見て、みんなも「そうそう」なんて言い合って、部屋に音と動きが戻ってくる。その時、

「私、少しだけど、さっきから時々お腹《なか》が張るんだ。だからもう帰る」

真紀がそう言って立ち上がろうとした。

「もう少し、食べていったら」

真紀の隣に座ったもう一人の妊婦のコが声をかける。

「お腹がこんなに大きいでしょ? 胃が圧迫されてるみたいで、食欲ないのよ」

立ち上がった真紀は、自分のお腹をなでながらそう言った。

「どうやって帰るの?」

私は、大きなお腹のことが気にかかって声をかけた。多分、ここまでは龍一に車で送ってもらったはず。

「龍一、呼ぶから。途中までは歩くわ。今日は散歩してないから」

真紀はバッグを手に取り、イスをテーブルの下に入れた。

「じゃあ、みなさん。ごゆっくり」

軽く笑みを浮かべた真紀は、あっという間に部屋を出ていった。みんながちょっと気まずそうにお互いの顔を見ている。

「みんなは食べててね。ちょっと送ってくる」

私はそう言って、真紀の後を追った。


カフェの外に出ると、数メートル先に、ゆっくりと歩いている真紀の姿が見える。

「真紀！」

そう声をかけると、彼女は立ち止まってこちらを振り向いた。軽くため息をついている。私は真紀のもとに駆け寄って、とりあえず、お礼を言った。

「あの、今日はありがとう。プレゼントも飾らせてもらうね」

下を向いていた真紀は、顔を上げて軽くうなずいた後、挑発的な目で私を見た。

「私の時にもご祝儀《しゅうぎ》もらったんだもん。お互い様でしょ」

どうしても言っておかなければならないことがある。だから真紀を追いかけてきた。

少しためらった後、私は口を開いた。

「加奈子のこと、怒ったり……恨んだりしないでね。加奈子は私が一番ひどい状態だった時のこと知ってて、私のために言ってくれただけだから」

軽く笑った真紀は、私から目をそらした。

「わかってるわよ。みんな、あんなふうに思ってるんだよね。香だって、今でも私のこと恨んでるんでしょ？」

　みんながどう思っているかはわからない。でも、私はもう真紀のことを恨んでない。だけど、みんなの前でさっきみたいなことを言って、せっかく集まってくれた友達を困らせたことは恨んでいる。私は返事をせずに、黙って真紀を見つめた。

「子どもができて、結婚が決まって……みんな、おめでとうって言ってくれてね。私、まわりからどう思われているのか、あんまり自覚してなかった。もちろん香と龍一の関係を知っている人からは、ええっ!?　て微妙な顔されたけどね」

　真紀はお腹《なか》に手を当てて話し続ける。

「あのコ——山田加奈子って、私、昔っから苦手でね。恨んだりしないわよ。もう関わり合いになりたくないって感じ」

　その言葉を聞いて私はほっとした。真紀が続けて言った。

「香、東京に住むんでしょ？　広輝が住んでるところって、あの有名マンションでしょ？」

　私はうなずいた。

「すごいわよねえ。とてもかなわない。正直言って、私、あなたの結婚を心の底から祝える気分じゃないのよ。かなり悔しいっていうか……」

　そんなことわかってる、って思ったけど、私は黙っていた。正直者だな、真紀は。

「この子のことも、香にしたらオメデトウどころじゃないでしょ？」

真紀はそう言って、なでていたお腹に目を落とす。

「そんなことないよ。私は今、ものすごく幸せだから。その子がいなかったら、私の今の幸せはなかったからね」

「ものすごく幸せか……。でも私だって、普通に幸せだからね。だいたい、あんたたちが結婚するってメールもらった時、じゃあ、私がキューピッドじゃないのって思ったんだから」

真紀は笑ってそう言った後、今度は小さな声で静かに言った。

「ちょっと距離置こうよ。香、私と関わるのいやでしょ？　私も香のこと考えると色々辛いんだよ。もっと年とって、私の性格が丸くなったらお茶でも飲もうか」

私は、今度は素直にうなずいた。――さよなら、真紀。


カフェに戻って個室に入ると、みんなが心配そうな顔で一斉《いっせい》に私に注目する。加奈子が勢い込んで聞いた。

「また、やなこと言われなかった？」

「うん。大丈夫。私は東京に行くし、ちょっと距離を置こうってことになった」

「それって……円満解決？」

「うん。円満解決！　加奈子、ありがとう。おかげでスッキリしたよ」

私がそう言うと、みんなは明らかにほっとした表情を浮かべた。

「みんなも、こんなことになってごめんね。でも、お料理、まだたくさんあるし、食べよう。私、スッキリしたせいか、急にお腹《なか》すいてきちゃった！」

私が笑顔でそう言うと、みんなも明るい顔で笑ってくれた。

「そうだね。ほら、香、これ、香が好きそうな味だよ」

自分の席に座った私に笑いながらお皿を手渡してくれる。

それからは、独身組の恋愛相談にみんなで勝手なアドバイスをし合った。そのうち、話題は会社のグチになる。上司のグチ、お局《つぼね》さまのグチ……。いつの間にか、朝ドラの話になり、料理の話になり……話題はコロコロと変わりながら、楽しい時間が過ぎて行った。

加奈子がデジカメを取りだした。

「みんな、プレゼントのデジタルフォトフレームに入れる写真、いっぱい撮るよー」

お店のスタッフにもお願いして、みんなで写真をたくさん撮った。

この日の写真には、もちろん真紀は写っていない。真紀からは、メールも電話もなくなった。真紀が無事に男の子を出産したことは母から聞いたけど、その時も、無事に産まれてよかったねって思っただけ。距離を置くという約束をしたので、私からメールを送ることもなかった。

そうして私の真紀恐怖症は、次第に薄れていった。


「意外と涼しいねえ」

送迎のリムジンに乗り込み、ホノルル空港を後にした時、久美子さんが言った。

「ほんとだな」

「もっと暑いのかと思ってたぜ」

「気持ちがいい陽気ねえ」

今年も残すところほんのわずかとなった十二月二十九日、現地時間の午前十時過ぎ。ここはアメリカ合衆国ハワイ州オアフ島。成田から七時間近く飛行機に乗っていたにもかかわらず、みんな元気だった。なぜかって？　それは飛行機に乗る前に、広輝がみんなに言ったから。

「今は二十九日の夜だけど、オアフ島に着いた時は二十九日の朝になるんだからな。そのまま観光に行くから、飛行機の中でちゃんと寝るように。飛行機で寝とかないと、みんなが観光してる時、車の中で寝ちまうぞ」

美しい海岸線、にぎわうカラカウア通りとその周辺の観光スポット——カメハメハ大王の像や『この木なんの木』のCMソングで有名な大樹なんかを見て盛り上がり、昼食も済ませて、ホテルにチェックイン。

その後、四人は買い物に行き、私と広輝は明日の挙式の打ち合わせに向かった。プランナーさんだけでなく、ヘアメイクさんも一緒に衣装合わせ。

日本にいた時、パソコンの画面を見て決めた衣装は、肩の出たスッとしたシンプルなデザイン。シンプルなだけに、繊細なレースで縁取られた長いケープや、ハワイの花で作ったブーケが映《は》えそうだと思ったから。パソコンでは外国人の美人モデルが着ていたので、ちょっと心配だったけど、私が着てもステキな衣装だった。

プランナーさんに、チャペルに案内され、挙式の前後に取る写真の希望スポットなどを決めて打ち合わせは終了。私はそのままエステルームに向かった。

夕食は、全員そろってホテルのレストランでとった。みんな、今日の買い物で、明日着るムームーやアロハなんかを買ってきたんだって。

ハワイでは、ムームーやアロハが正装として認められるって知った時は驚いた。でも、せっかくハワイで結婚式をするんだから、列席者の服装もいかにもハワイらしいのはステキなことだと思う。それに、母や久美子さんが、カラフルなムームーを着るなんて楽しいじゃない。やっぱり日本じゃできないもの。

食事をしながら、みんなは英会話を自慢し合ってる。

「ハウマッチとエクスペンシブでどうにかなるもんだねえ〜。アッハッハ」

久美子さんが豪快に笑う。

「ディスカウント、プリーズって言わなきゃソンねえ。日本じゃなかなか言えないけど、ハワイじゃ平気で言えるわね」

母も楽しそうに笑っている。

「もっとビキニの女がワサワサ歩き回ってると思ったのによ〜。浜まで行かなきゃいないんだな」

なんてことを父が言って、母に肘鉄を食らう。

兄は、あの芸能人を見たとか、この有名人がいたとか、そんなこと言ってはしゃいでいるし、みんながそれぞれに楽しんだようで嬉しくなった。

夕食後は、広輝と一緒にホテルのまわりを散歩がてらショッピング。広輝はおさえた色合いのアロハを購入。そして、私にはベビーピンクの可愛いムームーをすすめる。

「広輝のアロハなら大丈夫だけど、これは日本に帰ったら着られないでしょ？　だから、やめとく」

「もちろん、こんなの着て外なんか歩かせないよ。俺の前だけで着てくれよ。この可愛いピンク色、絶対おまえに似合うから。パジャマでもいいじゃん。ベッドの中で着てくれ。俺、絶対萌えるし、燃える。あ、今の二つ、漢字違うからな」

セバスチャンみたいなことを言った広輝は、無理やり試着室に私を押し込んだ。そして、試着室のカーテンの隙間から顔を出して私を眺めた後、突然キスして言った。

「それ、絶対に買う」

その後は、二人でビーチをお散歩。波の音を聞きながら手をつないで歩く。時々、重なる唇。

部屋に戻って、先に私がバスルームを使った。広輝と交代した後、お肌の手入れを済ませ、疲れたなあってベッドに横になって広輝を待っていたら——後は、記憶がない。

朝の光で目が覚めた。隣には広輝の背中。ふふ、広い背中だな、なんて思って……待って、私、夕べ……あれ？　でも、ぐっすり眠ったようで頭はスッキリとしている。ベッドから出ようとしたら、広輝が身じろぎをして、こちらを向いた。起こしちゃったみたい。ぐいっとベッドに引き戻されて、その腕の中に抱き込まれた。頭の上から聞こえる広輝の声。

「夕べはおあずけくらわされた」

寝起きのちょっとかすれた声。

「ごめん。疲れてたみたい」

私が謝ると、今度はすねたような声。

「買ってきたピンクのムームー着せていいことしようと思ったのに、グーグー寝てるんだもんな。色々やっても起きないし。つまんねーから、俺も早く寝ちまった」

「色々……って？」

恐る恐る、聞く。

「そりゃあ、色々だよ。チュウしたり、触ったり、匂いかいだり……」

「もう！　ヒロったら」

広輝の胸に顔をうずめた私。広輝は私の髪をなで、おでこにキスして言った。

「おかげでスッキリしたな。今日の午前中はおばさん二人組とショッピングセンターに行くんだろ。絶対大変だぞ。その後には、結婚式があるからな。今日は忙しいぞ。起きるか！」

そう、今日は十二月三十日。私たちのハワイウェディングの日だ。

想像していたよりもハワイの気温が低かったため、みんなはビーチで泳ぐことをあきらめた。挙式までの時間、父と兄は二人でダイヤモンドヘッドにハイキングに行った。母と久美子さん、それに私と広輝の四人は、アラモアナセンターへ。巨大なショッピングモールはまさに買い物天国だった。

広輝の言うとおり、おばさん二人組のショッピングはにぎやかなものだった。でも、二人で「派手すぎ」「それはあり」「日本に帰ったらなし」「最後かも知れないし」「後悔しないように」……お互いにあれやこれやとアドバイスしているから、私は広輝と二人でショッピングを楽しんだ。

途中で雨が降り始めたけど、あらかじめプランナーさんに聞いていたとおり、短時間でやむスコールだった。

「夕立ちでよかったねぇ」

雨が通り過ぎた後に空にかかった大きな虹を見ながら、久美子さんが言った。

昼食を済ませてホテルに戻り、シャワーで汗を流した後、私は挙式に臨むために、みんなより一足早く美容室に向かった。

扉が開いてチャペルに入った時、鳥肌が立った。

正面に立つ牧師様の後ろ、大きな窓に映るのは、明るい夕焼けの空とその下に広がる海。チャペルの中は、数え切れないほどのキャンドルの炎がオレンジ色に揺れ、キラキラと輝く光であふれていた。パイプオルガンの音色に合わせた讃美歌、静かなチャペルの中にシンガーの伸びやかな歌声が響く。おごそかな気持ちになり、私は涙が出そうになった。

アロハシャツを着た父と一緒にバージンロードをゆっくりと進む。前方には、白いタキシードの広輝が立って、私を見つめている。その胸に飾られたピンクの花は、私のブーケにも使われているプルメリアの花。広輝のもとにたどりつき、私の手は、父の腕から離れて広輝の腕へ——それは、私の人生が広輝にゆだねられ、広輝がそれを受けとったということ。胸が高鳴り、喜びとともに涙が込み上げてきたけれど、ぐっとこらえて私は顔を上げた。牧師様が微笑みながらゆっくりとうなずいた。

聖書の朗読、誓いの言葉、指輪の交換——全てが夢の中の出来事のように進んでいった。私のベールをそっとめくった広輝が、頬にキス。二人で小さく微笑み合う。頭を下げた私たちに、牧師様が結婚の成立を宣言した。結婚証明書へ署名をして、広輝と私の二人は、歌声と拍手に送られて退場。扉を出ると広輝が私の手をギュッと握った。見上げると、やわらかな笑顔でうなずく。何も言わないけれど、広輝が私を愛しく思う気持ちが伝わってきて、もう涙をこらえることができなかった。

しばらくして、家族もチャペルから出てきた。母と久美子さんもハンカチで涙を押さえていた。

「素敵な式だったわね」

母が私に向かって微笑みながらそう言って、ハンカチを手渡してくれた。その隣では久美子さんが、何も言わずに何度もうなずく。涙目だ。

「久美子さん、これからサンセットをバックにして、写真撮るんだからね」

ハンカチで目元を押さえながら私がそう言うと、同じく目元を押さえながら久美子さんは顔を上げた。

「嬉しくってね……ああ、化粧が流れちまうよ。あのキラキラの教会の中も写真撮らなきゃ。キレイなもんだねぇー、感心したよ」

その時、プランナーさんから声がかかった。

「夕日が一番キレイな時間に写真を撮りますから、みなさん、急いでビーチに行きますよ」

みんなと急いで外に出る。挙式のリハーサルが始まる前、みんなもドレスアップを済ませ、まだ明るいビーチやチャペルで写真を撮った。それぞれが首にレイをかけて、笑顔いっぱいの写真。その時とは、がらりと雰囲気が変わっている。今、この瞬間、まさに沈もうとしている太陽。

「カメラマンさん、逆光で撮ってちょうだいね。化粧がくずれててもわかんないようにね」

久美子さんはそう言ってみんなを笑わせた。

この時の、夕日に浮かぶシルエットだけの広輝と私の写真は、すごく素敵だった。

それから、慌ただしくウェディングドレスを脱いで自分のワンピースに着替えると、みんなでディナービュッフェに出かけた。大きな水槽で泳ぐ魚の群れを見ながら、おいしいシーフードをたっぷりと食べた。みんなは挙式の時のままでアロハシャツやムームースタイル。広輝も昨夜買ったアロハに着替えている。広輝が兄のアロハを見て言った。

「徹、そのアロハの柄いいな」

兄が着ているのは、黄成りの生地にハワイの島々の地図やヤシの木、魚なんかがプリントされているアロハだ。確かにいい感じ。兄は得意満面といった顔でアゴを上げた。

「だろ。あの大量のアロハの中から俺様のセンスで見つけ出したんだ。弟よ、店を教えようか?」

「お兄ちゃまとのおそろいは、いやすぎるから、ぼく、いい」

広輝はおどけながら首を横に振った。

母のムームーは父のアロハとおそろいの生地。紺地に白いハイビスカスの花模様。

「お母さんたちはおそろいなんだね。それ、日本でも着られそうだね」

そう言った私に、やはり父は得意げに胸を張る。

「だろ。俺様のセンスで見つけ出したんだ」

「あら、店に入って一番先に見つけたやつよ。店頭のマネキンが着てたんだもん」

母が笑っている。それを聞いた久美子さんも言った。

「私のだって目立つだろ」

久美子さんのムームーは、紫色。色とりどりの大きな花と葉がプリントされている。

広輝が軽く顔をしかめた。

「目立つ目立つ。それだけ派手なら」

「ビキニは日本じゃ着られないからやめろって、ヒロが言ったからさ。その分ムームーだけでも派手にしておこうと思ってね」

「でも、そのムームーだって日本じゃ着られないだろ？」

あきれた顔をしている広輝を眺めながら、久美子さんは真顔で言った。

「やだねぇ。着るに決まってんだろ」

「うそだろ？　やめてくれよ……」

ため息をつく広輝。さすがに、その格好では近所のスーパーに行くだけでもチャレンジャーだと私も思うよ、久美子さん。

「健康ランドなんて、みんなこんな格好だよ」

なんか、ホント、久美子さんにはかなわないなぁ。私は嬉しそうな顔をしている久美子さんを見て、つい声を上げて笑ってしまった。

食事後、まだブラブラしたいと言い出したみんなと別れて、私と広輝は先にホテルに戻った。

部屋に入って広輝と二人きりになると、無事に挙式が終わったことに心底ほっとして、思わずベッドに座り込んだ。やっぱり私、かなり緊張していたみたいだ。

「疲れただろ」

広輝は私を抱きしめて、そっと優しいキスを落とす。

「ここに連れて来てくれてありがと。みんなも楽しそうでよかったよね」

広輝は優しく笑った。

「今日の香のウェディングドレス姿、すっごくキレイだった。俺、おまえのウェディングドレスの写真、撮れてよかったって思ったよ。やっぱ記念になるしな」

広輝の顔を眺めながら、私も昼間思ったことを素直に口にする。

「広輝も、白いタキシードすっごくステキで……えへっ、私見とれちゃった」

そう言って、二人して微笑んで見つめ合う。

「あ～、俺たち、バカップルだなぁ。まあ、結婚式の当日ぐらい、いいか」

私もうなずいた。

「ほら、疲れてんだから、早く風呂入ってこい」

広輝にそう言われて、私は素直にバスルームに向かった。

しばらくして、部屋に戻った私と入れ替わりに、バスルームへ足を運ぶ広輝が、私に言った。

「今日は、ちゃんと起きてるんだぞ。それから、昨日のムームーを着て、髪は乾かすこと」

まるで、子どもに言い聞かせてるみたい。

あっという間にバスルームから出てきた広輝は、腰にバスタオルを一枚巻いただけ。

髪の毛なんか、適当に拭いただけって感じ。

私はタオルを手に取って、笑いながら背伸びをして広輝の髪を拭く。

「もう〜、ちゃんと拭かなきゃだめじゃないの」

「また先に寝られちゃかなわないからな」

広輝は私が着ているピンクのムームーを見ながら言った。

「やっぱ、この色、香に似合うな。おまえの肌の色に合ってるんだな」

手を伸ばし、ムームーから出ている私の肌を、首筋から胸元まで、指でたどる。そして私を横抱きにすると、ベッドに横たえた。両手でムームーの肩部分の布地を下ろし、私の肩をむき出しにする。そして肩に小さく口づけた後、ズルッとムームーを下ろした。

肩や胸元にシャーリングのゴムが入っているだけのムームーは、下から引っ張ると簡単に私の体から取り去られ、私はショーツ一枚になる。胸元に広輝の頭が下りてきて、私の乳首をその唇が包んだ。

「あん……」

　私の唇から声がもれる。

　私の乳房は、広輝の大きな両手に包まれて柔らかくもみしだかれる。その間も乳首は、広輝の唇に包まれたまま舌で優しく刺激を与えられた。胸元にある広輝の濡れた髪に手を置いて、私は身を任せていたが、時々吐息をもらすだけの唇がさみしくなる。広輝の髪に触れる自分の指に力を入れ、私は小さな声で言った。

「ねえ……、ヒロ、キスして……」

　広輝は動きを止めて、私の胸元から顔を上げる。そして優しく微笑んで、私の髪をなでた。テーブルランプの柔らかなオレンジの明かりに浮かぶ広輝。乱れた髪が野性的だ。

　私はしばらく広輝を見つめた後、ゆっくりと目を閉じた。ちゅっと一瞬だけ触れて、すぐに離れる広輝の唇。もっと欲しくて、私は薄く目を開ける。ゆっくりと押しあてられる柔らかい唇。でもまた離れてしまう。そして熱い唇が、ようやく私の唇を包み込んだ。柔らかくうごめく広輝の唇。さみしかった私の唇を満足させてくれた後、広輝の舌が、力が抜けてゆるんだ私の唇から入り込み、私の舌を捕《つか》まえ、からまった。

　とにかく広輝に触れていたい。私はその背中に手を回す。広輝の唇は、私の唇や首筋、耳……と、まんべんなく満足させていく。いつの間にか私のショーツの中に入り込んだ指は、私の一番敏感な部分を満足させてくれた。

——私の中に入り込み、ゆっくりと動く広輝。その腕に抱きしめられて胸に閉じ込められると、安心する。広輝は私の手を取り、甲にちゅっと口づけた後、指と指をからめて私の耳元でささやく。

「一生、離さないからな……好きだよ……」

気持ちを伝えてくれようとしているのを感じる。私も広輝の指を握って、乱れた息の中で懸命に答えた。

「うん……離れない……私も、好き……」

広輝がゆっくりと動きながら、

「おまえの中、すっげえ気持ちいい……」

そう言ったあたりから、広輝の吐息とささやきを耳に感じても、私の返事は嬌声《きょうせい》だけになる。腰がゆるゆると動いて、広輝を求めてしまう。潤んだ瞳で、広輝を見つめて言った。

「もっと……もっと、して……お願い」

私を見下ろす広輝と目が合った。広輝は優しく笑って、その動きを止めた。

「そのセリフ……もっと言わせたいけど、そろそろ俺も限界……」

私にゆっくりとキスをする。その笑顔を見たら胸が切なくうずいて、自分の中がキュッと広輝をしめつけたのを感じた。

「うう……中がからみつく……」

広輝は低い声でつぶやいて、大きく腰を動かした。

「ああ……いい……！」

私は広輝の広い背中に腕を回す。広輝の動きは次第に激しさを増していく。私は首を左右に振って意識を保とうとしたが、広輝に「いけよ……」と、耳元でささやかれ、あっけなく意識を手放した。

私が満たされたことは、上げた声によって、広輝に十分に伝わったと思う。

こうして、二人のハワイでの甘い夜は過ぎていった。

翌日、十二月三十一日は、実質的にハワイで過ごす最後の日。明日、一月一日は、早朝の便に乗って帰国するだけだから。最後の一日は、朝から全員でオアフ島の観光地を訪ねた。

リムジンに乗り込み、ドールのパイナップルパークへ。

赤い大地に広がる一面のパイナップル畑に歓声を上げ、小さな赤い列車に乗り込んで歓声を上げ、パイナップルのアイスクリームを食べ、全員で子どものようにはしゃいだ。

顔の部分がくりぬかれたパイナップルの看板から顔を出し、写真を撮るのは父と兄と久美子さん。お土産《みやげ》コーナーも広くて、パイナップルのジャムやTシャツを買った。

午後は、父の希望でパールハーバーへ。

多くの外国人が訪れていて、日本軍がしかけた奇襲攻撃の記録映像と、それによって始まった第二次世界大戦の開戦当時の映像が大画面に映し出されている。泣いている年配の外国人女性もいる。沈んでから七十年以上経つ戦艦からいまだに油が浮き出し、海面を漂っている。戦没者の慰霊碑を眺めながら、兄がしんみりとした声で言った。

「高校の修学旅行でさ、沖縄の摩文仁《まぶに》の丘に行っただろ？」

広輝は「ああ」とうなずいた後、続けて言った。

「あそこにも戦没者の名前が書かれた慰霊碑が、延々と並んでたよな……」

私も広輝も兄も、同じ高校の出身。修学旅行では沖縄を訪ねた。沖縄でも、名護《なご》のパイナップルパークを訪れて戦争の跡地をめぐった。あの時は、慰霊碑に書いてある名前を見て、こんなに大勢の日本人が戦争で死んだことに驚いた。それはアメリカ人のせいみたいな気がしたんだけど、ここでは反対なんだな、って思った。

「おやじ、ここに来てよかったよ」

兄がそう言って、広輝もうなずく。

「そうだな」

父は、静かにそう言った。

大晦日《おおみそか》の今日は、ホノルルは年越しパーティーで混雑するって聞いていたので、早めにホテルに戻った。

夕方五時にはホテルのカウントダウンディナーへ。豪華な食事と、ハワイアンバンドの生演奏やフラダンスで盛り上がり、特に、色っぽい金髪のお姉さん五人組が、客席の間を優雅に踊りながら歌うショーに男性陣は大喜び。広輝と兄はホッペにチューされ、父もアゴの下をなでられて鼻の下を伸ばしていた。

部屋に戻った頃には、窓の外から爆竹の音が聞こえ始めた。ハワイの年越しは日本の年越しとは大違い。時間が遅くなるにつれて、町が爆竹の音と煙に包まれ、ビーチは人であふれ、陽気な音楽が鳴り響く。午前零時が近づいてくると、ビーチからカウントダウンの声が聞こえてきた。

私と広輝はバルコニーに出て、目の前の海を見つめ、その時を待っていた。沖合《おきあい》に上がる花火。豪華な打ち上げ花火に海面がキラキラと輝く。聞こえてくる大きな歓声。

「明けましておめでとう」

私たちの声が重なった。

「今年も……いや、来年もそれから先もずっとよろしく」

広輝がそう言って、私たちの唇は重なった。

翌朝、朝食の席で、兄から話を聞いて驚いた。

昨夜のカウントダウンの時、父と兄は二人でビーチに繰り出したんだって。ボインボインのお姉ちゃんとダンスしたって、兄は大喜びしている。

「ハワイ、いいとこだな～。また来たいな～」

なんて、父も浮かれている。それを聞いた久美子さんも続ける。

「毎年、どっか行きたいねぇ。ヒロどうだい？」

でも、広輝は、澄ました顔をして言った。

「無理だね。俺、香には早く子ども産んで欲しいから」

真っ赤になる私。なぜか……母まで。

「そうか、子どもができたら、当分海外旅行は無理だね。でも、孫もいいよねぇ～」

久美子さんは父に向かってそう言った。

「孫!?　するってえと俺はおじいちゃんか？　それもおもしろそうだな。おい、香、早く子ども産め」

父は、私に向かってニヒヒと笑った。

そんなことを言われても返事ができない。私の代わりに兄が口を開いた。

「なら、俺はおじさんか？　おじさんなんてやだぞ。徹にいちゃんって呼ばせるからな」

「勝手にしろよ。俺は早くパパって呼ばれたいなあ。香、パパとママでいいよな？」

広輝はそう言って、甘い笑顔を私に向けた。つられて私たちみんなの顔にも笑みが浮かぶ。何だか、私たちのテーブルのまわりだけがピンク色に染まっているみたい。


元日の朝、ホノルル空港を出発し、日本に着いた時は時差の関係で一月二日の夕方になっていた。来週からは仕事だ。日本の冷たい空気の中で、私は気持ちを引き締めた。


梅雨《つゆ》の真っ最中だというのに、今日の東京はいい天気で蒸し暑かった。ハワイでの挙式が済んでからの三か月で仕事の引き継ぎを済ませ、私は退職した。広輝のマンションに引っ越してすでに三か月が経つ。ようやく最近、専業主婦の生活に慣れてきた。

出かけたついでに、買い物を済ませマンションに戻る。冷蔵庫に食材をしまい込んで時計を確認すると、五時を少し過ぎてしまっている。大急ぎでテレビの電源を入れ、お目当ての番組にチャンネルを合わせた。

『奥様、こんばんは。サッカー王子ことセバスチャンです。今日は晴れて暑かったですねえ』

ああ、間に合った。テレビ画面に映るのは、スーツ姿のセバスチャン。相変わらずのイケメンぶりを発揮している。ウワサによると、彼の微笑みに悩殺された奥様方が続出しているらしい。

毎日夕方に放送されている情報番組。その中で、天気予報や奥様におすすめのショップ情報などを、外国人男性が日替わりで担当している。彼らは『金髪特派員』と呼ばれ、本日水曜日の担当は、なんとセバスチャンなのだ。

今、セバスチャンは、ヒロスポーツクラブで子どもたちのサッカーのコーチをしながら、毎週水曜日にはテレビに出て、タレント活動をしている——

話は、昨年の秋にさかのぼる。

ヒロスポーツクラブでは、セバスチャン人気で、オタク系女性会員が増え、それにともなって彼女たちの友人知人の会員も増えていった。若い女性会員が増えると、男性会員も増える。サッカースクールの方も母親と見学に来た子どもたちが高い確率で入会するようになった。

美形外国人の威力に目を付けた広輝は、外国人専属モデルクラブに営業をかけ、法人会員契約を結ぶことに成功。以来、ヒロスポーツクラブでは、外国人モデルの男女がフイットネスマシーンを使ったり、プールで泳いだりする光景が日常的になった。

日本人の会員たちはセバスチャンの存在で外国人に慣れている。気軽にモデルたちに声をかけ、陽気なモデルたちもカタコトの日本語でそれに答え、両者はうまくなじんでいった。

結果、美形外国人モデルと、和気あいあいと体を動かすことができるクラブ――と、密かに評判となり、会員増加につながった。

一月に入って、そのモデルクラブでインフルエンザが流行《はや》った時、所属モデルの中にいた金髪特派員が、高熱で番組に出演できなくなったのだ。ダウンした金髪特派員の彼は、自分の代理をスポーツクラブで仲良くしていたセバスチャンにお願いした。セバスチャンはいつもの調子で「いいですよ～」と気軽に答えて、気楽に代理を務めた。

もともと、いい意味で気の抜けたその情報番組。セバスチャンはその日、漫画とゲームが大好きなレギュラーコメンテーターの女性作家と意気投合し、番組を盛り上げるのに一役買った。

見た目はまるっきり外国人。しかも王子レベル。日本語はバッチリだけどちょっとイントネーションの怪しいところが愛嬌《あいきょう》があると、テレビ向けな条件がそろっている上に、日本語の原稿が読めるセバスチャン。

四月の番組改編で、晴れて週一レギュラーの金髪特派員に決まった。もちろん、ヒロスポーツクラブでもセバスチャンは、オタク女子から年配のご婦人まで、相変わらず高い人気を誇っている。

そんな諸々《もろもろ》のことが良かったのか、最近のヒロスポーツクラブは設立時の想定より会員がはるかに増えて、マシーンが足りなくなったり、ロッカーやシャワールームが混雑する問題が出ているみたい。

その対策と合わせて、サッカー少年育成のプロジェクトも動き始めているし、とにかく今の広輝は大忙し。嬉しい悲鳴だって笑っているけど、疲れているのがそばにいるとよくわかる。そういう時、私がここに来てよかったなって思う。身の回りのことや家のことでわずらわせることなく、広輝に仕事に集中してもらうことができるし、おいしいご飯を作ってあげられる。

「せっかく一緒に住み始めたのに、忙しくてゴメンな。でも、おまえが家にいてくれて、俺、本当に助かってる」

広輝から、そんなふうに言われちゃった私は、毎日張り切って家事にいそしんでいるのだ。

でも、本当は寂しいんじゃないかって？　幸い、まだそう感じたことはない。だって、毎日、広輝と会えるんだよ。このところ本業が忙しくて、サッカー解説なんかの出張はないから、毎日広輝が帰って来る。それに、もし結婚していなかったら、今のように忙しい広輝とは会うことすらできなかったかもしれない。そう考えれば、十分幸せ。

それに、なんだかんだとお客様が多い。加奈子が当たり前のようにやって来るのは想定の範囲内。

でも、意外だったのは遠藤さん。私が広輝との結婚を打ち明けた時は、「だまされたー」ってホッペを思いっきりふくらませていた。怒らせちゃったし、私は仕事も辞めちゃったから、彼女とは縁がなくなるかなって寂しく思っていたけど、そんなことは全くなかった。

時々東京に来ては、お買い物に引っぱり回されたり、回したり。でも一度、広輝に会った時は、

「やっぱ本物も素敵……」

って……漫画だったら、絶対に目をハートで描かれちゃうような顔をした。

「あっ、とったりしませんから、安心してください」

慌ててそう言ってくれたけど、ちょっと心配。ほんのちょっとだけどね。

今では納豆も食べられるようになったセバスチャンも、時々広輝に連れられてご飯を食べに来る。

もちろん、私の家族も。両親だけじゃなくて、兄まで。久美子さんは、観劇に来た時と新大久保のコリアンタウンに来た時の二回、ここに泊まった。今までみたいに会えな

くて寂しいからもっと来て、って言った私に、

「あんまり新婚さんの邪魔すると、ヒロに怒られちまうからね」

って、久美子さんはウインクしながら答えた。

このエリアには、何棟かマンションがあって、その中にはサッカー選手の家族も住んでいる。広輝を通じて交流が始まっているが、意外なことに、その奥様の中には私と同じようなタイプの人がいた。そう、家庭科部にいるような、料理や手芸が好きな奥様。今は、その奥様と徐々に仲良くなっている途中。それに、来年の今頃は、私はもっと忙しくなっているはず。うふふ……

『……明日のお天気は、引き続き晴れるでしょう。降水確率は、午前が……』

あっ、セバスチャンがお天気を読み始めた。もうすぐ六時だ。これが終わったら、夕食の支度《したく》に取りかかろう。今日のメニューは――ナスの煮物、イカ炒め、ピーマンの肉詰め、それに野菜サラダ。

広輝は忘れてるかもしれないけど、私にとっては思い出のメニュー。さっきメールで、七時半には帰れそうって、連絡をくれた。いつもと比べると、今日はずいぶん早い。嬉しいな。

「ただいまぁ。ああ～、疲れた」

広輝は帰るなりそう言って、私にギュウッと抱きついてきた。

「ああ～、腹減った。ん？　今日もいい匂いだな～、今日のご飯はなぁにかな？」

はずむようにそう言って、テーブルの上を見た。今日は、いつになくゴキゲンみたい。

「おお、ピーマンの肉詰めに、ナスの煮たのだな。それに――ああ、俺の好きなもんばっかりじゃねえか！　ん？　この組み合わせは……」

テーブルの上を見て、広輝は目を輝かせた。

「おまえが、初めてここで料理作ってくれた時と同じだな」

「よく覚えてたね！」

嬉しくて思わず笑みを浮かべた私を、広輝はもう一度抱きしめた。

「あの時、おまえの作った夕飯を食って、風呂入って……色々とな、思ったんだ」

広輝はそう言いながら、見上げたままの私にキスをした。そして私を抱きしめていた両腕をほどき、ネクタイをゆるめてダイニングテーブルのイスに座る。

「ご飯ちょうだい。ご飯」

隣のイスにネクタイをかけてワイシャツの襟もとを開き、ニコニコと催促する広輝。

私は笑いながら、炊飯器のフタを開けた。

「いただきまーす」

さっそく食べ始める広輝。私もテーブルについて広輝に聞いた。

「お風呂で色々思ったことって、どんなこと？」

「ん？……ああ、一年前、これと同じ料理食べた後、風呂に入って、うまかったな〜。香と結婚したらこういう生活になるんだな〜。香と結婚したいな〜って」

テーブルの上を見ながら、広輝が言う。

「えっ、あの時、もうそんなふうに思ってくれてたの？」

「ああ。風呂の中で、俺たちの出会いは奇跡だって、思ったんだよ」

「ええ！　奇跡？　私たちって、家が隣同士で……それって奇跡っていうより、偶然って気がするけど？」

広輝がめずらしくロマンチックなことを言ったのに、私ったらそんなふうに答えてしまった。

「その偶然が奇跡なんだよ。考えてみな」

広輝は真剣な顔をして続けた。

「隣同士に生まれるって、すごい奇跡だぞ。このでっかい地球上で、ちょっと西にずれたら、おまえは中国に生まれてたかもしれないだろ？」

「やだ、大げさな〜」

笑いながらそう言った私に、広輝も笑って続けた。

「中国まで行かなくても、北海道とか、隣の県とか、隣町とか、ほんの少し生まれてくる場所が違ってたら、俺たちは会ってなかったかもしれない」

広輝はそう言って、大きな口を開けてピーマンの肉詰めをまるごとほおばり、言葉を止めた。相変わらず気持ちがいい食べっぷり。

「それにな、長い歴史の中で、ちょっと時間がずれたら会えなかったかも。生まれるのが百年違ってたら、会ってさえいなかっただろ？　俺は香よりひと月後に生まれたけど、もし十年遅く生まれてたら、恋愛対象にすらならなかっただろ？」

そうなると、広輝はまだ高校生だ。

「俺が徹の立場で生まれて来てもダメだし……な？　奇跡だろ？」

食べながら、なんてことない調子で話す広輝。だけど、私はその話に感動してしまった。広輝との出会いが奇跡だなんて。それなら……これは奇跡の続き。

「あのね、報告することがあるの」

「ん？」

顔を上げて優しい目で私を見る広輝。

「私たち、クリスマスの頃には、パパとママになるみたい」

広輝は、持っていたお茶碗とお箸をテーブルの上に置いた。

「それって……」

「うん。今日、病院に行ってきた。ここに赤ちゃん、いるって」

私は自分のお腹《なか》に両手をそえた。広輝の顔に笑みが広がっていく。

「よくやった、香！　よくやった、俺！　バンザーイ！」

立ち上がって両手を高く挙げる広輝。その後ろには、大都会の夜景がキラキラと輝いていた。

書き下ろし番外編

旦那サマは心配性

八月になり暑い日が続いている。

安定期に入った私は体調も良く、穏やかな妊婦生活を送っていた。

近頃はこのマンション周辺の様子に詳しくなり、そのおかげで赤ちゃんの誕生がますます楽しみになっている。

というのも、都会の真ん中なのに、このエリアは子育て環境がすごく整っていることがわかったからだ。キッズルームや授乳の施設があちらこちらにあるのはもちろんのこと、頻繁に子ども向けのイベントが行われている。ベビーカーを押すお母さんの姿を見かけることも多い。

可愛い赤ちゃんを目にするたびに、勝手に頬がゆるんでしまう。

一方、前々から子どもが欲しいと公言していた広輝は、私の妊娠を知った瞬間、大喜びでバンザイをした。それからというもの、彼は今まで以上に過保護ぶりを発揮して私の世話を焼いてくれる。

悪阻《つわり》の時、短い期間ではあったが私はフルーツしか口にできなかった。その間、我が家の冷蔵庫やキッチンのカウンターには高級果物がゴロゴロしていた。もちろん広輝が買ってきたものだ。

広輝は自らフルーツの皮を剥《む》いて一口大にカットし、フォークに刺して、「香、はい、あ〜ん」と私の口元に寄せた。私は雛鳥《ひなどり》のように口を開け、芳醇《ほうじゅん》な香りのフルーツを食べ続けた。そのおかげか、あまりバテることなく悪阻を乗り越えることができた。

やがて私の体調が良くなると、広輝の関心はお腹《なか》の赤ちゃんにも向けられ、胎教が始まったのだった。

今日は久しぶりの広輝の休日。

その広輝が今何をしているかというと……

クラシック音楽が流れるリビングで、私と並んでソファ座り、膨らみ始めた私のお腹を優しくなでながら話しかけている。

「……おーい、パパだよ」

「大きく育てよ。待ってるからなぁ」

「早く出てこいよ」

ん？　私はその言葉に首をひねった後、慌てて言った。

「ちょ、ちょっと待って！　今出てきたら困るでしょ……」

「あっ！　うそうそ。まだそこにいるんだぞぉ」

焦ったようにお腹《なか》に口を寄せる広輝。

彼はひとしきり私のお腹に向かって話しかけた後、すっくと立ち上がりつぶやいた。

「よし……次のプログラムだ」

そしてバッグから何かを取り出し、再び私の隣に座る。

「香、これを見に行かないか？」

差し出されたのはエリア内にある美術館のチケットだった。

友人の加奈子に影響されて、絵画鑑賞は私の趣味の一つになっている。ところが、せっかくすぐそこに立派な美術館があるというのに、先日までは悪阻《つわり》で気分が冴えず、足を運ぶことができずにいた。

「わあ！　これ見たかったの！」

声を上げて広輝を見ると、嬉しそうに微笑み、私の頭を抱き寄せる。

「母親が嬉しいと、お腹の子どもにもわかるんだってさ。俺は今まで以上に香を喜ばせないとな……」

そう言って広輝は首を傾け、すくい上げるように私の唇にキスをした。私は目を閉じて唇を受け止める。

優しいキス。やがて唇に温かく湿った感触を感じる。広輝の舌が私の唇をたどっているのがわかった私は、小さく唇を開いた。二人の舌先が触れ合うと、頭の後ろと背中に回された広輝の手に力がこもる。でも抱きしめる腕の力は優しい。

私の口内に広輝の舌が入り込み、柔らかくからまるとその心地よさにうっとりする。

広い胸に抱かれキスされていると、頭の中が広輝のことでいっぱいになる。もっと彼にくっつきたくて、その体に腕を回しぎゅっと抱き着いた。

ところが、広輝はすぐに唇を離し、私の耳元でささやく。

「……その気になっちまうところだった」

そして私の顔を見て小さく笑う。

「そんな顔すんなよ……」

そういう広輝も切なげな目で私の顔を見つめている。彼はしばらく私の髪をなで、最後に鼻の頭にちゅっとキスをした。

「さあ、支度《したく》をして出かけよう。……あっ、靴は歩きやすくて滑りにくいものを履《は》くんだぞ」

美術館で開催されている企画展は、百五十年ほど前のイギリスの絵画コレクションで、なかなかの盛況ぶりだった。

「へえ、スゴイなあ。上手いもんだ」

広輝は展示室に足を踏み入れるなり、心底感心したようにつぶやいた。それを聞いてほっとする。私の感想と一緒だ。

美術鑑賞が趣味だ、なんていっても、私だって難しいことなんてわからない。一見しただけでは何が描かれているのか理解できない絵の前で、題名と絵を見比べて首をひねることも多い。それはそれで勝手に想像して楽しめるのだけれど、今日のように写実的で美しい絵を見ると、単純に目が喜び、画家の技量に感心し、感動で胸が躍る。

それに、この企画展なら広輝と一緒に楽しむことができそうで嬉しい。

一番人気の目玉作品の絵を見ながら広輝が素直な感想を口にした。

「さすがに俺でも知ってる有名な絵だけのことはあるな。綺麗だなあ、上手だなあって思うだけじゃなくて、妙な迫力があって俺でも感動する」

そしてポツリと続けた。

「……こういう感動ってお腹《なか》の中に伝わるかな？」

「うん。絶対赤ちゃんも喜んでいるよ」

広輝を見上げて笑顔で答えると、彼は私のお腹に視線を移し、優しい目をして笑った。

夢中になって絵に見入っていると、肩にふわりと麻のジャケットがかけられた。

「少し冷えるな……」

広輝の言葉で急に肌寒さを覚える。

美術館は作品を保護するために気温や湿度が一定に保たれている。そのために夏でも寒い場合がある。

今日の私は外の暑さに油断して薄いワンピース一枚だった。

肩から温かさが広がる。少しだけ広輝の匂いがして、彼に包まれているようでほっとする。

時折、広輝のことを振り返って見る人がいたり、「あれってサッカーの……」なんて声が聞こえてきたけれど、特に話しかけられることもなく、作品を堪能《たんのう》することができた。

展示室内に置いてあるソファで短時間の休みを取りながら、一時間ほどかけて見て回る。

順路の最後は女性が描かれた大きな絵だった。

「美人だなあ……」

広輝の言葉にうなずく。目鼻立ちのくっきりとした女性が体をひねってこちらを向いている。艶《つや》やかに輝く黒髪、真っ赤な唇……本当に綺麗な人。

これを描いた画家がこの女性のことが好きだということが、見る者に如実《にょじつ》に伝わってくる。私は感嘆の息を漏らして絵を見つめた。

「そろそろ疲れただろ？　体、大丈夫か？」

顔を向けると、心配そうに私の顔を覗き込む広輝。その瞳を見ると、私のことを大切に思い、守ろうとしてくれているのが手に取るようにわかる。

この絵を描いた画家もきっとこんな風に彼女に声をかけたかもしれないな。

そんなことを思いながら広輝を見上げて微笑んだ。

展示室を後にして、混雑するお土産《みやげ》コーナーを抜けて廊下に出ると、広輝が壁に貼られたポスターを見ながら言う。

「展望レストランで展覧会特別コースのランチが食べられるのか……。どうする?」

「行く!」

私は間髪をいれずに返事をした。美術館に併設されているレストランでは、その時の企画展とコラボレーションした特別メニューが提供されることがある。

有名シェフが監修することが多く、味の素晴らしさもさることながら、絵画の作品名が付けられた料理やスイーツは美しく一見の価値がある。

私たちはレストランへ向かい、奥のテーブル席に案内された。

窓に目を向けると、白く光るような空が見える。薄暗い展示室で過ごした目にはまぶし過ぎて、窓際に座る人々は大丈夫なのかと心配になるほどだ。

やはり料理は美味しいだけでなく、絵画に見立てた盛り付けが美しく、先ほど見たばかりの絵の余韻に浸《ひた》りながら楽しむことができ、大満足だった。

ランチの後、もう少し広輝と一緒にぶらぶらしたかったんだけど……

「お前の体が心配だから、一旦家に戻ろう。今日は休みだから、また後で来ることもできるし」

眉を寄せた広輝が大真面目《おおまじめ》な顔で言うので、私はうなずくしかなかった。

家に着くと、広輝は私を寝室に連れて行った。

「長いこと立っていたから、少し横になれ」

「もう……ヒロったら心配しすぎ。私、ピンピンしてるよ」

苦笑いでベッドに腰を下ろすと、広輝は心配そうな顔のまま私のお腹《なか》に手を伸ばした。

「お腹きゅってなってないか？　赤ちゃん、ちゃんと動いてるか？」

「うん。さっきエレベーターの中でポコッて蹴られたよ」

「そうか……よかった」

広輝は安堵《あんど》したように息を吐き、優しくお腹をなでた。

「ヒロ、今日はありがと。あの企画展見ることができてよかった」

「俺もだ。思ってた以上に面白かったよ」

「うん。ヒロとデートしてるみたいで凄く楽しかった」

広輝がクスッと笑った。

「デートだろ？　夫婦だって」

「そっか。そうだね……」

私は広輝の肩にトンと頭を載せる。

「ねえヒロ……また連れてってね」

自然に甘えた声が出た。

「ああ……」

広輝が私の頭を抱き寄せ、髪にキスをする。私は広輝の体に腕を回した。しばらくそうしていると、広輝が低くささやいた。

「今は安定期だから……香に手を出してもいいんだよな?」

途端に体が熱くなる。私は頬を染めて「うん」と小声で答えた。

広輝は笑顔になると、私の背を支え、そっとベッドに横たえた。すぐに唇がふさがれる。やがて口内に入り込んだ舌が、私の舌をからめ取り動き回った。激しさはないけれど、熱を感じる。私の頬に添えられた広輝の手のひらが熱い。

やがて広輝の唇が頬を滑り、私の耳たぶを包み込んだ。

「あん……っ」

小さく声をもらしたら、広輝は動きを止めた。そしてがばっと身を起こし、頭を左右にぶんぶんと振った。

「……やっぱり心配だ。何かあったら困るし……」

え～、私、その気になっちゃったのに……

横目で見ると、広輝は頭を抱えている。

思わず笑みが浮かんだ。

私たちの赤ちゃんが生まれるまで、この広輝の心配性と過保護は続くはず。これは広輝の愛情なのだから、ありがたく思って堪能《たんのう》しておかなくっちゃ。

赤ちゃんが生まれてきたら、今度は全力で赤ちゃんに愛情を注ぎこむのだろう。その光景が目に浮かぶようだ。

私はそっとお腹《なか》に手を当てて、心の中で話しかけた。

すくすくと大きくなってね。みんなあなたのことを待ってるよ。おばあちゃんが二人に、おじいちゃん、そして伯父《おじ》さんも。他にもあなたを待っている人は沢山いる。もちろんパパとママも。

パパとママが仲良しなのは赤ちゃんにとって嬉しいはず。

「ヒロ……」

私の呼びかけに広輝が顔をこちらに向けた。私は彼に向かって手を伸ばす。

「きて……」

目を見開いた広輝は、すぐに笑顔になり、私の手を取ると隣に寄り添った。少し困ったような、だけど嬉しそうな顔で私を見下ろし、額に唇を押し当てた。

「優しくする……」

私は微笑んでうなずき、彼の胸に頭を寄せる。

私の心は幸せで満たされていた。

そして広輝の隣人に生まれた奇跡に心の底から感謝した。

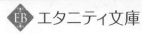

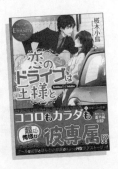

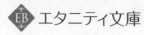

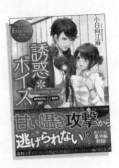

恋愛小説「エタニティブックス」の人気作を漫画化!
原作 風 fuu
漫画 佐倉百合絵 Yurie Sakura
ナチュラルキス
atural Kiss
沙帆子さんと
結婚します
ドクン
ドクン
トク…

原作 風
漫画 佐倉百合絵
ナチュラルキス
私と結婚って
ちょいS先生
×
純情女子高生
エタニティCOMICS
先生、それ本当!?
憧れの先生との胸キュンラブストーリー

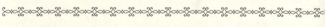

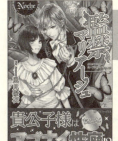

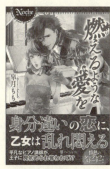

本書は、2014年1月当社より単行本として刊行されたものに書き下ろしを加えて文庫化したものです。

エタニティ文庫

隣人《りんじん》を愛《あい》せよ！

古野一花《ふるやいちか》

2015年8月15日初版発行

文庫編集－橋本奈美子・羽藤瞳
編集長－塙綾子
発行者－梶本雄介
発行所－株式会社アルファポリス
〒150-6005 東京都渋谷区恵比寿4-20-3 恵比寿ｶﾞｰﾃﾞﾝﾌﾟﾚｲｽﾀﾜｰ5階
TEL 03-6277-1601（営業） 03-6277-1602（編集）
URL http://www.alphapolis.co.jp/
発売元－株式会社星雲社
〒112-0012東京都文京区大塚3-21-10
TEL 03-3947-1021
装丁イラスト－みずの雪見
装丁デザイン－ansyyqdesign
印刷－株式会社暁印刷

価格はカバーに表示されてあります。
落丁乱丁の場合はアルファポリスまでご連絡ください。
送料は小社負担でお取り替えします。

ISBN978-4-434-20850-8 C0193